© 2023, Marcos Nieto Pallarés
© 2025, de esta edición por Antonio Vallardi Editore S.u.r.l., Milán

Todos los derechos reservados

Primera edición en esta colección: enero de 2025
Segunda edición en esta colección: enero de 2026

Newton Compton Editores es un sello de Antonio Vallardi Editore S.u.r.l.
Pl. Urquinaona, 11, 3.º 1.ª izq. Barcelona, 08010 (España)
www.newtoncomptoneditores.com

Gruppo editoriale Mauri Spagnol S.p.A.
www.maurispagnol.it

ISBN: 978-84-10080-92-8
Código IBIC: FA
DL: B 16.830-2024

Composición y diseño de interiores:
David Pablo

Impreso en enero de 2026 en Puntoweb s.r.l., Ariccia (Roma), en Italia.

Marcos Nieto Pallarés

El juego del mal

Newton Compton Editores

Barcelona, 2025

Al amor de mi vida,
Marta Martín Girón

*Aunque mis padres eran amables y cariñosos con-
migo, no tenía las alegrías ni la compañía que
suelen tener los niños pequeños. Desde mi más
tierna edad, recuerdo que mi padre decía «no
hagas» o «no debes».*

JOHN GEORGE HAIGH,
el asesino del baño de ácido

*Los directores se pelearán por los derechos de
nuestra historia. Nos preguntamos quién la llevará
al cine, si Steven Spielberg o Quentin Tarantino.*

ERIC HARRIS Y DYLAN KLEBOLD,
autores de la masacre
de la Escuela Secundaria de Columbine

Nota del autor

Estimado lector:

Los personajes que aparecen en esta novela son de mi absoluta invención. Ni siquiera están «basados en». Del mismo modo, y para no herir sensibilidades, la calle de la urbanización La Moraleja en torno a la que gira la trama es ficticia.

Dicho esto, solo me queda agradecerte que hayas elegido *El juego del mal* como lectura.

Preludio

25 de junio de 1982, 20:37 h
Triana, Sevilla

Arrastrada por una ocasional ráfaga de viento, la hoja desprendida de un naranjo amargo pasó por entre las piernas de un niño que jugaba al Churro va. Rodó sobre la terrosa calle y trepó la acera como si hubiera pretendido hacerlo, para quedarse atrapada en la puerta de la familia De la Torre. Como si aguardara a que alguien abriera. Apenas había trianeros recorriendo la calle Alfarería, y no era a causa de un viento que soplara recio ni de que el cielo anunciara tormenta. Nadie callejeaba por Triana ni se percibía el habitual runrún del ir y venir de los coches porque estaba a punto de empezar un partido de fútbol.

La puerta se abrió y la hoja se coló con el sigilo de un ratoncillo, acompañada de un puñado de tierra fina. Lucía Navío maldijo al viento y puso un pie en la acera. Poco después descubrió a sus hijos jugando con los retoños de sus vecinos: el de la Paqui, los de la María, los de la Rosa, la de la Esmeralda...

—¡Azucena, Álvaro, Carmen, *pa* la casa! –gritó.

La mayor, Azucena, respondió con un «ya vamos, *mare*». La madre entró sin cerrar la puerta y se quejó otra vez del viento cuando la hoja crujió bajo sus pies.

—¡Cómo se ha puesto el pasillo en un momento!

Álvaro bajó de un brinco de la espalda de su mejor amigo, Joaquín, que hundía la cabeza entre las piernas del niño que remataba la cadena humana. Se despidieron con tres «hasta mañana» que por poco sonaron al unísono y corrieron rumbo a casa con la prisa de un prófugo; sabían que, de demorarse, podían llevarse un correazo.

Azucena entró la primera, después Carmen y por último Álvaro, que cerró a la carrera. Y lo hicieron con entusiasmo, pues aquella noche televisaban un importante partido de fútbol. A ellos no les interesaba el deporte rey, pero el acontecimiento traería invitados a casa. Y ningún niño de Triana podía resistirse a una noche de buena comida, cachondeo y sevillanas.

—De verdad, cuando los mayores le dan al trinqui son más divertidos —le comentó una vez Álvaro a su hermana melliza.

—Yo, cuando sea mayor, voy a estar todo el día con la papa —dijo Carmen mientras él asentía con la cabeza.

No vivían en una casa precisamente deslumbrante. Las paredes mostraban fisuras y bordes desprendidos que se curvaban hacia afuera como los pétalos de una flor. De vez en cuando se topaban con fragmentos desconchados con apariencia de escamas de pez y al echar la vista al techo descubrían una nueva marca. En la habitación de los niños aparecieron burbujitas, que Álvaro describió como «pompas de jabón atrapadas en las paredes por algún misterioso motivo».

—Es la pintura, borrico —lo iluminó Azucena, cinco años mayor que él—. El papa pintó malamente y por eso han salido esos globitos. No digas *chuminás*.

Azucena tenía doce años y Álvaro y Carmen siete, y a tan temprana edad esa distancia se apreciaba en la inocencia. Antes de que su madre los arropara cada noche, Álvaro se abstraía en las fisuras del techo y echaba mano de su desbordante imaginación. Algunas le parecían el sedoso cabello de una princesa encerrada en una torre alta y solitaria; las más zigzagueantes y puntiagudas, rayos y centellas sobre un mar tormentoso o ramas de un árbol siniestro. Cuando ya se le cerraban los ojos, las grietas se volvían nebulosas plumas de un ave, difusas patas de una araña o dedos huesudos que trataban de atraparlo.

La fachada de una planta estaba infestada de manchas, incluso donde el agua y el sol no alcanzaban a lamerla con sus lenguas corrosivas. Las que nacieron junto a desagües, canalones y bajantes tenían poco remedio, como las que aparecen en un rostro a causa del paso del tiempo.

Los De la Torre compraron aquella casa antes de casarse y ya superaba los quince años de antigüedad. Paco no tuvo más remedio que pintar techos y paredes. No pudieron permitirse el lujo de contratar a un pintor, ni siquiera de comprar una pintura decente. A Paco no le gustaba el bricolaje ni tenía arte ni paciencia para las «cosas finas», como su esposa llamaba a los trabajos caseros. Por pereza o ineptitud, tal vez por ambas cosas, no preparó las paredes como debía antes de pasar la brocha. La pintura de baja calidad –la más barata que encontró en los estantes de la tienda del barrio– hizo el resto. Los muebles los compraron en rastrillos y tiendas de segunda mano y distaban en color y vetustez. La mesa de centro no cojeaba gracias a un pedazo de cartón doblado hasta la saciedad. Las camas de los niños tenían cabeceros de distintos modelos. Las deshilachadas cortinas aparecían como espectros desaliñados cuando el viento las mecía tras caer la noche.

Los De la Torre no vivían en una casa bonita. Era evidente. Pero tenían un hogar. Al menos hasta que el infortunio los alcanzó de lleno.

–¡Eh, ustedes dos! ¿Dónde creéis que vais tan alegremente? ¡A barrer el pasillo! ¡Quiero verlo niquelado en menos de lo que canta un gallo! –Lucía le dio una escoba a su único hijo y un recogedor a su hija menor cuando estos se disponían a entrar en el comedor, donde su padre aguardaba ante el televisor a que diera comienzo el partido del Mundial entre

13

España e Irlanda del Norte–. Arrimad una mijilla el hombro, si no es mucho pedir.

Carmen llevaba una camiseta con tachuelas, una falda con volantes y unos deslucidos zapatos de charol; Álvaro, un conjunto de pantalón corto con forro de rejilla y camiseta de licra de colores flúor y unas zapatillas con más trote que las ruedas de su monopatín.

–¿Cuándo llegarán la Maribel y el Alonso? –preguntó Álvaro, ávido de jarana.

–El partido está a punto de empezar, *miarma*, así que pronto. –La madre le dio un cariñoso cachetazo en el culo a su hijo–. Venga, a barrer, que está el pasillo al retortero.

Carmen y Álvaro, escoba y recogedor en mano, se disponían a unir fuerzas cuando se abrió la puerta de la calle.

–¿¡Qué pasa, chavales!? –saludó Alonso, jovial.

–Hola, guapillos –correspondió Maribel, más comedida.

–Hola –dieron ellos la bienvenida a coro.

Lucía se asomó por una esquina.

–¡Vamos, que empieza el partido!

–¡España, España, España...! –vitoreó Alonso mientras revolvía el pelo del pequeño.

Los niños se apresuraron en dejar el pasillo niquelado. Una vez que la hoja machacada y la tierra fina estuvieron dentro del cubo de la basura, Álvaro corrió a su habitación, seguido por su hermana, en busca del llavero de Naranjito que su madre le compró en El Corte Inglés. Su padre era un futbolero empedernido y pensó que le gustaría verlo ondeándolo en el aire como si fuera la rojigualda.

Entraron felices en el comedor.

–Mira qué tengo, papa.

Álvaro alzó el llavero ante los ojos de su padre.

–¡Ole salero, que más vale la gracia que el dinero!

Álvaro sonrió y notó que el hombre ya andaba bajo los divertidos efectos del pimple.

Encontraron a Azucena sentada en el sofá, dispuesta a atacar los platos que su madre había dejado sobre la mesa de centro, protegida con un mantel de plástico.

–¡Madre mía, Lucía! –exclamó Alonso mientras recorría con la mirada los manjares caseros: carne con tomate, ensaladilla, cazón en adobo, patatas fritas, montaditos, chicharrones, croquetas, pavías de bacalao…–. Con lo fabuloso que tú cocinas, ya verás como esta noche me engollipo y muero sentado en esa silla. –Tras agasajar a la cocinera, se dirigió a su amigo y compañero de trabajo–: Oye, compadre, ponme una milnos, que estoy seco.

–Tú pides más que el Gobierno, *illo*.

–Y más que voy a pedir, *malafollá*.

Se sonrieron, arropados por un ambiente familiar.

Los mayores picotearon como pavos en la mesa del comedor, los hombres de cara al televisor y las mujeres viendo el fútbol de reojo; los niños, sentados en el sofá, en primera fila, comían a poquitos lo que su madre había preparado con todo el amor del mundo.

España jugaba sabiendo que incluso una derrota por la mínima la clasificaba para la siguiente ronda.

Pero el fútbol pasaría pronto a un segundo plano.

–Azucena, ve a tirar la basura –mandó su madre cuando dio inicio la segunda parte.

–Si vais ustedes dos… –les dijo a sus hermanos–, luego os dejo mi *walkman*.

Los viernes le tocaba tirar la basura a Azucena, pero esta, de vez en cuando, se servía de la inocencia de sus hermanos pequeños para escaquearse. Trató de escurrir el bulto con promesas que no tenía intención de cumplir –su *walkman* era lo más preciado que tenía– y sus hermanos mordieron el anzuelo. «Luego se olvidarán, como siempre, y no tendré que dejárselo», pensó.

—Vamos, Carmen —dijo Álvaro, decidido.

—¡Menudo penco! —increpó Paco cuando los niños pasaban por su lado; llevaban cinco minutos de la segunda parte y España perdía uno a cero.

—Arconada está para que lo indulten —soltó Alonso—. Y si el portero anda *apamplao*, nos vamos a dar un jardazo que tela.

—Escucha lo que te voy a decir: creo que hay rempujones entre los jugadores vascos y no vascos. Siempre la política *porculera*. Creo que los vascos de la selección son aberzales y Juanito de Fuerza Nueva. Imagina el polvorín que se ha montado en el vestidor. Y, para colmo, hoy han salido más *apollardaos* que de costumbre, que ya es decir. Todos creyendo que íbamos a ganar el Mundial por la patilla y me da a mí que nos vamos a quedar boquerón.

—¿Crees que ETA seguirá quietecita, compadre?

Alonso sorbió de su rebujito.

—No seas malaje, *illo*.

La pregunta puso a Paco de un humor sombrío, pues le recordó que los españoles vivían bajo la amenaza del terrorismo.

—Malaje no, realista. Esos desalmados buscan sangre y cuanta más, mejor. Solo digo que me sorprendería una *jartá* que no aprovecharan la oportunidad de joder la marrana. Los ojos del mundo están puestos en España. Entre el paro, la inflación y el miedo a otro golpe de Estado, a uno se le hace complicado ser un viva la Virgen. Me da coraje, nada más. ¡Juy!

—¡Cagontó!

Ambos dieron un respingo cuando Juanito rozó el empate. Entretanto, Lucía y Maribel fregaban los platos en la cocina, al tiempo que se ponían al corriente de los chismorreos que se propagaban por el barrio como una toxina por el sistema nervioso.

16

–¿Dónde andan tus hermanos? –le preguntó Lucía a Azucena, a quien encontró recostada en el sofá.

–Han ido a tirar la basura.

–¿No han vuelto desde entonces?

–No sé, *mare*. Aquí no han estado. Estarán jugando en la calle.

–¿Sin mi permiso? –Azucena se encogió de hombros–. ¿Tú sabes algo de algo alguna vez, *miarma*?

–Yo no sé nunca nada de nada, *mare*.

–A ti te va a dar esta semana la paga el guardia de la campana.

Lucía caminó airada hacia la puerta mientras su hija se hacía a la idea de que aquella semana no le darían un duro «*pa* sus cosas».

–¿Dónde vas tú tan a *jierro*? –preguntó Paco con media melopea–. ¿Te ha *dao* un tabardillo o qué?

Lucía se detuvo y miró a su marido con cara de pocos amigos.

–Los niños, que no sé dónde se han metido.

–¿No están en su habitación?

–No. Han salido a tirar la basura como hace... –Lucía miró cuánto tiempo llevaban de la segunda parte–. Por Dios, hace más de media hora.

–Entonces estarán en la calle, mujer. Se habrán *encontrao* con algún amigo y...

–Pues me van a oír esos dos. Les tengo dicho que...

Lucía se enfurruñó y, sin terminar la frase, salió del comedor. Poco después pisaba la calle con los labios apretados y el ceño fruncido.

Encontró a Joaquín –el de la Paqui– contando en voz alta con los ojos cerrados, de cara a la fachada de sus vecinos. Ocho, nueve, diez, once... Bajo la ambarina luz que desprendían las farolas, le puso una mano sobre el hombro. Joaquín dejó de contar, abrió los ojos y descubrió a la madre de su mejor amigo.

17

—Hola, Joaquín, ¿están jugando el Álvaro y la Carmen contigo al escondite?

—No, señora.

—¿No los has visto después de cenar? —Negó con la cabeza—. Llama a los demás niños, que salgan de sus escondrijos. Y que me esperen aquí quietecitos. Enseguida vuelvo.

—Vale. —Joaquín se colocó las manos en la boca a modo de altavoz y gritó, rompiendo la calma que gobernaba la calle Alfarería—: ¡Rodrigo, Tomás, María, Dolores y los demás, salid! ¡No es una trampa! ¡Lo juro por la Virgen!

Justo en ese momento Lucía tuvo su primer mal presentimiento de la noche: «Espero que no les haya pasado nada malo». Corrió hacia los contenedores de basura que se hallaban al doblar la esquina, entretanto algunos niños, titubeantes —no se fiaban de la promesa de su amigo—, asomaban la cabeza por una farola o se ponían derechos tras haberse agazapado detrás del morro de un coche.

No vio a sus hijos por ningún lado, pero sí dos bolsas de basura tiradas a medio metro de los contenedores. Coincidían con las que ella compraba. Aunque casi todos los vecinos usaban las mismas: las negras, como el mal presagio que se le vino encima. El segundo de la noche: «Por nada del mundo dejarían las bolsas ahí tiradas». Se acercó y abrió la más llena: pieles de patata, envases machacados, latas de cerveza...

«Es nuestra basura».

Regresó sobre sus pasos hasta los niños que poco antes había interrumpido jugando al escondite. Los pequeños la esperaban sentados en la acera con cara de que deseaban volver a su sano y acostumbrado entretenimiento de los viernes y los sábados por la noche; los demás días los mandaban a la cama después de cenar, pues al despertar les tocaba ir al colegio.

—Buscad a la Carmen y al Álvaro, hacedme el favor —les rogó con voz dulce, si bien por adentro ardía en desesperación.

—¿Se han perdido? —preguntó Joaquín con el ceño fruncido.

—Creo que sí.

—Vamos —alentó el mejor amigo de Álvaro.

Los niños se distanciaron de la madre angustiada. Lucía entró azorada en casa mientras oía de fondo a los pequeños dando voces: «¡Álvaro, Carmen...!». Entonces llegó el tercer mal presentimiento: «Esto no puede estar pasando».

Abrió la puerta del comedor con el rostro desencajado.

—¡Hay que llamar a la Policía! —imploró a gritos desde el umbral—. ¡No encuentro a los niños! ¡Las bolsas de basura están tiradas por los suelos!

Lucía rompió a llorar ante las estupefactas miradas de Alonso, Maribel y Paco. Este último era consciente de que su mujer no solía ponerse en lo peor a las primeras de cambio, así que se levantó sin mediar palabra y caminó algo mareado hasta el teléfono. Buscó en la agenda telefónica el número de la Policía local y lo marcó con dedos temblorosos.

Aún no había acabado el partido cuando la desesperación se adueñó del hogar de los De la Torre. Los gritos de los niños alertaron a una decena de vecinos y estos a otros tantos; poco a poco las calles de Triana se volvieron un hervidero de sevillanos buscando a dos criaturas. Nadie dudó en arrimar el hombro, en ponerse en la piel de unos padres asustados hasta la médula.

Dos agentes se presentaron en la puerta de la casa familiar. A partir de entonces, llegaron el cuarto, el quinto, el sexto... mal presentimiento.

Registraron hasta el último rincón de la última calle de Triana. La Policía local de Sevilla pidió ayuda a la Guardia Civil. Estos, junto con un buen número de vecinos, inspeccionaron las orillas del Guadalquivir en busca de los niños y, al día siguiente, el monte bajo cercano a Sevilla.

Los De la Torre pasaron de disfrutar de una agradable cena entre amigos a verse inmersos en una pesadilla.

Paco observó las lanchas de la Guardia Civil surcando el Guadalquivir, a los buzos entrando y saliendo del agua, y no pudo obviar la imagen de sus hijos emergiendo sucios y muertos en brazos de un policía.

«Si se hubiesen ahogado, ya habrían aparecido –se dijo con los ojos humedecidos–. A no ser que hayan llegado al mar...».

Paco siguió buscando por la orilla mientras su mujer lo hacía por las afueras junto con un buen montón de vecinos y amigos. La Guardia Civil peinaba las zonas de difícil acceso con pastores alemanes. Nadie se atrevía a decirlo en alto, pero, pasadas las primeras cuarenta y ocho horas, lo más probable era que los niños apareciesen ahogados o tirados como despojos en un vertedero.

A Paco le costaba mirar a los ojos de su esposa; no podía evitar culparla de la desgracia.

–Tendrías que haberlos vigilado mejor, *papafrita* –le recriminó la misma noche de la desaparición–. A ti ni siquiera te gusta el fútbol.

De ahí que Paco buscara a sus hijos por la orilla del Guadalquivir y Lucía por las afueras de Sevilla.

El presentador del telediario se refirió a ellos como «los niños de Triana». Los familiares y amigos de los desaparecidos, cubiertos por un grueso manto de impotencia, tuvieron que leer en los periódicos frases tan demoledoras como SIN RASTRO DE LOS NIÑOS DE TRIANA o ¿QUIÉN SE HA LLEVADO A LOS NIÑOS DE TRIANA?

Tras llenar Sevilla de carteles de SE BUSCA y de atender a Televisión Española en la misma puerta de su casa, en definitiva, de digerir lo indigerible, aparecieron los ineludibles «¿Y si...?» y los forzosos sentimientos de culpa. ¿Hasta qué punto eran partícipes del azar caótico que parecía regir su destino? Esa pregunta se paseó por la mente de Paco, Lucía y Azucena un millar de veces. «¿Y si hubiera ido yo a tirar la basura? –reflexionó la hermana mayor–. ¿Habría desaparecido yo o no habría desaparecido nadie? Ojalá me hubieran llevado a mí».

Tres días después, 15:35 h
Dos Hermanas

Las mujeres atajaban por un callejón cuando lo vieron caminando por la estrecha acera de enfrente. No se tambaleaba ni estaba tan sucio como para llamar la atención. El sol no alcanzaba a iluminarlo. Los vecinos de la calle por la que deambulaba podían mantener una conversación asomándose por una ventana o saliendo al balcón y sin necesidad de levantar demasiado la voz. María y Rosa no le hicieron el menor caso al pequeño. Hasta que, cabizbajo y con la mirada perdida, estuvo lo suficientemente cerca como para que apreciaran sus facciones.

–¿Ese de ahí no es el zagal del telediario, el que se perdió en Triana? –preguntó María, que había acercado la boca a la oreja de su vecina y amiga del alma.

–¡Si no es, se parece una *jartá*! ¡Eh, zagal! ¿Cómo te llamas? –preguntó Rosa cuando el pequeño ya les daba la espalda.

El niño no dejó de caminar, como si no hubiese oído a Rosa o no fuera consciente de que la pregunta iba dirigida a él.

María dio siete zancadas largas, se colocó ante el niño y frenó sus pasos errantes. Se acuclilló y le levantó la barbilla con suavidad.

–Hola, precioso –lo saludó con voz melosa–. ¿Qué haces por aquí tú solo, *miarma*? –El niño miró fijamente a los ojos de la mujer y guardó silencio–. ¿Cómo te llamas?

–Álvaro –susurró y trató de rebasar a la mujer.

María lo sujetó por los hombros.

21

–¿Adónde vas con tanta prisa?

–A mi casa.

María sonrió apesadumbrada y volvió con Rosa, que observaba la escena a pocos metros, aunque no pudo escuchar lo que Álvaro acababa de susurrarle a su amiga.

–Rosa, ve a tu casa y llama a la Policía. Es Álvaro, el niño de Triana.

Veinte minutos después
El Porvenir, Sevilla

El teléfono resonó por los pasillos de la casa de la familia De la Torre. Pero nadie lo cogió. El padre, la madre y la hermana estaban fuera buscando a Álvaro y a Carmen. Cuando el ring del teléfono se repitió como una voz en una gruta, Lucía intentaba localizarlos en el parque de María Luisa. Tras echarse un pedazo de pan a la boca a la hora de comer –perdió el apetito la noche que España perdió contra Irlanda del Norte–, cruzó el Guadalquivir a pie por el puente de Isabel II, conocido por los sevillanos como «puente de Triana», y anduvo por la ciudad con una foto de sus dos hijos desaparecidos. Se acercaba a cualquiera y le enseñaba el papel. «¿Has visto a estos niños?». Así una y otra vez y una y otra vez recibía negativas. Ni un solo sevillano ignoraba la desgracia de aquella mujer. De ahí que algunos se dirigieran a ella por su nombre. «Lo siento, Lucía, no los he visto». Entendían la desesperación de aquella madre y que necesitara enseñarles la fotografía aunque la hubieran visto cien veces en el telediario y los periódicos.

La Policía y la Guardia Civil no cejaban en su empeño, pero una voz resonaba en su cabeza anunciando un oscuro final para sus hijos: «A estas alturas, los niños perdidos aparecen muertos o nunca aparecen». Los malos augurios aumentaban cuando se limitaba a aguardar a que un agente llamara a la puerta con las temidas malas noticias, en la soledad de una casa sin alma. Por eso trataba de no pisar su domicilio más que para dormir y echarse un pedazo de pan a la boca que le diera fuerzas para seguir buscando.

Un hombre achinó los ojos desde un banco cercano a la isleta de los Patos y enseguida, sin despegar el culo del asiento, levantó la mano para llamar la atención de Lucía.

—¿Lucía Navío? —preguntó, alzando la voz.

La madre asintió y caminó hacia aquel hombre con bigote que sujetaba entre las manos una pequeña radio portátil.

—Hola, señora —saludó en cuanto la tuvo a tres pasos.

—Buenas tardes. Dígame —correspondió Lucía con desgana.

—He escuchado por la radio que han encontrado a Álvaro en Dos Hermanas —le informó él mientras gesticulaba con las manos—. ¿Qué hace usted aquí buscándolo? Me ha extrañado que...

Lucía rompió a llorar, cortando al individuo, que acababa de mostrarle la luz al final del túnel y ni siquiera conocía su nombre.

—No lo sabía, buen señor —se justificó ella con el rostro bañado en lágrimas.

—Eso mismo me he imaginado. Y me llamo Antonio. Un placer conocerla.

—Gracias por ponerme al tanto, Antonio. ¿Y mi Carmen? —preguntó hipeando.

—De la niña no han dicho nada. —El hombre se encogió de hombros y enseguida lanzó una mirada a la espalda de Lucía y dio un respingo—. ¡Carajo, si ahí mismo hay un policía! —El hombre se levantó y llamó la atención del agente con su gruesa voz—: ¡Policía, venga aquí! ¡Esta señora es Lucía Navío, la del niño de Triana, el zagal que acaban de encontrar en Dos Hermanas! —Lucía, mientras el uniformado se acercaba frunciendo el ceño, no podía hacer más que llorar esperanzada al tiempo que temía que todo se tratase de un cruel malentendido–. ¡Lleve usted a la pobre mujer con su hijo, haga el favor, que le va a dar un parraque!

Quince minutos después
Triana, Sevilla

Lucía y Paco se abrazaron en el umbral de la puerta de la consulta. Entretanto un médico reconocía a Álvaro sobre una camilla y el policía nacional que había estado organizando su búsqueda los observaba sonriente, dándoles espacio para que disfrutaran del deseado reencuentro tras tantos días de máximo sufrimiento. El doctor auscultaba el pecho descubierto del niño con un estetoscopio. Álvaro sonrió al ver a su madre, que tras abrazar a su marido, se lanzó lacrimosa a los brazos del pequeño; por poco manda al doctor y su aparato por los aires. Pero Álvaro, mientras su madre lo estrechaba contra su pecho, y el médico, su padre y el policía sonreían emocionados, se mantuvo callado, con los brazos lánguidos. El niño era consciente de que su hermana melliza seguía en paradero desconocido. Lucía le susurró sin poder reprimir el llanto:

–No vas a volver a salir de casa en toda tu santa vida.

Paco y el doctor rieron ante aquel comentario. Sin embargo, sus risas se desvanecieron hasta convertirse en una sonrisa cuando la madre volvió a hablarle a su hijo en voz baja:

–Ahora vamos a encontrar a tu hermana.

–El zagal está perfectamente –informó el doctor–. Necesitará un par de días para centrarse, ¿entienden? Pero físicamente está bien. –Los padres asintieron–. Sin embargo, como ya le dicho al policía de afuera, ha aparecido con esto detrás de la oreja.

El médico dobló el reborde de la oreja derecha de Álvaro y se la dejó como si la tuviera de soplillo. Paco y Lucía pudieron ver entonces varios cortes cosidos con puntos que formaban una «M» mayúscula del tamaño de una moneda de cien pesetas. La letra empezaba justo donde acababa su pelo moreno y continuaba por la parte trasera de la oreja.

–Es una «M» hecha con un objeto cortante –prosiguió el doctor tras devolver el órgano a su sitio–. Se la han hecho a conciencia, seguro. Los cortes son profundos; alguno por poco se la atraviesa. Le quedará una cicatriz, pero donde está no podrá vérsele. Minucias para lo que podría haber sido –opinó, obviando los daños emocionales–. Hasta aquí puedo aportar yo. El niño está perfectamente –culminó, un tanto redundante.

–¿Familiares de Álvaro De la Torre?

El policía nacional, que había estado aguardando pacientemente en el pasillo a que los padres acabaran de hablar con el médico, hizo un ademán con la mano, requiriendo sus atenciones.

–El niño ya está a salvo –les dijo nada más pisaron el pasillo–. Me ha dicho que, como ya nos temíamos, se los llevó un hombre cuando estaban tirando la basura. Pero dice que no recuerda nada más. Yo creo que tiene miedo de hablar. En fin. Ahora vamos a poner todo nuestro empeño en encontrar a su hermana. Al zagal lo han encontrado deambulando por Dos Hermanas, por si no lo sabían. Investigaremos dónde ha podido estar metido la semana que ha estado desaparecido, y lo de la «M» también. Ustedes intenten que recuerde algo, si ha visto a quién se lo llevó o dónde ha estado encerrado. Mañana tempranito pasaré por su casa para hablar con él. Ahora voy a seguir buscando a Carmen. ¿De acuerdo?

–Por supuesto –dijo Lucía–. Y gracias por todo.

–Muchísimas gracias –añadió Paco.

Tres días después, medianoche

Álvaro se levantó a hacer pis cuando acababan de dar las doce de la noche. Al pasar por delante de la puerta de la habitación de sus padres oyó una voz alta y clara:

—¡La culpa es solo tuya! —Pegó la oreja a la madera descascarillada y escuchó, mientras estaba de pie, en pijama y zapatillas de ir por casa—. ¡Mi hija estaría viva si no fuese porque eres una mala *mare*!

Despegó la oreja, la que escondía la «M», como si hubiera tocado un hierro candente y anduvo taciturno hasta el cuarto de baño, donde orinó con un nudo en el estómago.

Regresó a la habitación con un pensamiento rondándole la cabeza: «¿Mi hermana está muerta?». Zarandeó lloroso a Azucena. Esta se giró sobre su cama, con el gesto aturdido y los ojos enrojecidos de haber llorado antes de acostarse.

—¿Qué pasa, Álvaro?

En un primer momento pensó que Carmen había aparecido. Pero la esperanza de volver a abrazar a su hermana se esfumó al ver las lágrimas de su hermano.

—El papa dice que Carmen está muerta. ¿Eso es verdad?

—¿Qué? ¡No! Que yo sepa, al menos. Pero después de tanto tiempo...

1

Treinta y seis años más tarde
12 de agosto de 2018, 10:26 h
Comisaría General de Policía Judicial, Madrid

«Odio –reflexionó el inspector Álvaro de la Torre. En momentos como aquel, le resultaba imposible no remontarse al pasado–. Prende en la mente, y su fuego, cuando las circunstancias acompañan, cuando la aversión es lo suficientemente profunda, arrasa con el odiado y con quien odia.

»Los mezquinos pueden llegar a volvernos locos. Nos faltan al respeto, nos tratan como a inútiles, nos humillan. Es entonces cuando se hacen merecedores de nuestro odio. –El rostro de su padre apareció en el cristal que tenía delante–. ¿Merecen morir por ser escoria? No. Por supuesto que no. "¡El odio es un lastre!", gritan quienes creen entender los entresijos de la mente humana. Supongo que es cuestión de saber canalizarlo. El odio es un arma de doble filo.

»Pero ¿qué ocurre cuando los odiosos rebasan los límites de nuestra cordura? Cuidado con cruzar la línea, odiosos. ¿Merece morir el hombre que me secuestró? Desde luego que sí. Me dejaría consumir con gusto por las llamas del odio con tal de verle pagar por sus pecados».

Desde el otro lado del espejo unidireccional, los inspectores de homicidios Álvaro de la Torre y Elsa Bermejo observaron a la detenida, que se miraba las uñas, pintadas de rosa fucsia. Un instante después exhaló un sonoro suspiro como si intuyera lo que estaba a punto de suceder.

El inspector vestía de un negro impoluto: pantalón tejano, camiseta y botines; la inspectora, con unos chinos plomizos y una camisa blanca y calzaba unos mocasines color camel. De la Torre llevaba la placa sujeta al cinturón; Bermejo, colgada del cuello.

«Las declaraciones ante los funcionarios policiales no tienen valor probatorio. –El inspector dio un vuelco significativo a sus pensamientos y recordó la Ley de Enjuiciamiento Criminal, mientras que Bermejo no le quitaba el ojo de encima a la Choni, como ella nombraba en privado a la sospechosa–. Necesitamos que aporte datos que solo conoce quien mató a Sofía Alarcón. Los medios difundieron que recibió dos puñaladas, pero el forense dictaminó que fueron cuatro y todas en los pechos. Si ella confesara dichas circunstancias, el tribunal podría relacionarla con los hechos».

Míriam Cobos, la Choni en cuestión, vestía una camiseta de tirantes y una falda larga de cintura baja que dejaba entrever su vientre plano. Al inspector le pareció atractiva la primera vez que la tuvo delante. Rostro enjuto y altura cercana al metro ochenta, labios gruesos, ojos verdes, pelo liso y largo, como la crin de un percherón bruno… Ahora, tras conocerla mejor, percibía su belleza como una fachada siniestra, una caja para regalo que guarda un cuchillo sanguinolento. Cobos parecía haber estado aquella misma mañana en la peluquería. Nada más entrar en la sala anodina sin ventanas dejó caer su bolso sobre la mesa de interrogatorios con la naturalidad de quien está en su casa. Poco después sacó un pintalabios y un pequeño espejo de mano y se dio unos rápidos retoques ante las atónitas miradas de los inspectores.

«Antes muerta que sencilla», pensó De la Torre.

–A la Choni le hemos dado más tiempo del que merece –opinó Bermejo–. Cuando le enseñemos el vídeo y le contemos lo que ha largado su amiguita del alma, te digo yo que va a necesitar otra charla con su abogado.

Álvaro sonrió mientras sujetaba su tableta y un portafolios.

—Tú primero.

El inspector le cedió el paso a su compañera.

Bermejo agarraba el pomo de la puerta cuando el inspector jefe Lucas Valcárcel detuvo sus ansias de cerrar el caso.

—¿Todo marcha según lo previsto? —preguntó con su voz de fumador empedernido.

Valcárcel llevaba a cuestas sus características ojeras, que le daban el aspecto de no haber dormido bien en toda su vida. Su barba tiznada de canas y su pelo a juego, que acostumbraba a peinarse como un *heavy* después de un concierto, le daban un aire a viejo desaliñado —algunos dirían que a inspector curtido—, aunque no rebasaba los cincuenta años. Sus ojos azules, en cambio, aportaban frescura a un rostro afeado por aquellas dos descomunales manchas moradas. Su nariz aguileña le iba que ni pintada: siempre al acecho desde su puesto en las alturas.

—El abogado se huele la que le espera —intuyó Bermejo, con un tono que bordeaba la burla.

—Les estamos dando tiempo para que se devanen los sesos —explicó De la Torre a su superior inmediato—. Saben que tenemos algo, pero no el qué. No queremos que luego nos venga con la excusa de siempre, que hemos presionado a su representada y bla, bla, bla. Me gustará ver qué improvisa; le va a quedar poco margen de maniobra.

Valcárcel se frotó el mentón al tiempo que clavaba la mirada en la detenida, como un *rottweiler* ante un chuletón.

—Con lo guapa que es... —Valcárcel exhaló—. ¡Qué desperdicio de mujer!

Bermejo achinó los ojos y habló con gesto severo:

—Si tuviese otro físico y cara de orangután, no sería un desperdicio, ¿verdad?

—No quería decir eso. No empecemos con el feminismo, por Dios. Al final vas a conseguir que no abramos la boca en tu presencia.

—Eso no me preocupa. Para escuchar sandeces... ¿Sabes qué, jefe? Que te puedes meter...

Álvaro apretó el brazo de su compañera con disimulo y consiguió que dejara la frase en el aire. Elsa, tras lanzarle una mirada furiosa, entró en la sala de interrogatorios resoplando como un toro bravo.

—Últimamente estás muy sensible, Bermejo —escuchó la inspectora a su espalda; Valcárcel nunca rehuía una confrontación.

Álvaro cerró la puerta de la sala de interrogatorios antes de que la cosa fuera a mayores.

—Gilipollas... —masculló Bermejo entre dientes, un insulto que por fortuna solo pudo escuchar su compañero.

—De nuevo, buenos días, señora Cobos y... —saludó el inspector en tono distendido—. Lo siento, letrado, he olvidado su nombre.

Lo recordaba perfectamente.

—Daniel Lago.

—Eso. Daniel Lago. Bien. Pues, si le parece, empecemos.

—Esto es inadmisible —espetó el abogado mientras los inspectores se sentaban al otro lado de la mesa—. No pueden leerle sus derechos a mi representada, ponerle unas esposas y meterla en una sala de interrogatorios como si fuera una vulgar delincuente. Necesitan pruebas fehacientes y dudo que las tengan.

—Se equivoca —profirió Bermejo con rotundidad—. Las tenemos.

La sospechosa no pudo evitar tragar saliva ni su abogado echarle una mirada dudosa. Los inspectores entendieron que Lago no estaba al corriente de los tejemanejes de su representada.

—Lo primero que vamos a hacer es ponerlos en situación —prosiguió De la Torre—. Hace dos semanas, estando en su casa, señora Cobos, nos aseguró que mientras asesinaban

30

a su vecina, Sofía Alarcón, usted se encontraba nada más y nada menos que en la otra punta de Madrid, pasando el rato con su amiga Elena Campos. ¿Es eso correcto? Le recuerdo que el interrogatorio está siendo grabado.

—Es la verdad. Yo nunca miento.

—Ya. Pues poco después de que Sofía recibiera cuatro puñaladas, fue grabada por la cámara de seguridad de una farmacia situada a escasos metros del lugar de los hechos. ¿Cómo es posible, señora Cobos? Explíquemelo usted, que nunca miente.

De nuevo, la mirada del abogado reflejó sorpresa y la de Míriam angustia.

—No... No lo sé... —contestó la sospechosa, de manera atropellada.

«Los primeros titubeos —pensó De la Torre—. Esto anda bien».

El inspector echó mano de su tableta para mostrarles un pantallazo de la grabación.

—Esa no soy yo —aseguró Míriam con el gesto desencajado mientras su abogado observaba la imagen con cara de desconcierto.

—Es usted. —La detenida negó con la cabeza. De la Torre miró de soslayo a su compañera; parecía evidente que Bermejo estaba disfrutando de lo lindo con el interrogatorio—. Ayer hablamos con Elena Campos y, tras enseñarle la grabación, cantó como un gorrioncillo asustado. Usted no llegó a su casa a las diez y cuarto de la mañana, como nos aseguró, sino mucho más tarde.

La especialidad de negociador que tenía De la Torre le venía de perlas en interrogatorios como aquel.

—Dije la verdad —insistió la sospechosa.

—Entonces, Elena miente.

—Sí.

—¡Venga ya! —exclamó Bermejo—. ¡Mentir ya no puede salvarla! ¡Dígaselo, abogado!

–No me diga cómo hacer mi trabajo, inspectora. Se lo advierto.

Bermejo estalló en una sonora carcajada.

–En efecto, ahora mismo la verdad es tu única salida –insistió el inspector, más sosegado que su compañera, a quien alentó a calmarse con un roce.

La cara del letrado era un poema. Él sabía mejor que nadie que llegados a ese punto solo cabía mirar hacia delante, y el futuro de su clienta no era alentador.

–Le diré lo que sucedió –intervino Bermejo, comedida–. Como sabemos gracias a sus vecinos, te llevabas de puta pena con Sofía. Reñíais a menudo en el descansillo. A viva voz, además. Que si la música está demasiado alta, que si te has insinuado a mi marido, que si los niños dan patadas a mi puerta, que si pasas el aspirador a las siete de la mañana...

»Un día os enzarzasteis en el *parking* de vuestro edificio por vete tú a saber qué chorrada. Subiste a tu piso y cogiste un cuchillo –explicó Bermejo, ahora tuteándola–, o tal vez guardabas uno en el maletero del coche, a saber, y le asestaste cuatro puñaladas en los pechos. Luego la arrastraste hasta dejarla oculta entre dos vehículos.

»Por qué en los pechos me lo he preguntado más de una vez, ¿sabes? ¿Te molestaba que los tuviera más grandes que tú o es que tu marido se los miraba con cara de baboso cada vez que os la cruzabais en el descansillo?

–Yo no la maté.

–Enrócate todo lo que quieras. La cuestión es que, tras arrastrarla como si fuera un mueble viejo, te largaste del *parking*. No hubo testigos ni había cámaras de seguridad. Ahí tuviste mucha suerte. Pero se te agotó rápido. Saliste a la calle y caminaste por la acera en busca de... ¿Adónde coño ibas? Te juro que no lo entiendo. ¿A deshacerte del cuchillo?

–Yo no soy la mujer de la grabación.

–Eso nos ha quedado clarinete. ¿No te parece curioso que la ropa que ahora sabemos que llevaste durante el crimen no apareciera en el registro que efectuamos en tu domicilio?

–No sé de qué se sorprenden, yo no he acuchillado a nadie.

La sospechosa volvía a mostrarse firme.

–Todo acabará sabiéndose. Tiempo al tiempo. La cuestión es que reculaste, pero, para suerte de la justicia, ya era demasiado tarde: quedaste registrada en una cámara de seguridad. Subiste a tu piso, te cambiaste de ropa y volviste al *parking*, pasando cerca del cadáver, entraste en tu Opel Astra y condujiste rumbo a la casa de tu amiga. Dejaste atrás una mancha de sangre que parecía aceite. Poco después, le suplicabas a Elena Campos que, si la Policía llamaba a su puerta, mintiera como una bellaca sobre la hora a la que llegaste. Y la imbécil te tendió la mano. Le contaste no sé qué milonga de que te habías topado con el cadáver y que tuviste miedo de que te cargáramos el muerto por haberla amenazado en público. Pero ayer tu amiga se desmoronó. Entendió lo que eres, una desalmada, un lobo con piel de cordero, y escupió la verdad, quitándose a su vez un peso de encima.

Bermejo, con un fugaz movimiento de cabeza, le cedió la palabra a su compañero. De la Torre sacó un documento del portafolios que había traído debajo del brazo y se lo entregó al abogado.

–Aquí consta lo que ofrece la Fiscalía a cambio de una confesión firmada. Ya sabe cómo funciona esto. Su clienta puede declararse culpable y asumir una pena de diez a quince años por homicidio doloso o seguir negando su implicación en los hechos y arriesgarse a una de veinte a veinticinco por asesinato alevoso con ensañamiento. Dejaremos que se lo piensen. Tu mejor opción, si me permites el consejo –dijo el inspector sin dejar de observar a la sospechosa, con intención de crear cercanía–, es que confieses y nos ayudes a esclarecer los hechos. En definitiva, que aceptes el generoso

33

pacto que, por mediación nuestra, te propone el fiscal. Eres joven, Míriam. Cuando salgas de la cárcel tendrás más de media vida por delante, algo que Sofía Alarcón nunca podrá decir. Asume y paga. Irás a la cárcel de todas formas. De ti depende cuánto tiempo.

Los inspectores se levantaron de sus sillas. De la Torre recogió los bártulos y abandonó la sala junto con su compañera sin hacer demasiado ruido, como una aparición que se desliza tras dar un susto de muerte.

De frente al espejo unidireccional, Valcárcel negó con la cabeza y habló caviloso, con De la Torre a su derecha y Bermejo a su izquierda:

—Espero que la jugada os salga bien.

—No hay jugada que valga, jefe —contradijo Bermejo, dando por olvidado el percance previo a su entrada en la sala de interrogatorios—. Tenemos pruebas de sobra.

—No sé yo si tantas. Necesitamos algo más. He visto a sospechosos entrar en un juzgado con más pruebas en su contra e irse de rositas.

—Hay jugada. Y tanto que la hay —afirmó rotundo De la Torre, corrigiendo a su compañera—. Si no, ¿para qué ofrecerle un trato? Las pruebas, aunque bastantes, no son irrefutables, y en la grabación se la ve de lado. Tú lo has dicho, Valcárcel: con más en su contra, muchos han quedado libres. Pero tranquilos: no se arriesgará a una condena de veinticinco años.

—Me encargo yo del papeleo si queréis —se ofreció el inspector jefe—. Habéis hecho un buen trabajo. Tomaos el resto del día libre. A partir de aquí es todo burocracia. Os llamo si firman.

—No me lo digas dos veces —pronunció Bermejo con desvergüenza.

—Pues yo no pienso perderme el espectáculo.

De la Torre advirtió remordimiento en los ojos de su compañera.

—Vete a descansar —la alentó sonriente—. Firmarán, tranquila.

La inspectora asintió, abrió la puerta a su espalda y se perdió por el alargado pasillo que conducía al corazón de la comisaría. De la Torre señaló a la detenida con el mentón en cuanto estuvo a solas con el inspector jefe, que posó su mirada en Míriam Cobos: el abogado le hablaba con gesto resignado y ella negaba con los ojos llorosos.

—Está a punto de caramelo —susurró Valcárcel.

Tras dicha observación, su móvil rompió el agradable silencio que reinaba en la sala contigua a la de interrogatorios.

—Dígame, comisario. —Hubo un largo silencio, durante el cual Valcárcel no dejó de arrugar y tensar el entrecejo—. Repítame eso. —De la Torre intuyó que el comisario Ignacio Ibáñez no estaba dándole buenas noticias a su superior—. De acuerdo. Envío a Bermejo y a De la Torre.

El inspector jefe colgó y el subordinado habló sin darle tiempo a que abriera la boca:

—¿Llamo a Bermejo o me espero un poco?

—Una mujer ha aparecido muerta en La Moraleja. De un disparo, parece ser.

El inspector echó la cabeza hacia atrás, como si acabara de llegarle un fuerte olor a sudor.

—¿En La Moraleja? ¿Y de un disparo?

—Como lo oyes.

—Madre mía...

—El caso es vuestro. Si lo queréis, claro —recalcó con sorna, sabedor de que ningún inspector de homicidios de la Brigada Provincial de Policía Judicial de Madrid rechazaría un caso de tal calibre.

—Acepto a regañadientes —dijo con ironía.

El inspector jefe le brindó una media sonrisa. De la Torre, sin tiempo que perder, echó mano de su móvil y telefoneó a su compañera.

—¿Qué pasa? —contestó Bermejo casi de inmediato.

—¿Dónde estás?

—En el baño.

—¿De la comisaría?

—No. En el de mi casa. ¡Pues claro que estoy en el de la comisaría! ¿Quién te crees que soy, Flash?

De la Torre sonrió con gesto resignado, como quien está ante alguien que no tiene remedio.

—Ha aparecido un cadáver en La Moraleja.

—¿En La Moraleja?

—Sí.

—Hostia.

—Y tanto que «hostia».

—Te espero en el coche.

—No si llego yo antes.

Tras colgar y echarles un último vistazo a la detenida y al abogado, De la Torre se despidió de su superior y anduvo pensativo hacia el *parking* subterráneo de la comisaría.

«Un crimen en La Moraleja. Dios santo... Correrán ríos de tinta».

2

Álvaro de la Torre

«La mejor estufa es el sol», le había escuchado decir a mi madre. El problema es que uno no puede apagar el astro rey y, en aquel verano de 2018, se había empecinado en hacernos beber como elefantes y sudar como una cuadrilla de albañiles en Bangkok. Trabajar en agosto, no obstante, tenía sus ventajas. En un lado de la balanza hacía equilibrios el asfixiante calor que llevaba días azotando la capital y en el otro había unas calles despejadas. Aunque en los treinta y cinco años que llevaba residiendo en Madrid no recordaba un verano tan cargante.

Mientras circulaba por la Castellana rumbo al kilómetro cero del infierno, como me gustaba nombrar las escenas del crimen en mi fuero interno –pues en el fondo eran eso, el principio de muchos infiernos–, un aire irrespirable golpeaba la luna delantera de nuestro coche. Nada más pisar la urbanización empezaríamos a notarnos la camiseta pegada al cuerpo, a percibir cómo, en torno a la víctima, crecía un tenso y turbio ambiente de preguntas sin respuesta. En dicho kilómetro cero comenzaba nuestro trabajo: resolver dudas, descubrir a un homicida.

Los cabos sueltos eran el pan de cada día. Todo debía quedar atado de forma impecable. O al menos eso se esperaba de nosotros. Pero no siempre obteníamos todas las respuestas. Lo peor de ser inspector de homicidios era cargar en nuestras conciencias con los callejones sin salida.

En el número 3 de la calle Antonio Grilo, en el barrio de Malasaña, se encuentra la que muchos conocen como «la casa maldita de Madrid», dado que acontecieron varios crímenes entre sus paredes. El primero tuvo lugar en 1945, cuando un hombre fue asesinado en su propia cama, pero el más tremebundo sucedió el 1 de mayo de 1962. Fue cuando un conocido sastre mató a su mujer y a sus cinco hijos para después exhibir sus cadáveres en el balcón. Luego se pegó un tiro. Dos años después, una mujer mató a su bebé y lo ocultó en el cajón de un armario hasta que lo descubrieron. ¿Un demonio ronda la vivienda o los crímenes son causa de una desconocida energía negativa? El misterio nunca será resuelto. Nosotros no nos dirigíamos a una casa maldita, sino a una urbanización residencial de alto *standing* situada en el municipio de Alcobendas, en la zona norte del área metropolitana de Madrid. Yo no creía en los fantasmas, pero debo admitir que «el crimen de la mujer de La Moraleja», como los medios bautizaron al suceso, parecía tocado, como el número 3 de la calle Antonio Grilo, por una energía digna de estudio parapsicológico.

Ante el muro de ladrillo visto donde letras en relieve anunciaban LA MORALEJA, encontramos el primer vehículo rotulado del Cuerpo Nacional de Policía y, poco después, a dos agentes montando guardia en la entrada de la urbanización. Nos identificamos y, a petición nuestra, nos indicaron cómo llegar al lugar de los hechos sin dar demasiados rodeos. No nos fiábamos demasiado de las «rutas alternativas» de nuestro GPS.

–Vamos a ser de los últimos –presintió Elsa.

–Relájate. No se llevarán el cadáver hasta que lo hayamos examinado.

Nuestro GPS no parecía estar de acuerdo con las indicaciones de los agentes, así que Elsa lo apagó tras soltar un estridente «¡Calla, coño!».

No tardamos en ver a la muchedumbre.

—Tengo entendido que estas calles tienen cámaras de vigilancia —dijo Elsa, ya cerca de los coches patrulla, los curiosos, las cintas policiales, las ambulancias...

—Eso sería empezar con buen pie. ¿Te imaginas? Revisamos las grabaciones, aparece el rostro del asesino... —Me sacudí las manos—. El caso más llamativo de los últimos años resuelto en un pispás.

—No caerá esa breva.

—Ya te digo yo que no.

Elsa sonrió con la vista puesta en lo que sucedía a un centenar de metros del morro de nuestro coche.

—Los de la Científica también han llegado —reparó al tiempo que señalaba la furgoneta de los criminalistas.

—Mejor.

Aparqué detrás del primer vehículo del Cuerpo Nacional de Policía que se interpuso en nuestro camino. Elsa se bajó antes de que el coche se detuviera del todo; parecía deseosa de estudiar el cadáver.

Me incliné hacia el asiento del copiloto y abrí la guantera para hacerme con dos pares de cubrezapatos desechables de polietileno y guantes de nitrilo.

—Anda, toma —dije nada más apearme.

—Lo siento. Se me ha olvidado.

—No te preocupes.

Uno de nuestros rituales preescena consistía en que, en cuanto tiraba yo del freno de mano en las inmediaciones de un kilómetro cero, Elsa sacaba de la guantera los cubrezapatos —los de ella naranjas y los míos azules, cuestión de gustos— y los guantes, y nos bajábamos del coche con las protecciones en las manos, como un *sheriff* del lejano Oeste que desmonta ante una cantina atestada de rufianes. En cuanto poníamos un pie en la escena, fueran necesarias o no las protecciones, nos las colocábamos ceremonialmente, igual que quien toma la hostia en misa.

Anduvimos hacia las cintas, rodeadas por una veintena de curiosos y morbosos. Algunos grababan a quienes trabajaban al otro lado del cordón con sus teléfonos móviles.

«Cómo nos gusta la sangre».

—Por favor, déjennos pasar —rogó Elsa.

Superamos a los vecinos dando algún que otro codazo sutil. Uno de los uniformados que protegía el perímetro paseó la mirada por nuestras placas y se apresuró a levantarnos la cinta. Tras agradecerle el gesto con un movimiento de cabeza, nos colocamos las protecciones y caminamos hacia la víctima.

Me detuve a una distancia que me permitiera inspeccionar los elementos de la escena por separado y al mismo tiempo en conjunto: otro ritual marca de la casa. «Por poco no llegamos los últimos», pensé mientras descomponía ocularmente el panorama. Elsa me dejó atrás y anduvo hasta detenerse entre las mamparas desplegadas en medio de la larga calle... Tras más de quince años siendo su compañero, había aprendido a interpretar sus movimientos y reacciones... Y la percibí impactada, por mucho que pretendiera mostrarse estoica.

Intuí, a juzgar por la separación entre los biombos, que la víctima yacía en paralelo a las aceras, apuntándome con su cabeza o sus pies. Dos miembros de la Policía científica, enfundados en sus característicos monos blancos con capucha, gafas de protección, guantes y cubrezapatos, examinaban una de las aceras; un tercero tomaba fotografías de las inmediaciones del cadáver; un cuarto, medidas. Los inspectores de homicidios trabajábamos sobre sus hallazgos, con especial énfasis en los prolegómenos de las investigaciones. Sin los criminalistas no habría con qué dar los primeros pasos e innumerables casos permanecerían siempre en pañales. Podría haberme dado la vuelta en aquel preciso instante y una semana después volver al lugar de los hechos desde mi silla giratoria, con una representación en tres dimensiones en la pantalla de mi ordenador y un informe detallado de las causas de la muerte sobre mi mesa, al lado de una taza de café humeante. Esos hombres y mujeres no dejaban nada atrás, nada sin catalogar, medir, fotografiar o grabar. Eran nuestros mejores aliados en la cruzada de la Policía contra los malvados.

En lugares como aquel, mi hermana Carmen tenía la mala costumbre de pasearse entre los presentes. No podía evitar pensar qué aspecto tendría de no haberse cruzado con el hombre que echó por tierra nuestras vidas. Con los años me vi obligado a utilizar el álbum de fotos que mi madre me regaló por mi vigésimo cumpleaños. Sin aquellas instantáneas no sería capaz de recordarla fielmente, un hecho que sumía mi alma en la tristeza.

Descubrí a la comitiva judicial en una esquina del rectángulo ilusorio que formaban las cintas y las viviendas. La jueza de guardia, el secretario judicial y el forense conversaban alejados del cuerpo como un grupito de quinceañeros. Conocía a los miembros de la comitiva de haber compartido otros espacios acordonados como aquel. El forense, Antonio Rodríguez, me saludó con la mano tras cruzarse nuestras miradas. Intuí que estarían poniéndose al tanto antes de empezar con el levantamiento.

El lugar convertía el crimen en uno inusual. Las muertes de ese tipo sucedían en barrios menos elitistas. No obstante, un crimen era un crimen, se diera en un barrio humilde o en una de las urbanizaciones con mayor renta per cápita de España.

La temperatura debía de rondar los cuarenta grados, o eso le pareció a mi nuca. El asfalto hervía, se nos pegaban las suelas de los zapatos en sus franjas más desgastadas. Las sombras de los árboles se alargaban sobre las aceras como cirios encajados en candelabros de hormigón.

Conté siete coches particulares aparcados dentro del perímetro.

«Habrá que tomar nota de sus matrículas».

Busqué a un compañero en concreto. Lo necesitaba para localizar la procedencia del disparo, la altura del tirador, el modelo del arma... Pero no di con él ni con ningún otro miembro de la sección de Balística Forense.

Elsa me pidió que observara el cadáver junto a ella, como si la muerta fuera a marcharse a alguna parte. Caminé hacia el cuerpo al mismo tiempo que el forense, el secretario y la jueza. Saludé por el camino a varios conocidos y esquivé a más de un policía local de Alcobendas.

–¿Qué estáis buscando? –le pregunté a uno de los uniformados.

–El proyectil, algún diente... –Puso cara de circunstancias–. Cualquier cosa que pueda ayudar, inspector.

«Dientes», pensé, sospechando entonces por qué Elsa se mostraba tan insistente. Tuve la sensación de que aquellos hombres de uniforme solo trataban de ocupar su tiempo con algo, de sentirse parte de una investigación que sabía que, sin miedo a equivocarme, colmaría las portadas de muchos periódicos.

«Dudo que encontréis el proyectil por donde estáis buscando», pensé ya cerca de Elsa, que habló en cuanto me tuvo a su lado:

–Esto no te lo esperabas, ¿eh?

Descubrí lo que habían estado ocultándome las mamparas –me habían informado de que había un cuerpo con un orificio de bala, pero nada más– y confirmé el porqué de la intranquilidad de mi compañera: la mujer, de brillante cabello rubio ondulado, estaba tumbada bocabajo con un boquete en la coronilla y lo poco que le quedaba de rostro aplastado contra el asfalto. «Un amasijo de carne por cara –pensé, absorto en aquel desastre–. Sin nariz ni ojos, apenas boca...». Uno de sus globos oculares permanecía sobre el asfalto, seguido por unos filamentos resecos. Su largo pelo, reluciente a pesar de la sangre, se desparramaba sobre un charco encarnado como los pétalos de un lirio amarillo. Pude distinguir pedazos de carne gracias a seis marcadores de pruebas debidamente colocados a unos metros de las mamparas.

«Te han volado literalmente la cara. ¿Y esa ropa que me llevas?», cavilé tras fijar de nuevo la mirada en ella, como tratando de iniciar una conversación con la víctima.

–Buenos días, inspectores –saludó el forense, interrumpiendo mi examen visual–. A la pobre le han reventado la cabeza –observó. Rodríguez tenía unas cejas, unos labios, unos ojos y una nariz ordinarios. Pero cuando abría la boca sacaba a relucir unos dientes insólitamente imperfectos, unas palas enormes y separadas que asomaban por sus labios como cabezas de hacha–. Y esos atuendos...

Ni Elsa ni yo, centrados en estudiar el cuerpo, opinamos al respecto. A juzgar por su silencio posterior, el médico entendió que necesitábamos algo más de tiempo para asimilar la escena antes de ponernos a lanzar las habituales –y en general precipitadas– conjeturas.

Calculé, a pesar de su rostro desfigurado, que las tersas nalgas que asomaban por debajo de aquel vestido con volantes y tul pertenecían a una mujer de unos treinta años. Parecía una muñeca de porcelana abatida por un francotirador. El vestido de color rosa con caritas de gatos estampados, el lazo que se aferraba a uno de sus mechones ensangrentados... Una de sus bailarinas se había desprendido de sus pies y se veía que las uñas estaban pintadas de rojo.

«Por fuerza ha de ser una prostituta de lujo. A algún ricachón perturbado de La Moraleja le pone vestir a mujeres como muñecas o niñas... y algo salió mal y... Pero ¿matarla? ¿Descubriría algún trapo sucio?», pensé.

El forense estaba colocándose unos guantes de nitrilo cuando le hice la primera pregunta del día:

–¿La han identificado?

–No llevaba nada encima y que yo sepa nadie ha preguntado por ella. Pero no tardaré en saber su nombre.

—Por supuesto —dije mientras observaba las yemas de sus dedos, acabados en una cuidada manicura.

Su piel se mostraba suave y lisa, lo que me daba a entender que había desempeñado un trabajo carente de desgaste físico.

La segunda pregunta corrió a cargo de mi compañera:

—¿Algún testigo?

—Eso deberíais preguntárselo a otro. —El forense llamó al secretario judicial y este se acuclilló a su lado—. Busca al agente Pedro Latre, hazme el favor, a ver qué puede contarnos. No andará lejos. —El secretario, tras asentir, se marchó a por el citado—. En principio, aunque parezca increíble —prosiguió el médico—, nadie ha visto al tirador. Tras el estallido, dos vecinos han llamado al 112 y aquí estamos.

—¿Una persona dispara a otra en plena calle y nadie ve nada? —desconfió Elsa—. No me lo trago.

—No es tan raro —dijo la jueza tras dar dos pasos hacia delante—. Estamos en pleno agosto y hace un calor infernal. Muchos de los residentes se habrán largado de vacaciones a la playa o la montaña. Y quienes sigan en la urbanización estarían en sus casas, con el aire acondicionado a todo tren o refrescándose en la piscina del jardín, rodeado por altos muros. Quien haya disparado, además, se habrá preocupado de que nadie le viera. El vestido de muñeca que lleva puesto sugiere que no se trata de un homicidio, sino de un asesinato. Nadie va así por la calle. Sospecho que alguien la ha obligado a vestirse de esa forma. Está muerta, vestida con pintas raras... Un homicidio carece de premeditación y alevosía y esto... Tengo el pálpito de que este crimen esconde una turbia historia.

—Pienso lo mismo —confesé.

—No sé yo —cuestionó Elsa, para no perder su costumbre—. La secuestró y escapó. La persiguió con su coche y disparó desde la ventanilla y después se largó sin hacer ruido. Pisando a fondo, en tres segundos has doblado la esquina.

—Puede —finalizó la jueza, y dio tres pasos hacia atrás.

—Las cámaras nos sacarán de dudas —dije convencido y me volví hacia el forense—: ¿Hoy no llevas tu instrumental?

Caí en la cuenta de que no había estado cargando con el maletín que acostumbraba a desplegar al lado del cadáver antes de proceder con el levantamiento.

—Lo tengo ahí detrás, cegato. —Señaló una de las aceras con la mirada—. Guardaré el ojo, los pedazos que hay marcados por ahí y... —El globo ocular de la víctima parecía el de un pez exhibido en una pescadería—. Le echaré un vistazo superficial al cuerpo y, si no detecto anomalías importantes más allá del impacto y los lógicos rasguños, me lo llevaré al Anatómico Forense. Este crimen me da mala espina.

—¿Por qué?

—El vestido. —Rodríguez torció el semblante—. Parece una Nancy. Es siniestro, joder. ¿Y si lo que tenemos delante es el *modus operandi* de un futuro asesino en serie?

—Esto es Alcobendas, no Detroit —dije incrédulo—. En España no suceden...

Noté que una mano se posaba sobre mi hombro. Al darme la vuelta, descubrí al criminalista que había estado buscando al llegar: Jorge Luengo, de Balística Forense.

—Ya era hora, tío —espeté a modo de saludo.

—Algunos tenemos cosas que hacer, De la Torre.

Me estrechó la mano con su mejor sonrisa, a pesar del triste entorno, y con el mismo ánimo procedió con la jueza, Elsa y el forense. Tras las presentaciones de rigor, Rodríguez nos informó de que se disponía a levantar el cadáver. Nos apartamos un par de metros: aquel cometido vital para la investigación requería toda la atención del forense.

—Por la postura en la que ha quedado la víctima, su altura y el diámetro del orificio, es evidente que el disparo se efectuó con un arma de fuego de gran calibre —explicó Luengo—. Un revólver de calibre 44 puede abrir un boquete importante, pero estos daños... Yo apostaría a que son obra de un rifle de gran calibre y a que el disparo se efectuó desde una distancia relativamente corta. Desde ahí, más o menos. –Señaló a unos treinta metros de la finada–. El proyectil estará por aquella arboleda del fondo. –Volvió a estirar su dedo índice, esta vez para apuntar más allá del final de la calle, más que a una arboleda a un parque con árboles–. Con un poco de suerte, se habrá quedado incrustado en un tronco. Si no... –alargó hacia atrás las comisuras de los labios en una mueca de desconfianza–, va a ser como buscar una aguja en un pajar. Esos de ahí no tienen ni puta idea –se quejó, refiriéndose a los agentes que buscaban en un extremo del perímetro–. El proyectil perdió fuerza tras atravesar la cabeza de esta pobre mujer, pero, vamos, no me jodas, habría atravesado diez más de habérselas puesto en fila. –Se secó el sudor de la frente con el dorso de la mano–. Este calor es un asco. En fin. Voy a ver si lo encuentro. No hacerlo sería empezar con mal pie. Y nosotros no hacemos eso, ¿verdad?

–Y si lo hacemos es culpa de otros –dijo Elsa con salero.

–Ahí le has *dao*, Bermejo.

Luengo se cruzó con el secretario judicial, que volvía acompañado de Pedro Latre, de Seguridad Ciudadana, el primer agente en llegar al lugar de los hechos.

–Buenas –saludó con gesto serio–. Estaba a punto de acercarme a hablar con ustedes.

Le devolvimos el saludo y enseguida le formulé una pregunta:

–¿Quién ha dado el aviso?

–Dos vecinos han llamado al 112 con sus teléfonos móviles. Estaba por la zona y he acudido hasta aquí. Cuando he llegado, el cuerpo estaba rodeado de curiosos, pero todos me han asegurado que no han tocado nada ni han visto al tirador. Algunos se asomaron por la ventana poco después de oír el disparo y han afirmado que no pasaba ningún coche. –Se encogió de hombros–. Dicen que el estruendo fue bestial, que resonó por toda la calle, como si algo hubiera estallado. Unos cuantos vecinos salieron entonces a husmear y fue cuando se toparon con el cadáver, en la misma posición que está ahora mismo. –La mirada se le fue al cuerpo y no pudo evitar una mueca de desagrado–. Lo que suele ocurrir en estos casos, vaya. –«Ni que hubieras visto otros casos como este», pensé con el entrecejo arrugado–. Es todo lo que puedo contarles. He apuntado los nombres y los números de DNI de los vecinos que estaban junto a la víctima y las matrículas de los coches aparcados en la calle. Doce personas en total y siete matrículas. En principio no han tomado fotografías ni han tocado el cadáver. –«Mira que me extraña»–. Luego fueron llegando otros compañeros, acordonamos la zona y han venido ustedes. Es todo. Espero haberles sido de ayuda.

Me entregó una hoja. Tras desdoblarla, descubrí las prometidas anotaciones.

–Buen trabajo, Latre.

–Mierda –espetó Elsa tras lanzar una mirada a un extremo de la calle–. La prensa.

–Era inevitable.

Una reportera de Televisión Española hablaba ante una cámara, con la cinta policial a un palmo de su espalda.

–Latre –nombré enérgico, atrayendo rápidamente su atención.

–Dígame.

–Ocúpate de extender el perímetro en ambas direcciones. Como poco cincuenta metros. Que nadie pueda ver las mamparas.

–Eso está hecho.

–Gracias.

Latre se alejaba a cumplir con su cometido cuando mi compañera habló con tono inquieto:

–Fíjate quién viene por ahí: don Ojeras.

Me volví para recibir a nuestro inspector jefe.

—¿Han firmado? —preguntamos a coro.

Valcárcel sonrió y guardó silencio. Su cara de guasa lo dijo todo: pretendía imprimirle misterio al asunto y, de paso, sacarnos de quicio.

—No está el horno para bollos —le advirtió Elsa.

—Se está rifando un «vete a cagar», jefe, y estás comprando todas las papeletas —bromeé yo.

—Vale, vale, malasombra. Míriam Cobos ha pasado a disposición judicial.

Apreté los puños y dije «¡Toma!» en un grito susurrado.

—Quien vale, vale, y quien no, a sociales —soltó Elsa, igualmente satisfecha.

El cuerpo de una mujer brutalmente asesinada yacía a pocos metros de nosotros; por un momento sentí pena de nuestra alegría.

—Tenía sospechas de que su marido le ponía los cuernos con Sofía —explicó Valcárcel, haciendo referencia a la Choni—, aunque este lo negara.

—Míriam Cobos es agua pasada —zanjé antes de que empezáramos a darle vueltas a un asunto visto para sentencia—. Centrémonos en lo irresoluto.

—¿Irresoluto? —preguntó Valcárcel, retórico—. Madre del amor hermoso. Nunca pensé que estaría ante un académico de la Real Academia Española.

—Pues disfruta del momento —dije para seguirle la broma.

—Nadie ha visto nada. —Elsa empezó a poner al corriente a nuestro superior, pasando por alto los comentarios—. Luengo está buscando el proyectil. Aparte del lugar de los hechos, lo más sorprendente es que la chica va vestida como una muñeca. En principio, el disparo se efectuó con un rifle de gran calibre. La mujer está irreconocible. No llevaba bolso ni, por tanto, documentos identificativos. Así que el forense y Dactiloscopia tendrán que ponerse manos a la obra. Por el momento, es una sombra. Y poco más podemos contarte. Es pronto. Habrá que esperar a ver qué aportan los informes.

–Deberíamos contactar con el jefe de seguridad de la urbanización –sugerí mientras sentía un creciente agobio–. Necesitamos las grabaciones de las cámaras de vigilancia de esta calle. Saber quién era la víctima es importante, pero aún más quién ha causado su muerte.

–El único jefe al que necesitas es el que tienes delante –dijo Valcárcel–. Hago un par de llamadas y esta misma tarde tendréis esas grabaciones sobre vuestras mesas.

–Perfecto.

La autoridad de Valcárcel logró hacerme sentir un principiante.

Elsa echó un vistazo a su reloj de pulsera.

–Son casi las dos y media y aún no hemos comido. Menuda mañanita... Creo que nos hemos ganado una siesta, aunque sea corta.

–Qué siesta ni qué niño muerto –solté bruscamente; empezaba a notar el peso de las preguntas sin respuesta–. Demasiadas cosas en la cabeza como para pegar ojo. Pero si a ti todo esto no te afecta...

Elsa me miró con cara de malas pulgas.

–Vete a cagar.

–*Iros* a comer –ordenó Valcárcel, contundente–. Me pongo con las grabaciones en cuanto abandone la escena. Ahora no tengo el cuerpo para riñas de pareja. Os quiero a las cinco en mi despacho. Tenemos que empezar a arrojar algo de luz sobre este despropósito. Hablaré con el comisario Ibáñez y organizaremos una reunión. ¿Una mujer vestida con ropas de muñeca y un disparo en la cabeza? Que Dios nos pille confesados. Se avecina una fuerte presión mediática y debemos estar preparados. En cualquier caso, os aviso si surge algo. Voy a hablar con el forense y con Luengo, a ver qué me cuentan.

–Despídete de Luengo de nuestra parte –rogó Elsa.

–¡Rodríguez! –llamé yo. El forense apartó la mirada del cadáver–. ¡Hablamos!

Asintió con un ojo puesto en mí y otro en el cadáver.

Le dimos la espalda a nuestro superior y caminamos hacia la cinta policial. Me disponía a pasar nuevamente por debajo cuando oí que Valcárcel nos llamaba a viva voz:

–¡De la Torre! ¡Bermejo!

Nos dimos la vuelta y lo encontramos acuclillado junto al forense, haciendo aspavientos con sus manos enguantadas.

–¡Volved!

«A veces nos trata como a unos críos».

Regresamos sobre nuestros pasos y nos pusimos a la altura de aquel rostro enmarcado por jirones de carne. El charco que lo envolvía daba la impresión de ser una aureola infernal. Me abstraje durante un segundo en el líquido oscuro y vi reflejado el rostro del forense, que, acostumbrado a tenernos revoloteando cerca, prosiguió con sus obligaciones sin prestarnos la más mínima atención.

Valcárcel me dirigió una extraña mirada, un gesto que parecía esconder un mensaje, un «prepárate para lo peor», y habló con el semblante serio:

–Mirad. –Señaló la oreja derecha de la víctima, que, al contrario que cuando llegamos, estaba despejada de cabello–. Le he apartado el pelo para ver si tenía signos de pinchazos, tal vez algún tatuaje de bandas, y... –El forense le echó una mirada al inspector jefe que me sugirió una frase: «Deja de hacer mi trabajo y vete a tomar por culo». Sin embargo, no se atrevió a verbalizar lo que estuviera pensando–. Fijaos –insistió Valcárcel.

Y dobló el reborde de la oreja de la víctima.

3

Álvaro de la Torre

Antes de descubrir la cicatriz mi corazón ya latía a mil por hora. Intuí lo que escondía aquella oreja salpicada de sangre mucho antes de que Valcárcel acercara sus dedos forrados de nitrilo; como quien adivina el giro final de una novela. Y una «M» apareció donde predije. Se me fue la mano a mi oreja marcada mientras Valcárcel volvía a clavarme su profunda mirada.

Me quedé paralizado. Mis entrañas se sacudieron como una puerta bataneada por un huracán. Mi mente se quedó en blanco, arrollada por una cicatriz con forma de letra.

—Es una «M» —señaló Elsa, sin darle importancia.

Valcárcel se puso en pie y me habló mientras nosotros aún estábamos de cuclillas.

—¿Ella lo sabe? —me preguntó, aludiendo a mi compañera.

—No.

—Pues tendrás que contárselo.

—¿Qué pasa? —preguntó Elsa con la frente arrugada.

—Nada. —A duras penas me salían las palabras—. Te lo explico después, mientras comemos.

—Esto lo cambia todo —profirió mi superior mientras nosotros nos poníamos de pie—. Les pasaré el caso a Trujillo y a Gómez.

—¿Qué? —Elsa no cabía en su asombro—. ¿Qué diantres os traéis entre manos?

–Nada, joder –insistí, tosco–. Te he dicho que te lo cuento luego. No seas plasta.

Elsa dio un paso hacia atrás con los músculos de la cara contraídos. Imaginé que se estaría cagando en mis muertos. Y tuve suerte: con casi nadie se mordía la lengua.

–Te diré algo, jefe, y escúchame con atención, porque no pienso repetirlo –afirmé con una aplastante seguridad–: o llevamos nosotros el caso, o te entrego ahora mismo mi placa y mi reglamentaria y no vuelves a verme el pelo en tu vida. No es un farol. Ponme a prueba, a ver qué pasa.

–Pero...

–Ni pero ni peras. No aceptaré un «no» por respuesta. O estamos al frente, o dimito y me pongo a servir copas en un antro.

–Cuando te pones así, De la Torre, das miedito –confesó Valcárcel con una media sonrisa.

–Todos tenemos nuestro lado oscuro.

–No hagáis que me arrepienta –finalizó.

–Descuida.

–Y que no se entere la prensa de lo tuyo.

Elsa me echó una nueva mirada inquisitiva.

–Se enterarán –vaticiné convencido–. Pero no será hoy.

–A las cinco en mi despacho.

Elsa asintió y, como el buen equipo que formábamos, nos dimos la vuelta al unísono y caminamos juntos, una vez más, hacia la cinta policial tras la que aguardaba nuestro coche.

–Cuéntame de qué va todo esto, joder, o te juro que te abofeteo delante de las cámaras –me amenazó mientras apretaba los dientes.

Avanzamos bajo un calor sofocante.

El cámara y la periodista nos esperaban cargados de preguntas que, ni por asomo, íbamos a contestar.

Pedimos dos hamburguesas en un McDonald's cualquiera y nos las llevamos al coche para comerlas antes de regresar a la comisaría. Necesitaba intimidad para sincerarme con mi compañera; uno no sabe quién puede estar en la mesa de al lado. Cuando nos disponíamos a hincarles el diente, a riesgo de manchar de kétchup o mostaza la tapicería del coche, Elsa dijo:

—Desembucha.

—¿No vas a dejarme ni comer tranquilo? Y no hables con la boca llena, haz el favor.

—Vale... Pero en cuanto acabes ponme al tanto de tus secretitos con el jefe. Y que sepas que estoy enfadada.

—Tú no puedes enfadarte conmigo. Soy el mejor compañero del mundo.

—Pues fingiré estarlo, joder.

—Eso es otra cosa.

No pude darle más que un bocado a la hamburguesa. El crimen de La Moraleja me quitó el apetito. El pasado volvió a mí con la fuerza de un ciclón... Tanto tiempo después, cuando mi cuerpo se había habituado a la incertidumbre, las preguntas regresaban. A Elsa aún le quedaba más de la mitad de su Big Mac. Empecé:

—Cuando tenía siete años, a mi hermana melliza, Carmen, y a mí nos secuestraron en Sevilla, en el barrio de Triana. Durante la...

—¿Qué?

Mi compañera casi escupe un trozo de lechuga contra la luna.

—No me interrumpas, o que te lo cuente Valcárcel.

—Vale, vale. Sigue. No te pongas así, hombre.

—Durante la retransmisión del partido España e Irlanda del Norte en el Mundial de 1982, mi hermana y yo fuimos a tirar la basura. Cuando íbamos a lanzar las bolsas dentro del contenedor, un hombre se nos acercó y nos cogió en volandas y supongo que nos inyectó algún tipo de sedante por vía intravenosa. Nos metió en la caja de una furgoneta, tal vez en el maletero de un coche... Solo recuerdo que estaba en un lugar oscuro, sin poder moverme.

»No sabes cuánto me desespera no recordar apenas nada de aquella noche ni de los días siguientes. En fin. Días después yo aparecí vagando con una «M» sanguinolenta detrás de la oreja derecha, idéntica a la cicatriz que tiene la mujer de La Moraleja. Carmen apareció un mes más tarde en un vertedero con un boquete en la parte trasera de la cabeza que recuerda siniestramente al que hemos visto hace un rato y, como supongo que habrás deducido, cortes detrás de la oreja formando una «M».

»¿Por qué me liberó a mí? –Me encogí de hombros–. Lo único que sé es que aquella noche mi familia se rompió en mil pedazos.

»A mi hermana la asesinaron. Y a mí me mata saber que ese cabrón nunca pagó por lo que hizo. No volveré a abrazar a Carmen, pero necesito saber qué pasó, por qué yo estoy aquí y ella criando malvas en un cementerio de Sevilla. Quiero ponerle cara al hijo de puta que me robó la infancia.

»¿Y sabes qué? A estas alturas ni siquiera podría hacérselo pagar. Supongamos que tuviera por aquel entonces... ¿Cuántos? ¿Treinta, cuarenta años? Ahora sería un carcamal, y eso siendo positivos. Accidentes, enfermedades, la misma vejez... Son tantas las cosas que pueden acabar con uno... A lo único que aspiro es a conocer el cómo, el quién y tal vez el porqué.

Tras mi última frase, en el coche reinó un silencio sepulcral. Elsa había dejado de masticar desde la palabra «secuestraron». Su mirada se perdía más allá de la ventanilla, como si tratara de buscar algo en la profundidad del *parking*. Apoyaba las manos sobre sus muslos como un ancla que pende de un barco, sujetando la hamburguesa con languidez. Temí que en cualquier momento se le desprendiera un pedazo de tomate bañado en kétchup: una imagen que me trajo a la memoria el rostro destrozado de la mujer de La Moraleja.

Chasqueé los dedos ante sus ojos brillantes para tratar de devolverla al mundo real, de inhibir, con aquel gesto salado, los oscuros ánimos que se estaban adueñando de ella.

—Lo siento, Álvaro —susurró sin despegar la mirada del cristal—. Debió de ser durísimo. Más que eso. Supongo que aún lo debe de ser, por muchos años que hayan pasado. Y después de lo de hoy... —resopló— las heridas habrán vuelto a abrirse. Pero... Joder, llevo siete años siendo tu compañera. Puede que no sea el mejor momento para recriminarte nada, pero ya sabes que no puedo evitar ser inoportuna. ¿En serio preferiste confiarle tu mayor secreto a un soplagaitas ojeroso que a tu propia compañera?

—Para el carro... —La interrumpí antes de que pudiera decir algo inapropiado—. Valcárcel lo averiguó por su cuenta. Yo no le confié una mierda. Ya sabes cómo es el jodido: le gusta tenerlo todo controlado, y eso implica saber con quién trabaja. Eran otros tiempos, pero el suceso apareció en las noticias. No obstante, no tuvo tanta repercusión como otros asesinatos. Al ritmo que se enfriaba el caso de la niña de Triana, los medios perdieron el interés, hasta que la noticia quedó relegada a algún recoveco de internet, archivos antiguos de televisión y periódicos viejos. Y a la memoria de quienes la quisimos.

—Nunca había oído hablar de esos niños, ni de ti.

—Te repito que eran otros tiempos.

—Entonces, ¿a partir de ahora puedo llamarte «mi niñito de Triana»?

Mirar hacia el pasado me causaba gran pesadumbre, pero aun así consiguió robarme una sonrisa.

—Ni de puta coña.

–¿Y por eso llevas el pelo por encima de las orejas, para ocultar la cicatriz?

–No. Me gusta cómo me queda.

–La verdad es que sí, te queda bien.

–No te pega eso.

–¿El qué?

–Ser atenta conmigo. –Elsa expresó asombro con una mueca exagerada–. A ver si ahora vas a mirarme con cara de pena. Soy el mismo que hace veinticinco minutos.

–Perdona que te lo diga, pero ya te miraba así antes de conocer tu pasado. No es mi culpa que vayas por ahí dando pena.

–En eso te doy toda la razón. Pero, coñas aparte, debo confesar que no logro desprenderme de aquellas sensaciones. Es curioso, ¿verdad? No recuerdo apenas nada de esos días, pero treinta y seis años después, aquí, sentado a tu lado, sufro lo mismo que entonces. La mente es un misterio. La cuestión es que pasé de ser un niño dicharachero a uno lleno de culpa. –Los despechos que mi padre le gritaba a mi madre resonaron en mi cabeza: «¡Mi hija estaría viva si no fuese porque eres una mala *mare*!»–. No soy capaz de recordar el rostro de quien nos secuestró ni dónde nos mantuvo cautivos. Durante los días posteriores a mi liberación reviví algunos momentos. Pero aparecieron como fotografías movidas. Otro de mis tormentos: no haber podido ayudar a la Policía a encontrar a mi hermana.

–Suena a tópico, Álvaro, pero tú no tuviste la culpa.

–¿Qué se le puede recriminar a un niño de siete años que ha caído en las redes de un psicópata? Nada. Lo sé.

Mientras decía aquello, sentí cómo los remordimientos recorrían mis venas como un veneno de acción interminable.

–Y por eso te hiciste policía –entendió Elsa.

–Mi meta es ayudar a los demás. Llámalo «redención», si quieres.

–¿Sabes qué? Ahora que estoy al tanto de tu mierda de pasado, me uno a la búsqueda del asesino de tu hermana. Hoy hemos encontrado una conexión y no vamos a soltarla. –Elsa hablaba como si se hubiera pasado la vida buscándolo–. A partir de este momento, mi tiempo es tuyo. El hombre que os marcó tiene que ser el mismo que ha matado a la mujer de La Moraleja. Treinta y seis años son muchos, pero no tantos como para creerlo imposible. Una cosa llevará a la otra, ya lo verás.

Asentí con emoción.

Cuando asoma la generosidad hacia los demás, aparece lo mejor del ser humano. «Mi tiempo es tuyo», prometió Elsa. No existe mayor acto de bondad que sacrificar algo a favor de otra persona. Renunciaría a cualquier cosa con tal de que Carmen hubiera aparecido viva y mi madre y mi hermana fueran felices. Pero el pasado no puede restaurarse.

–Por mí puedes ir arrancando –dijo Elsa–. Se me ha cerrado el estómago. Vamos a ver qué cuentan Valcárcel y el comisario.

4

Treinta y seis años antes
2 de julio de 1982, 06:58 h
Marchena

Miró a través de la ventana. Aquella mañana el mundo le pareció un inmenso coto de caza. Infinidad de presas que rastrear y abatir. Sonrió mientras recordaba las capturas del viernes anterior, cuando aprovechó que la mayor parte de los sevillanos estaban recogidos en sus casas atentos a un partido de fútbol.

«Sois ovejas –meditó, abstraído en un horizonte pintado con los colores del alba–. Las altas esferas, mediante sutiles mecanismos, os invitan a moveros como un rebaño. Y vosotros, dócilmente, aceptáis la invitación. Supongo que yo soy la oveja negra».

Las primeras luces del día lo llenaron de voluntad. Guardaba a buen recaudo a sus presas, pendientes de marcar y abatir. «No soy un julandrón», se repitió mientras invocaba sus años de niñez.

Tenía por delante un oscuro desafío. Necesitaba demostrarse a sí mismo que era capaz de actuar con hombría. Pero, más que nada, precisaba probarle a su padre que no olvidaba sus enseñanzas. Era consciente de que su progenitor le observaba desde el más allá.

La voz de su padre resonó en su cabeza: «La Biblia dice: "Den muerte a todos sus malos deseos; no tengan relaciones sexuales prohibidas". Colosenses 3, 5. "Para dar muerte a los malos deseos, que pueden provocar faltas graves, hay que aprender a dominar los pensamientos". Filipenses 4, 8 y Santiago 1, 14».

Tomó el manojo de llaves que descansaba sobre la robusta mesa del comedor y caminó rumbo a la puerta del sótano, a la que seguían unas escaleras inclinadas. No había comprado ninguno de aquellos muebles, cuadros o electrodomésticos, ni había pintado a su gusto ninguna de aquellas paredes. Lo cierto es que no había elegido una casa con encanto, sino la más indicada: alejada del centro, pero no demasiado, para no levantar sospechas entre sus vecinos.

Bajó los peldaños con nerviosismo y también con anhelo, como quien se dirige a una ceremonia iniciática.

Se detuvo ante una de las cajas de madera, se acuclilló y miró a través de uno de los agujeros que dejaban pasar el oxígeno. Observó a la niña de la misma guisa que la noche anterior, cuando le dio de cenar: recostada sobre uno de sus laterales, maniatada y amordazada. Carmen abrió los ojos como platos al advertir la pupila azul de su secuestrador asomando por uno de los orificios que llenaban la jaula de hilos de luz.

—Buenos días, pequeña.

Carmen no era consciente de que su hermano estaba cerca. El hombre, con una de las llaves del manojo, abrió el candado que aseguraba el armazón. Destapó la caja y su presa se estremeció como las hojas de un árbol durante una tormenta.

—¿Tienes hambre?

Carmen negó con la cabeza y dos lágrimas corrieron por sus mejillas. Pero no se atrevió a alcanzar el llanto: le sobrevinieron las intimidaciones que su captor le destinó el día anterior como una advertencia arrastrada por el viento: «Si lloras, tendré que hacer cosas que no quiero. Pórtate bien y todo acabará pronto».

«Todo acabará pronto», se consolaba la pequeña.

El hombre cerró la puerta de la caja, que había armado con paciencia siete días antes, y pasó el candado.

–Luego volveré a por ti.

Se acercó a la mesa de trabajo que había junto a una de las paredes desconchadas y cogió una jeringa previamente cargada con sedante para perros.

Destapó la otra jaula.

–Buenos días, pequeño.

Tras el saludo, pinchó en el cuello a su presa, Álvaro, que dirigió la mirada hacia la voz, pero la venda que cubría sus ojos evitó que pudiera ver el rostro del secuestrador. Trató de suplicar por su vida, pero el trapo que obstruía su boca propició que sus palabras murieran poco después de rozar sus labios. Antes de caer fulminado por los efectos del narcótico, escuchó una enigmática frase:

–Pórtate bien y todo acabará pronto.

Las secuelas del sedante borrarían aquellas palabras de su memoria.

Extrajo al niño con cuidado de no golpear su cabeza y lo tumbó sobre la mesa de trabajo. Echó mano de la navaja que había estado guardando en un bolsillo, dobló la oreja del pequeño y le cortó la piel.

Subió las escaleras con Álvaro en brazos, que dejaba a su paso un rastro de gotas de sangre.

«No sé para qué lo marco aquí. Maldita sea. Tendré que limpiar la sangre cuando regrese».

Entró en el garaje y metió al pequeño en un maletero forrado con plásticos.

Una hora después
En mitad de la nada

Condujo por carreteras secundarias hasta llegar al punto prefijado: un camino de tierra largo y recto. Se detuvo en un apartadero. Si algún cultivador o coche se acercaba en cualquier dirección, podría verlo venir con tiempo de sobra para ocultarse. Se apeó y, con los ojos bien abiertos, caminó hacia la parte trasera de su todoterreno. Ni un alma a la vista.

Abrió el maletero.

«Puede que me haya pasado con el sedante».

Se había imaginado observando cómo el niño se alejaba por el camino pardo, no dejándolo dormido en una cuneta. Y no le gustaba alterar sus planes.

Volvió a sentarse al volante y aguardó a que el niño se despertara.

«La paciencia es importante»: las palabras de su padre regresaron a su memoria, infundiéndole la calma que necesitaba.

Dos horas después, Álvaro seguía sin volver en sí y el aguante de su captor empezaba a agotarse. Cada vez que un tractor o un coche pasaba rozando el suyo, su corazón se encogía un poco más. «Esto no está saliendo bien». Lo zarandeó y le arrojó agua, pero ni con esas el niño dio síntomas de recuperación. Resignado e incapaz de modificar su programa, el secuestrador entró de nuevo en su coche.

Media hora después oyó un golpe seco.

«Ya era hora».

Cuando abrió el maletero, encontró a Álvaro desorientado. Lo liberó de la mordaza y las ataduras, y recorrió con la mirada el camino y los campos que se desplegaban a sus lados.

«Sabía que era el lugar perfecto», se felicitó.

Sacó al niño del maletero. Álvaro apenas se tenía en pie. Intentó preguntarle a su secuestrador qué hacía allí, pero solo pudo balbucir un par de incomprensibles palabras. Su captor se acuclilló y, con un tono absurdamente cariñoso, le susurró a la oreja que él mismo había marcado:

—A unos cinco kilómetros, en esa dirección, bonito, encontrarás Dos Hermanas. —Señaló hacia el oeste—. Pero seguro que te cruzas con alguien antes de llegar.

El hombre le dio un empujoncito en la espalda y Álvaro caminó mareado, sin pensar, limitándose a poner un pie delante del otro. El hombre abrió la puerta trasera izquierda del 4×4 y cogió de los asientos la funda de un rifle. Lo desenfundó como un samurái desenvainaba su catana. Apoyó la culata en su hombro y apretó los codos contra su pecho. Y, sin quitarle el seguro, miró a Álvaro a través de la mira telescópica.

«Si Dios quiere, cazador y presa volverán a encontrarse», susurró sonriente.

Cuando el todoterreno levantaba polvo en dirección contraria, Álvaro, un poco más consciente, se desvió del camino y se adentró en una arboleda. El miedo a reencontrarse con su captor lo arrastró a buscar cobijo entre los árboles. Mientras pasaba de tronco en tronco, temeroso de que apareciera de improviso, oyó voces que se acercaban como cantos de sirena: «¡Álvaro, Carmen!».

«¡Me buscan!», temió el pequeño, agazapado detrás de una roca. Pensó que quienes gritaban su nombre y el de su hermana trataban de engañarlo, de echarle el guante para devolverlo a su jaula de madera. Así que esperó a que las voces pasaran de largo y después reemprendió el camino, usando su instinto como brújula.

Tras coronar una loma, avistó el municipio de Dos Hermanas.

5

Álvaro de la Torre

12 de agosto de 2018, 16:01 h
Comisaría General de Policía Judicial, Madrid

Golpeé la puerta con los nudillos una hora antes de lo previsto.

–Adelante.

En cuanto pusimos un pie en el despacho del inspector jefe, supe que algo no marchaba bien: lo aprecié en su mirada, siempre acompañada por aquellos dos párpados amoratados.

–Sentaos, por favor. No os lo vais a creer.

Se frotó la barba como si tuviera sarna e hizo honor a su molesta manía de tenernos en ascuas.

–Al grano –exigió Elsa.

–Poco después de cometerse el crimen –dijo en tono desganado–, han *hackeado* el ordenador que guardaba las grabaciones. Ha volado una semana entera.

–¿Qué? –Elsa y yo no cabíamos en nuestro asombro–. ¿El asesino es un *cracker*?

Valcárcel se encogió de hombros y habló mientras se rascaba el tabique nasal:

–Acabo de enterarme.

–¿Has hablado con la Brigada de Seguridad Informática?

–Por supuesto. He colgado pocos minutos antes de que entrarais por esa puerta. Tratarán de rastrear la huella digital.

–Algo no cuadra –dijo Elsa, meditabunda.

–O sí –la contradije–. El asesino tiene conocimientos de informática o conoce a alguien que los tiene. Es curioso, pero no tan raro. El tipo intuyó que las cámaras lo habrían grabado y tomó medidas. Es inteligente. Y eso no es nada bueno. No creo que estemos hablando de un pelagatos. No obstante, una cosa es entrar y la otra salir sin dejar rastro. O es un *cracker* muy fino o... En cuanto salgamos de aquí, hablaré yo también con los de Seguridad Informática.

–El comisario ha decretado una reunión a las cinco y media. Se huele la que se avecina –profirió Valcárcel con la prensa en mente–. Estaréis los implicados. Luengo, de Balística Forense, y Martínez, de Dactiloscopia, están avisados. Martínez debería traer una foto de la víctima debajo del brazo. Antes de abandonar la escena del crimen, le he rogado al forense que le enviara cuanto antes las huellas dactilares. Por cierto: Luengo ha encontrado el proyectil. Estaba incrustado en un tronco. –Tanto Elsa como yo respiramos aliviados–. Cuando sepamos el nombre de la víctima, podremos empezar a entrevistar a sus familiares y amigos, a ver en qué andaba metida. Sus vestimentas me han puesto la mosca detrás de la oreja. Si estuviéramos en Carnaval, todavía tendría algún sentido, pero en pleno agosto...

–Lo del vestido de muñeca es una rayada –admití mientras le daba un par de golpecitos a Elsa en el hombro–. Vamos a la sala de descanso a tomarnos un café. Me temo que hoy estaremos hasta muy tarde.

Media hora después
Comisaría General de Policía Judicial, Madrid

–¡Mierda! –exclamé nada más colgar a Tomás Vidal, de la Brigada de Seguridad Informática.

–¿Qué pasa? –preguntó Elsa, sorprendida por mi impetuosa falta de control.

Los tacos, los aspavientos y los desmanes solían correr de su parte.

El subinspector Ernesto León, que tenía su mesa delante de la mía –la de Elsa estaba a mi derecha, justo debajo de la cristalera que se alargaba hasta el fondo de la sala–, se volvió sobre la silla y puso la oreja a mi contestación.

–Pues que no han logrado detectar ni la IP ni la huella digital ni nada de nada –expliqué decepcionado–. Parece ser que el asesino es un buen informático. En la Brigada de Seguridad Informática se están ocupando de incrementar la seguridad del sistema. Por lo visto estaba bastante anticuado. Según ellos, nadie volverá a borrar ningún archivo de esa base de datos. Pero...

–Pero el mal ya está hecho.

–Exacto.

–No es un mal comienzo. –El subinspector León habló con su habitual desparpajo–. El caso está en pañales y ya podéis intuir dos cosas. El asesino es cazador, si no, ¿por qué iba a tener un rifle? Por otro lado, la chica llevaba puesto un vestido de muñeca, ¿no? Pues eso: que se escapó de algún lugar cercano. ¿Tal vez del sótano de una vivienda de lujo? –preguntó retórico y con retintín–. Vestida como la Nancy no creo que estuviera dando un paseo y menos con este bochorno. Ahora, además, sabéis que su asesino tiene altos conocimientos en informática. No sé a vosotros, pero a mí me parecen bastantes indicios para llevar solo un ratejo de investigación. ¡Si no tenéis ni un mísero informe sobre vuestras mesas, quejicas! ¿Qué queréis? ¿Pillar al malo antes de cenar?

Giró la silla y continuó trabajando en su caso, un allanamiento de morada que acabó con una anciana muerta a puñetazos.

–No sé si aplaudirte o tirarte el móvil a la cabeza, Leoncito –bromeé.

El subinspector León, sin despegar la vista de la pantalla de su ordenador, me deleitó con una peineta.

–Yo también te quiero, Leoncito.

Era consciente de que no le gustaba que le llamáramos «Leoncito», de ahí mi insistencia. Pero su corta edad –al menos le sacábamos quince años– le hacía presa fácil de nuestras bromas.

Volvió a dedicarme otra peineta.

–Lo cierto –dijo Elsa– es que, bromas aparte, Leoncito tiene razón: esto acaba de empezar.

–No le des la razón tan a la ligera, mujer, que va a creerse a nuestra altura.

Sin mediar palabra, y con la mirada nuevamente fija en la pantalla de su ordenador –aunque lo intuí sonriente–, me destinó una peineta doble.

–¡Ya son cuatro, Leoncito! ¡Vas rumbo de batir tu récord de peinetas!

Elsa se echó a reír; los hombros de León lo delataron: se aguantaba la risa.

–Si no fuera por estos ratos... –dijo mi compañera.

–Sería por otros –culminó León.

Sin aquellos breves y purificantes espacios de distensión, solo nos quedarían las escenas criminales, los informes deprimentes y las entrevistas a familiares afligidos.

–Vamos –me azuzó Elsa mientras se levantaba de la silla–, la reunión va a empezar.

–Sí, voy.

Me pilló indagando por Twitter. La noticia había corrido como la pólvora. El *hashtag* #LaMujerDeLaMoraleja era *trending topic* en las redes sociales más populares de España. Poco más de seis horas después de que se oyera un estallido en la urbanización de lujo, todo el mundo opinaba sin tener ni puta idea. Así eran las redes sociales: un incordio y asimismo una eficaz herramienta. Los medios aún no se habían hecho eco de las raras vestimentas de la víctima ni del inquietante borrado de las grabaciones. Cuando eso ocurriera –que ocurriría–, las altas esferas nos exigirían resultados desde sus cómodos y amplios despachos, como si no fuéramos lo suficientemente mayorcitos como para entender la gravedad de la situación. Eran ellos los que no comprendían que todos los crímenes son igual de graves y que todos merecen nuestra atención al completo.

Las mesas de mis compañeros y compañeras rebosaban documentos, *pendrives*, bolígrafos, blocs de notas y tazas de café humeantes. Como estaba el aire acondicionado a todo tren, apetecía una bebida caliente; a la intemperie, cualquier cosa, pero con hielo.

Saludé a quienes no estaban absortos en las pantallas de sus tabletas, móviles u ordenadores con una frase ingeniosa o un simple «hola», dependiendo de la confianza que le tuviera. Elsa hizo honor a su innata mordacidad. Todos sabíamos qué pie calzaba el de la mesa de al lado y tratábamos de amoldarnos a sus manías y defectos. Y Elsa era una caja de carencias. Sin embargo, tras cada una de sus imperfecciones se escondía una virtud: siempre segura de sí misma, trabajadora, inteligente... No la hubiera cambiado por nada del mundo. ¿Se producían altercados entre aquellas paredes? Por supuesto. La tensión a la que estábamos sometidos nos convertía en bombas andantes y, por ende, a la comisaría en un polvorín. No obstante, cuando alguien estallaba, los que teníamos la mecha más larga tratábamos de calmar los ánimos. Y por lo común conseguíamos hacerle entrar en razón. Lo cierto es que no recordaba una sola discusión que hubiese pasado a las manos. Aunque alguna, debo admitir, estuvo cerca.

Entramos en la sala de reuniones. Todos los agentes implicados, excepto el comisario Ibáñez, aguardaban sentados en las sillas que rodeaban su gran mesa como una empalizada. Tras saludar a los criminalistas Jorge Luengo y Sonia Martínez y al inspector jefe Valcárcel, nos sentamos al lado de este último. Poco después, Ignacio Ibáñez –el mandamás– entró con su habitual aire pensativo y andares nerviosos. Vestía un pantalón negro tejano y una camisa del mismo color a juego con sus zapatos. Parecía que viniese de un entierro. Nuestro primer encuentro, cuando él aún no había ascendido a comisario y yo era subinspector, no fue lo que se dice ideal. Su cabeza rapada y su barba de tres días me recordaron a Antonio Resines y así se lo hice saber. Él, ni corto ni perezoso, me echó de su despacho. Ahora sé que se mordió la lengua. Conociéndolo, lo normal hubiera sido un «¿Resines? Vete a tomar por culo».

No empezamos con buen pie y fue por mi culpa. Pero con los años fuimos limando asperezas y ahora lo considero un buen amigo. A primera vista podía parecer un hombre corriente. Nada más lejos de la realidad. Su sagacidad y su falta de ortodoxia a la hora de resolver homicidios me gustaban cada día más. No se andaba con miramientos y yo, amante de la expresión «el fin justifica los medios», estaba encantado con sus métodos.

–Buenas tardes –saludó desde un extremo de la mesa–. Todo este follón me ha pillado en Valencia. –Se frotó las sienes–. Luengo, empieza tú.

–Tengo el proyectil, que no es poco. Por el momento puedo adelantaros que usó un rifle de un calibre 30 y que disparó desde una distancia corta. La trayectoria es evidente. La chica cayó fulminada, lo que a mi equipo y a mí nos facilitará las cosas. Mañana por la tarde espero tener listo el informe, con la identificación del arma, la altura aproximada del tirador... En fin, lo de siempre.

–Bien. –Ibáñez asintió–. Te toca, Martínez.

Martínez apartó su silla con un brusco movimiento de caderas, provocando que el asiento se arrastrara desagradablemente por el suelo. Jamás le había visto hacer algo semejante en una reunión. Como Elsa, llevaba el pelo recogido en una cola de caballo. Me fijé en su perfil de tabique recto, en sus labios gruesos, en sus pestañas largas y sus ojos del color de las avellanas. Alta y esbelta... Me ponía la libido por las nubes.

—He cotejado las huellas con el SAID, o sea, el Sistema Automático de Identificación Dactilar, y no aparecen coincidencias.

Nos miramos incrédulos los unos a los otros. En la sala de reuniones se escucharon varios «¿qué?» y algún que otro «¿cómo?», incluso un «no me jodas» de boca de Elsa. Yo me limité a reflexionar mientras me invadía una extraña sensación a caballo entre la esperanza y la incertidumbre: «Nuestro secuestro escondía algo más que los impulsos de un pederasta, hermana. Siempre lo supe».

—Ya sabéis que en el plano administrativo las huellas dactilares han de constar en el DNI y el pasaporte —continuó Martínez tras darnos la mala noticia—. Pero las huellas que me ha pasado el forense no han mostrado antecedentes de ningún tipo. O bien la mujer nunca se hizo el carné de identidad ni el pasaporte o era una indocumentada. Solo se me ocurre que fuera víctima de la trata de blancas.

«La trata de blancas cuadraría con la cicatriz —pensé—: a veces las marcan como si fueran ganado. Pero, entonces, ¿por qué tengo yo la misma marca?».

Me pasé la mano por la cara, empezaba a sentirme agobiado.

—El DNI no es obligatorio hasta los catorce años —recordó el comisario Ibáñez—. ¿Eso no os dice nada?

—¿Cree que la chica es española y que fue secuestrada antes de que le expidieran el DNI? —preguntó Martínez mientras curvaba sus cejas depiladas—. Partiendo de que tenía entre treinta y cinco y cuarenta años, me parece poco probable.

—Yo no creo ni dejo de creer nada —dijo Ibáñez—, solo expongo datos. Bermejo, De la Torre, ¿algo que añadir?

—Sí —afirmó Elsa con determinación—. Recopilemos. Una mujer muerta de un disparo en la cabeza, y en la mismísima

Moraleja. Arma homicida, un rifle de alto calibre. Iba vestida como una Nancy. Sus huellas dactilares no aparecen en el SAID... Y, presuntamente, su asesino ha *crackeado* las grabaciones de las cámaras de vigilancia, dejándonos a ciegas. Estoy con Martínez: todo apunta al crimen organizado, a la trata de blancas. Deberíamos hablar con la Brigada Provincial de Extranjería y Fronteras, a ver si pueden echarnos un cable.

—Dejad ese tema en mis manos —se ofreció Valcárcel.

—Tenemos que identificar a la víctima —dije con tono firme cuando intuí que Elsa había concluido su exposición—. Hablaré con el forense para que proceda mediante un análisis de ADN, pero visto lo visto no es probable que la Base de Datos de Patrones de ADN arroje coincidencias. El estudio odontológico queda descartado: a la pobre no le queda boca. Si nada funciona, habrá que crear un retrato robot a partir de dicho ADN y colgarlo en todas nuestras redes sociales, a ver si alguien la reconoce. No podemos seguir ignorando su identidad.

—Cierto —asintió el comisario—. Esos trámites corren de mi parte. ¿Alguien tiene algo más que decir?

Ibáñez clavó su mirada en mi rostro y asintió de un modo apenas perceptible.

«Lo sé, jefe».

—Escuchad. —Como Martínez minutos antes, me puse en pie—. Voy a ser escueto y no quiero que me preguntéis nada. Al menos de momento. No me apetece hablaros de mi pasado, pero tras los últimos acontecimientos me veo obligado a hacerlo. Cuando tenía siete años, a mi hermana y a mí nos secuestraron. Yo aparecí con vida una semana después. Mi hermana lo hizo semanas más tarde, en un vertedero y con un orificio de bala en la cabeza, provocado en principio con un rifle. Nunca encontramos el proyectil ni al asesino. La cuestión es que tanto a ella como a mí nos hicieron cortes en forma de «M» detrás de la oreja, idénticos a la cicatriz que tenía hoy la víctima.

El comisario, Elsa y Valcárcel conocían mi secreto, pero ni con esas pudieron evitar compadecerse de mí. No me gustaba ser el centro de atención, menos todavía cuando las miradas iban cargadas de lástima.

—¿Alguien tiene algo más que decir? —repitió Ibáñez. Nadie abrió la boca—. Podéis iros a casa a descansar. Mañana será un día largo.

Justo cuando nos levantábamos, Elsa metió la mano en uno de los bolsillos de sus pantalones porque percibió que le vibraba el móvil.

—¡Un momento! —vociferó—. ¡Es el forense!

No era habitual que nos llamara tan pronto, de ahí su impetuosa reacción.

—Dime, Rodríguez.

Elsa atendió a las palabras del forense con los ojos abiertos de par en par.

«¿Otra sorpresa?», presentí.

Antes de colgar le hizo una pregunta:

—¿Podemos pasarnos por el Anatómico y hablamos con calma de lo que acabas de comentarme?

Una insólita petición que incrementó mi mosqueo.

—Olvidaos del tema de la trata de blancas —dijo enérgica tras guardarse el móvil en el mismo bolsillo del que lo había sacado. De pie, ante la mesa, todos le dedicamos nuestra más férrea atención—. El forense ha encontrado una, digamos, anomalía. Dice que, a falta del resultado de las pruebas toxicológicas, la mujer tenía entre treinta y cinco y cuarenta años. Y ahora viene lo que os va a dejar de piedra: era virgen.

«No puede ser».

6

Álvaro de la Torre

12 de agosto de 2018, 19:13 h
Madrid

«Un disparo por la espalda –pensé detenido en un semáforo–. Rifle de alto calibre. Vestida como una muñeca. Sus huellas no constan en nuestras bases de datos. Una semana de grabaciones borrada. Y ahora resulta que era virgen». Mis cejas se arquearon. Cuando el semáforo se puso en verde, evoqué la frase lapidaria que la jueza formuló en la misma escena del crimen: «Tengo el pálpito de que este crimen esconde una turbia historia».

–Nunca habíamos acudido al Anatómico Forense tan pronto –reparé inquieto–. ¿Cuánto tiempo ha pasado desde el disparo? ¿Siete horas? Rodríguez no ha tenido tiempo material de...

–Hay que hacer lo que hay que hacer –me interrumpió Elsa–. Cada caso es un mundo.

–Hoy estás de un pragmático que acojona.

–El caso lo merece.

Los contenedores de basura ante los que me secuestraron junto a mi hermana asomaron por mi mente como dos chiquillos traviesos. Los recordaba bien: tras mi liberación, fui a visitarlos a diario en busca de una pista que me condujera a Carmen –iluso de mí– hasta que mis padres, acosados por los recuerdos, decidieron que nos mudáramos a Madrid.

–¿Cómo es posible que fuera virgen a su edad? –me pregunté en voz alta–. El vestido de muñeca, lo de las grabaciones, que sus huellas no aparezcan en el sistema... Por mucho que intente encontrarle lógica...

—Deja de buscarle sentido y hagamos lo de siempre. Las respuestas caerán por su propio peso.

—Ya, pero...

—Pero ¿qué?

—Que nunca empieza así.

—Siempre hay una primera vez para todo.

Pasaban menos de quince minutos de las ocho de la tarde, pero el sol seguía proyectando nuestras sombras con fuerza sobre el asfalto. Anduvimos hacia el decrépito edificio de ladrillo rojo donde se realizaban las autopsias de las muertes de etiología violenta. Arrastraba un cansancio como no recordaba.

En el pequeño vestíbulo nos cruzamos con dos hombres trajeados, que intuí que eran trabajadores de una funeraria. Nos identificamos ante el encargado de recibir usualmente a los familiares de los fallecidos y este nos abrió la puerta cerrada con llave que daba acceso a la zona de los trabajadores del centro. Aquellos pasillos, pese a estar limpios e iluminados, eran vetustos y me traían ecos de crímenes pasados. Más de un rostro desfiló por mi mente —padres, amigos, hermanos...— como recordatorio de que la víctima aún estaba por identificar.

Me vino a la memoria un suceso en concreto, resuelto de forma impecable entre aquellas viejas paredes: una anciana fallecida aparentemente de forma natural en su vivienda. Los primeros agentes en llegar decretaron anomalías en el cuerpo. El forense descubrió más tarde que la anciana tenía restos de papel higiénico en la garganta. La nieta, que lloraba desconsolada en la puerta del Anatómico, fue detenida allí mismo. La había asfixiado con papel de váter. El escritor Victor Hugo dijo que «el mal es la noche del espíritu». Yo, más acostumbrado que otros a presenciar el mal, era consciente de que cada vez más almas se dejaban cautivar por los encantos de la noche.

Superamos las cámaras frigoríficas y las cortinas abatibles de plástico que colgaban de algunos marcos mientras inhalábamos un olor a muerte que arrebataba cualquier apetencia. Nos detuvimos ante la puerta de la sala de autopsias y respiramos hondo, tratando de acondicionar nuestro espíritu.

Golpeé la puerta con los nudillos, la entreabrí y asomé la cabeza.

–¿Se puede?

Era consciente de que Antonio Rodríguez prefería que pidiéramos permiso.

–Adelante.

Descubrimos a Rodríguez delante de la mesa de autopsias, anotando algo en su tableta. La cabeza de la víctima se hallaba a un palmo de su cintura. Las paredes que rodeaban al forense, recubiertas por azulejos del color de la orina, no ayudaban a mitigar el tétrico aire que se respiraba en aquella habitación. La gente piensa en una sala de autopsias e imagina un lugar en penumbra, algo así como un castillo del terror. Pero, dejando atrás la atmósfera, el lugar es, a grandes rasgos, un quirófano con muchísima luz y muchísima limpieza.

No obstante, por muy aseada e iluminada que estuviera la sala en cuestión, me sentó como un puñetazo en el estómago ver a la víctima tumbada bocarriba en una fría mesa de acero inoxidable. En el cine nos pintan como a personas curtidas en mil batallas, a quienes nada les afecta, con poca o ninguna empatía hacia las víctimas, como si para nosotros fueran nombres que borrar de una lista. Mentira cochina. Nos afectan sus muertes y mucho. No hablemos de cuando los fallecidos son niños o bebés. A pesar de la empatía, no podemos llevarnos a casa todo el drama. Un inspector de homicidios está obligado a equilibrar su trabajo y su vida personal si no quiere verse inmerso en una ola de tristeza.

74

Nos tachan de personas grises cuando precisamente por ver la muerte de cerca somos hombres y mujeres optimistas.

Yo era un caso aparte: cargaba con demasiados dramas personales como para llevar una vida feliz.

La mujer aún no mostraba el característico corte en el pecho con forma de «y». No me sorprendió que no la hubiera abierto aún en canal, dado el poco tiempo transcurrido desde su muerte. «Quien anda deprisa, tropieza», acostumbraba a decir el forense. La potente lámpara suspendida sobre ella nos permitió observar su cuerpo con una dolorosa nitidez.

Desde las cejas hasta la mandíbula, su rostro no era más que un amasijo de carne. Su semblante se había esfumado, como se marcha la lozanía con el paso del tiempo. «Nadie debería acabar así», pensé. Su pubis estaba depilado, como sus piernas. Las uñas de las manos y los pies estaban pintadas de rojo. Sus pechos se mostraban tersos y sus muslos y glúteos tonificados. Si obviábamos los arañazos en los hombros y los brazos causados por la caída, su piel carecía de imperfecciones. Su pelo, rubio, largo y ondulado, parecía estar sano... Una mujer sin rostro, pero una mujer de cuerpo escultural.

–No hacía falta que vinierais –se quejó Rodríguez–. Hoy no voy a abrirla. Os podríais haber ahorrado el viaje. Trataré de identificarla cotejando su ADN, pero ya sabéis que esa base de datos es limitada. Todo esto podría habéroslo contado por teléfono, cagaprisas.

–No hemos venido a pedirte que corras. –Parecía que al forense algo le había agriado el humor–. Precisamente iba a pedirte que trataras de identificarla con el ADN, pero veo que lo tienes presente.

–Cuando tú vas, yo vuelvo, chaval.

Los tres sonreímos.

–¿Cómo es posible que fuera virgen? –preguntó Elsa–. Pretendientes no le faltarían... Además, sus vestimentas apuntan a algún tipo de juego sexual. No tiene ningún sentido.

—No estaba explotada sexualmente —argumenté irrebatible-
mente— y sus huellas no están recogidas en ningún sistema.
Por ponernos a suponer, digamos que era una emigrante sin
permiso de residencia. ¿Qué diantres hacía en La Moraleja
disfrazada de muñeca? ¿Y qué haría para que le pegaran un
tiro en la cabeza? Si yo fuera rico y tuviera ganas de tirarme
a una chica vestida de colegiala, contrataría a una prostituta
de lujo, no a una simpapeles.

—Yo lo único que puedo deciros es que era virgen y además
sin margen de error. Que, dejando aparte las manchas de
sangre, su cabello estaba hidratado y con las puntas saneadas.
Sus genitales relucientes. Y tiene las ingles y las axilas depiladas. Vosotros mismos podéis comprobarlo. Le han hecho
la manicura hace poco. La ropa tan rara esa que llevaba era
nueva y cara. Vamos, que no reúne las condiciones de una
mujer que ha estado recluida en ninguna parte. —Se encogió
de hombros—. Por cierto, os he mandado a vuestro correo
conjunto una fotografía de las etiquetas de la ropa. Es *made
in Japan*. Y tiene toda la lógica: allí son pioneros en el arte
de las muñecas sexuales, que pueden llegar a costar hasta
seis mil euros. Un vestido de muñeca de ese tamaño no es
fácil de conseguir. Podéis tratar de rastrear su procedencia.

—Estás muy puesto tú en el tema de las muñecas hinchables,
¿no, Rodríguez? —bromeó Elsa.

—Conozco una página web donde las hacen con la cara que
tú les mandes. ¿A que no sabes la foto de qué inspectora de
homicidios les he enviado para que me hagan una?

—No sabía que tu hermana fuera inspectora de homicidios.

Ambos cruzaron sus miradas en actitud retadora.

—Tú siempre tan graciosilla, ¿eh, Berme...?

—Investigaremos el tema de la ropa —dije en alto, antes de
que aquel «juego de insultos» pasara a mayores—. Una cosa
más, Rodríguez. Tú, que llevas tanto en esto de resolver
crímenes, ¿te dice algo el tema de la cicatriz?

El forense le dobló la oreja a la víctima y observó la «M».
Yo doblé la mía y llamé su atención:

—Eh, mira esto.

Le enseñé mi marca.

—¡Pero qué cojones...! ¿Por qué coño tienes una cicatriz igual?

—Está de moda, no te jode. En fin. Es una larga historia. Pero hoy no me apetece explicártela. No se la había contado a nadie en mi vida y hoy sería la tercera vez.

—No puedo obligarte, pero... si está relacionado con el caso, creo que deberías...

—Que sí, hombre —espeté al borde del cabreo—. Luego te mando un correo electrónico con un resumen.

—Estupendo. Gracias.

Elsa, tras mi paréntesis, recondujo la conversación:

—¿Y tu opinión sobre la cicatriz es...?

—Ah, sí. Pues... desde tiempos inmemoriales, se ha marcado a las personas. Eso ya lo sabréis. Durante el Imperio romano, por ejemplo, se empleaban los tatuajes para castigar o marcar a los esclavos y delincuentes. Los indios americanos arrancaban las cabelleras para dejar su impronta, algo así como «esto lo ha hecho un apache». Lo que me viene ahora mismo a la cabeza es que el nombre de su asesino debe de empezar por «M».

»Recuerdo un caso de hace más de diez años. La Brigada de Extranjería y Fronteras desmanteló un piso en Bilbao que servía de prostíbulo encubierto. Las chicas ejercían como esclavas a cambio de comida y un techo mugriento bajo el que poder lamentarse de su mala suerte. Todas llevaban códigos de barras tatuados en el trasero. ¡Códigos de barras! ¡Como si fueran un cheque regalo!

—No podemos obviar el tema de la ropa ni de la «M», aunque todo carezca de sentido, siendo ella virgen. Gracias por los consejos. Cambiando ligeramente de tema... En caso de que la identificación por ADN no dé resultados, que es lo más probable, ¿podrías encargarte de hacer un estudio del ADN para trazar un retrato robot?

–Por supuesto. Pero no lo tendré listo hasta la semana que viene, siendo optimistas. No es un proceso sencillo. Además de ser relativamente novedoso.

–¿Cómo funciona? –me interesé.

–Los análisis forenses tradicionales de ADN ignoran el contenido genético y tratan el ADN solo como un identificador biométrico, o «huella de ADN, que se puede utilizar para identificar a un individuo». Pero el ADN humano contiene la información genérica que determina la apariencia física de una persona. Mediante sofisticados algoritmos, se traduce el código genético bruto en predicciones de rasgos físicos y, *voilà!*, en la pantalla de un ordenador va apareciendo un rostro humano. ¿Te ha quedado claro o te hago un plano?

–Como el agua. Gracias por la explicación. Envíale el retrato a Valcárcel cuando lo tengas listo.

–Hecho. Mis compañeros del laboratorio de Toxicología nos dirán si había tomado alcohol o drogas, si la narcotizaron o si abusaba de algún medicamento. Pero hasta entonces... –Falto de sutileza, nos invitó a abandonar la sala con un ademán–. Si surge algo interesante, os doy un telefonazo. Trataré de tener el informe lo antes posible, pero hoy quiero cenar en casa.

–Quien anda deprisa, tropieza, ¿no, Rodríguez? –dije antes de darle la espalda.

–Paso a paso llegaremos a nuestro destino –aseguró el forense.

«Siempre avanzando hacia una línea de meta», pensé tras despedirme de Rodríguez con un «hasta otra». Elsa, menos formal, lo hizo con una de sus frases corteses:

–Nos vemos. Y que sepas que eres más lento que el caballo del malo.

7

Álvaro de la Torre

12 de agosto de 2018, 20:10 h
Madrid

Solía conducir yo. Costumbres que arraigan con el tiempo sin que nadie sepa por qué. No recordaba la última vez que Elsa estuvo al volante.

—Mañana deberíamos entrevistar a los residentes que constan en la lista que nos ha dado el agente...

—Latre —me recordó.

—Eso.

Elsa, tras refrescarme la memoria, hizo un gesto con la mano que ya había visto antes: acababa de ocurrírsele algo.

—Las grabaciones de las calles las ha borrado, de acuerdo, pero ¿y las privadas de cada chalé? Ya sé que por ley no pueden enfocar afuera, pero los propietarios suelen pasarse esa norma por el forro. La cuestión es que si alguien anduvo a toda leche por la acera no se le verá la cara, pero sí las piernas, o tal vez la sombra. ¿Me explico?

—No entiendo del todo adónde quieres llegar.

—A que, con suerte, podremos acotar la zona de búsqueda. Yo creo que la chica huyó de alguna vivienda cercana.

—Opino lo mismo.

—Pues eso. Si aparece en una de las grabaciones, en la siguiente no, pero luego vuelve a aparecer... y así hasta llegar a la zona donde la mataron... Con que aparezca en dos grabaciones, podría servir para fijar unos límites. Y a falta de una idea mejor... ¿Entiendes ahora a qué me refiero?

–Te explicas fatal, pero sí, te sigo: triangulando las grabaciones podremos trazar un círculo en el mapa de la urbanización.

–Correcto.

–Incluso pudo atravesar algún jardín durante su huida –discurrí–. Además, las puertas de acceso a las parcelas suelen permitir ver el exterior y las que son correderas no se deslizan a ras del suelo. No obstante, lo normal es que hubiera llamado a la puerta de algún vecino en busca de ayuda, ¿no?

–Eso da que pensar.

–Todo en este caso da que pensar. Puede que formase parte de algún entramado criminal y no le interesase alertar a nadie.

–O tal vez tuvo mala suerte: muchos vecinos estaban de vacaciones.

«Puede. Tal vez. Quizá. A lo mejor», pensé. Eran algunas de las locuciones adverbiales más usadas en los comienzos de una investigación.

–Entrevistaremos a los propietarios de las viviendas próximas y les pediremos que nos enseñen las grabaciones de sus cámaras de seguridad privadas, de tenerlas –dije convencido–. Hemos de entrevistarlos de todos modos, así que no perdemos nada intentándolo. No creo que nuestro *cracker* asesino cayera en la cuenta de esas grabaciones.

–Eso nos llevará un par de días.

–Como poco. Haremos tiempo hasta que estén listos los informes y el retrato robot. Puede que ni siquiera perdamos el tiempo y demos con algo interesante.

–Una cosa llevará a la otra –prometió Elsa, aludiendo al asesino de mi hermana melliza.

Estuve tentado de decirle «No te refieras a ese crimen. Haz como si no te hubiera contado nada». Pero sus buenas intenciones me frenaron.

Dejé a mi compañera en su casa.

–Hasta mañana a las ocho menos cuarto –dije cuando abría la puerta del copiloto.

Maticé la hora exacta porque yo solía ser puntual y ella acostumbraba a hacerme esperar.

Conduje hacia la avenida de San Diego, en la zona de Puente de Vallecas. Había llegado el momento de desconectar. Sin embargo, el caso de la mujer de La Moraleja se me antojaba demasiado personal como para impedir que hiciera contacto continuo en mi mente.

«Seguro que esta noche no pego ojo —me temí—. Nunca he estado tan cerca de saber quién te mató, hermanita».

Sonó mi móvil. Pensé que se trataría de algo referente al caso, pero no fue así. La pantalla mostró un nombre: JOAQUÍN JIMÉNEZ. Descolgué y pulsé el altavoz para escuchar a mi amigo de toda la vida. Más de tres décadas después, recordar la llamada que me hizo a los cinco años de marcharme de Sevilla aún me hacía sonreír: «¡Que me voy contigo *pa* Madrid!».

—¿Qué pasa, compadre? —respondí, tan distendido como me fue posible.

—¿Te vienes a tomar algo a Los Divinos?

—Voy a cenar con mi madre y mi hermana.

—Ah, vale. ¿Quedamos entonces para el domingo que viene, nos pillamos medio pedo y echamos una partida de cartas si se tercia?

—¿Desde cuándo Joaquín Jiménez se pilla medios pedos?

—Bueno, vale. Tú medio y yo entero.

—Eso es mucho más realista.

—Oye, tengo que dejarte. No sé qué le pasa al crío. —Escuché de fondo los llantos de su hijo Ramiro, de apenas un año—. Hasta el domingo.

Colgó antes de que me despidiera.

«Menudo elemento», pensé con afecto.

Aparqué en el primer hueco que encontré y anduve taciturno por la acera. Cada vez que me plantaba ante aquel telefonillo repleto de nombres y botones me venía mi padre a la mente, a quien llevaba cinco años sin dirigir la palabra, los mismos que hacía que mi madre lo echó de casa. No negaré que la animé a darle la patada. Yo mismo lo hubiera hecho, pero ella no quiso que me encargara de un asunto tan personal.

—Es cosa mía, hijo.

La empoderé por su propio bien. Le abrí los ojos:

—Ni siquiera debería ser capaz de culparte. Ser cruel con quien amas va contra natura. Y si no te ama, ¿qué hace viviendo en esta casa?

La crueldad es la fuerza de los cobardes. Un hombre que antepone el alcohol a su familia no merece mi perdón. Las cosas hay que verlas como son, por horribles que sean. Empinar el codo hasta apreciarlas como te gustaría no es la solución. Ojalá fuese tan fácil. Mi padre trató de librarse de la culpa cargándosela a mi madre y yo tuve que ser testigo. Sus gritos aún resuenan en mi mente. No solo la amargó a ella, también a mi hermana y a mí. Yo sí puedo echarle en cara que Azucena no levante cabeza.

Mi madre y mi hermana vivían en un bloque que hacía esquina, con la fachada pintada de un color a caballo entre el naranja ámbar y el amarillo fuego que echaba para atrás al más conformista. Pulsé el botón del piso B de la cuarta planta.

—¿Sí?

—Yo.

Lucía podía reconocer la voz de su hijo hasta debajo del agua. Me abrió sin mediar palabra.

Nunca cogía el ascensor a no ser que fuera estrictamente necesario. Prefería ejercitar las piernas, por cansado que estuviera. Así pues, subí por unos escalones de baldosas pasadas de moda mientras deslizaba los dedos por el pasamanos de una barandilla de hierro con barrotes. Los muros pedían a gritos una mano de pintura y en los rellanos había puertas con bisagras desgastadas que habían soportado infinidad de golpes, humedades y temperaturas de infarto, como las que todos sobrellevábamos aquel verano.

Me rondó un pensamiento: «¿Por qué tienes la misma cicatriz que yo?».

Solía hacerles preguntas a los muertos.

Encontré la puerta del cuarto B entornada. Enseguida vi a mi madre al fondo del pasillo, preparando la cena.

—Te quedas a cenar, supongo —me dijo mientras me acercaba a la cocina.

Me apoyé en el marco de la puerta.

—Si me invitas...

Mi madre sonrió.

Entre aquellas paredes habíamos pasado tantas penurias... No obstante, cuando pisaba aquel piso también me invadían buenos recuerdos. Una mezcla que, sumada al crimen de La Moraleja, logró que me escocieran los ojos.

—Alegra esa cara, hombre. —Se acercó y me acarició la mejilla con una de sus habituales miradas de amor—. Te he visto por la tele, ¿sabes?

—¿En La Moraleja?

Mi madre nunca se estaba quieta. Cocinaba, barría, fregaba, tejía, regaba las plantas del balcón, salía a hacer la compra o a clases de zumba y quedaba con alguna de sus amigas para tomar café o, si se venía arriba, un par de cervezas. La cuestión es no darle tiempo al cerebro para recordar que eres un desgraciado.

—Pues sí, te he visto en La Moraleja, caminando con Elsa. Me he dicho: «Ahí va el hermoso de mi hijo a resolver un crimen».

Solté una risa ahogada.

—A intentarlo, más bien. ¿Y Azucena?

—En su cuarto. Creo que está leyendo. Ya no le apetece ni ver la tele conmigo. Hoy se ha levantado mal, te aviso, pero verte siempre le cambia la cara.

–Pues voy a ver qué me cuenta.

–Si consigues que salga a la calle, te compro un chalé en La Moraleja.

Sonreí antes de recorrer de nuevo el largo pasillo que distribuía un piso hasta los topes de muebles y adornos anticuados.

«Un chalé en La Moraleja. Ya».

A mi madre y a mi hermana no les sobraba el dinero. La primera cobraba una irrisoria pensión y la segunda llevaba diez meses de baja por depresión y ansiedad, y al cumplirse un año tendría que volver al trabajo o ponerse a la cola del paro. Cada mes, religiosamente, les ingresaba cuatrocientos euros para que pudieran ir un poco más desahogadas.

Entreabrí la puerta y la observé leyendo en pijama mientras apoyaba la espalda en el cabecero de la cama. Las arrugas contorneaban sus ojos cada día más, pero yo la miré como si fuera una quinceañera con los típicos problemas de su edad. Soltó el libro sobre el colchón al advertir que mis ojos la espiaban.

–¡Hola, *chirigüili*!

Nos poníamos nombres raros. Un juego que practicábamos cuando éramos niños, que la desgracia interrumpió y que el paso del tiempo logró que retomáramos. «Un juego demasiado infantil para unos cuarentones», consideraría la mayor parte de la gente. Pero a mí la mayoría de la gente me la traía al pairo. En algún lugar leí una frase y desde entonces intento trasladarla a mi cotidianidad: «Piensa como un adulto, vive como un joven, aconseja como un anciano y nunca dejes de ser un niño».

Casi nunca lo consigo, pero pongo todo mi empeño.

–Hola, *petejander*.

–¿*Petejander*? Menuda mierda de nombre.

–Pues anda que *chirigüili*... –Me froté el mentón mientras me acercaba y me sentaba a su lado–. ¿Te gusta más *pitifláutica*?

–Mil veces más.

–Pues bien, *pitifláutica*. ¿Cuándo vas a venirte a dar una vuelta con tu hermano?

–¿Ya estamos con lo de siempre? Mira que sois pesados.

–Es que no hay otro tema, *pitifláutica*.

–Está el tema de que me dejéis tranquila. No puedo, ni quiero, ser feliz. Punto.

«Ella se fue –pensé mientras le cogía una mano y la besaba con dulzura. Su piel era tan lisa como la de una manzana–. No puedes castigarte eternamente».

No pude evitar fijarme en la cicatriz de su muñeca y ella se dio cuenta.

–No volveré a hacerlo –dijo, aludiendo a su intento de suicidio–. Te lo prometí. Y los De la Torre cumplimos nuestras promesas. Y tú, creo recordar, prometiste hace dos días que hoy te quedarías a cenar y a ver una peli con nosotras.

–Y eso haré, como buen De la Torre que soy. El *number one*, diría yo. Hasta salgo por la tele.

–Ir de chulito no te pega.

–Qué sabrás tú lo que me pega.

–Hablando de eso... ¿Qué tal con la chica esa del bar que te gusta?

–Me arrepiento de habértelo contado, en serio.

–No te hagas el remolón. En el fondo disfrutas hablándome de tus secretillos.

–Menos de lo que crees. Y no hay nada que contar. De momento nos saludamos.

–Pues éntrale, cagueta.

Me incorporé y caminé hacia la puerta.

–Te espero en la cocina, *pitifláutica* cotilla.

–¡No huyas, cobarde!

Se echó a reír. En algunas ocasiones, sus contrastes me ponían los pelos de punta.

Cenamos en la cocina y al terminar empezamos a ver una comedia romántica en el salón. Todo parecía ir bien hasta que Azucena susurró «su asesino sigue libre» y rompió a llorar.

Más de tres décadas después, mi hermana seguía castigándose por no haber ido a tirar la basura aquel 25 de junio de 1982. Para ella, el tiempo no parecía haber transcurrido desde entonces.

Antes de abandonar el piso sentí un miedo atroz. Me detuve en el umbral de la puerta y eché la vista atrás con un pie dentro y otro fuera: «La prensa se hará eco tarde o temprano. Volverán a llamarme el "niño de Triana"».

Continué dándole vueltas al asunto mientras bajaba las escaleras:

«"No volveré a hacerlo. Te lo prometí. Y los De la Torre cumplimos nuestras promesas". Te lo ruego, hermana: que lo último que hagas no sea incumplir tu promesa. No podría lidiar con tanto dolor».

8

Álvaro de la Torre

13 de agosto de 2018, 01:48 h
Lavapiés, Madrid

El viento soplaba furibundo en la cima de la montaña de neumáticos, arrastrando con sus manos invisibles enormes gotas de agua que azotaban mi rostro como un látigo de mil tiras. Cualquiera hubiera dicho que el viento me guardaba rencor. Empuñaba mi reglamentaria con fuerza mientras ingentes pilas de escombros acorralaban mi cuerpo calado hasta los huesos. La voz de mi hermana ascendió desde la base de los neumáticos:

—¡Álvaro, sálvame, aún estoy con vida!

Sin embargo, mis piernas se negaron a iniciar el descenso.

—¡Álvaro, sálvame!

Enfundé mi pistola e hice rodar neumáticos montaña abajo. Entonces apareció su asesino y los devolvió a la montonera. Como siempre hacía. Desenfundé mi arma de nuevo y encañoné su cuerpo sin rostro, pero el indeseable zigzagueaba al pie de la montaña con la velocidad de un rayo, por lo que era imposible fijarlo en el punto de mira de mi pistola. Los golpes de viento y la lluvia se mezclaban con mis lágrimas de impotencia y me tambaleaban sobre la cumbre.

—¡No voy a abandonarte, hermana! —grité y lancé un neumático a contraviento, pero quien sesgó su vida lo devolvió al lugar del que había salido.

—¡Álvaro, sálvame, aún estoy con vida!

—¡No voy a abandonarte, hermana!

Un delgado brazo ulcerado me agarró por un tobillo. El rostro destrozado de Carmen asomó bajo mis pies, enmarcado por un círculo de caucho.

—¡Pero me abandonaste!

Me desperté empapado en sudor.

—Condenadas pesadillas —maldije jadeante.

«Espero que no tardemos en resolver el caso o un día de estos supero a Valcárcel en ojeras».

Aproveché mi desvelo para orinar y beber agua.

Mi piso se hallaba a una temperatura que aplanaba a cualquiera.

«No hay manera de que bajen las malditas temperaturas. A ver cuándo me compro un aire acondicionado, al menos para mi habitación».

Le eché un ojo al reloj despertador que descansaba sobre la mesita de noche. «¿Solo son las dos de la madrugada?».

Luché sin éxito contra el estado de vigilia en el que me había sumido una de mis recurrentes pesadillas.

«El asesino de Carmen, de seguir con vida, superará los sesenta años —pensé con la mente demasiado despierta—. No veo a un sexagenario yendo por ahí secuestrando a mujeres. Y la víctima de La Moraleja no era precisamente enclenque. Se necesita fuerza para someter a alguien».

Tumbado en la cama, recordé las miles de horas perdidas tratando de atrapar al asesino de Carmen. En ocasiones, años después de que los investigadores guarden un caso en el cajón de los «sin resolver», aparecen nuevas pruebas o un nuevo equipo de investigación lo reabre para abordarlo con otra perspectiva o con nuevas tecnologías, como el análisis del ADN y el cruce de datos. Sin embargo, no hubo manera humana de encontrar una sola pista fidedigna sobre quién disparó a mi hermana, y no por falta de perseverancia.

Que no pegara ojo no evitó que cumpliera a rajatabla con mi rutina matinal. Me levanté sobre la seis y media tras pasar media noche dándole vueltas al caso de La Moraleja. Poco después, me libraba de las molestas legañas con un intenso lavado de cara. En gayumbos y zapatillas de ir por casa, me preparé un café, que disfruté durante mis reglamentarios veinte minutos de televisión mañanera. Puse el canal 24 Horas, donde nunca dejaban de emitir noticias. No tardó en aparecer una que me atañía personalmente: el paso de Míriam Cobos, la Choni, a disposición judicial.

Después aparecieron en pantalla vistas aéreas de La Moraleja, supuse que grabadas con un dron. LA POLICÍA NO LOGRA IDENTIFICAR A LA MUJER ASESINADA EN LA MORALEJA, podía leerse, resaltado con una franja azul. Cogí mi tableta y eché un vistazo a lo publicado por varios periódicos digitales. Los medios parecían conocer lo básico: mujer vestida con ropas de muñeca o niña y con un tiro en la cabeza. «Démosles tiempo y sabrán más que nosotros», me dije con resignación. Respiré aliviado al comprobar que de momento no sabían que uno de los inspectores a cargo de la investigación escondía una cicatriz que vinculaba el crimen con un remoto asesinato que no trascendió, no al menos como lo hacían los asesinatos de niños en los tiempos de internet.

Me levanté del sofá cuando el reloj que colgaba de una de las paredes del salón marcó la hora de vestirse. Dejé la taza de mi querido Sevilla F. C. en el fregadero y caminé suspirando por el pasillo que conducía a mi dormitorio.

Cuidaba mi piso mejor que mi aspecto. «Mi pequeño lugar de recogida», lo nombraba en mis pensamientos. Ochenta metros cuadrados de paredes en tonos pastel y muebles de tonalidades claras que daban sensación de amplitud y claridad: el contrapunto perfecto a la oscuridad que me traía del trabajo.

Vivía en una de las zonas más multiculturales de Madrid, en pleno centro, en Lavapiés. Un barrio humilde lleno de antiguas corralas, restaurantes de comida internacional y gente variopinta. Un arrabal que se extendió a medida que la ciudad se iba haciendo mayor, de trazado irregular y calles estrechas.

Me vestí y bajé a pie –con mi reglamentaria enfundada en el cinturón– hasta el *parking* subterráneo de mi castizo bloque de pisos, de fachada de ladrillo salpicada de balcones con barandas de hierro. A veces salía a mi pequeña terraza y me empapaba del ambiente de Lavapiés, fuente de inspiración de numerosas zarzuelas y sainetes.

Recogí a Elsa, que, para no perder la costumbre, me hizo esperar diez minutos.

–¿Redactaste el informe? –le pregunté en cuanto sus posaderas tocaron el asiento del copiloto.

–Ya te dije que sí, que lo hice mientras esperábamos a que empezara la reunión.

–Perdona, se me había olvidado.

–¿Vamos directos a la urbanización?

–Sí, ¿no?

–Por mí está bien. Cuanto antes nos quitemos las entrevistas de encima, mejor.

–Al tajo, entonces.

Un día y medio después

Las entrevistas no sirvieron más que para confirmar que tras el estruendo nadie vio al tirador ni ningún coche sospechoso rondando la calle. Con ciertas vicisitudes, todos contaron lo mismo: oímos un disparo y nos asomamos por la ventana o salimos al balcón; en algunos casos, a la calle.

Con las grabaciones, no obstante, tuvimos más suerte. Aquella misma mañana, uno de los residentes, de frondosa barba blanca y pelo rizado, a quien solo le faltó ir de rojo y blanco para hacernos sentir en plenas Navidades, nos confesó que una de sus cámaras de seguridad enfocaba hacia la calle. Y, para nuestro regocijo –por una vez, nos complació el quebrantamiento de una ley–, cubría un buen trecho, que sin duda nos sirvió como punto de partida.

Culpó del mal enfoque a las ardillas:

–¡Esos malditos bichos mueven las cámaras! ¡Os lo juro por mi madre!

Pobre madre. Primera vez que alguien culpaba a las ardillas. Aunque cueste creerlo, había escuchado excusas más improbables. Fuera quien fuese el culpable, nos hizo un favor. Con suerte, sus grabaciones, junto con la obtenida la mañana anterior, nos darían un pedazo de urbanización en el que centrar nuestros esfuerzos.

Ya en comisaría, Elsa acercó su silla a mi mesa y nos dispusimos a determinar la zona desde la que intuíamos que tuvo que partir la mujer hacia su muerte. Nuestros instintos nos decían que la víctima huyó de una vivienda cercana al lugar de los hechos, pero nuestros instintos no eran infalibles.

–Pudo escapar de un coche y echar a correr –dijo Elsa, con su modo desconfianza subido al máximo.

–O pudo entrar por el otro extremo de la calle y darse la vuelta al encontrarse con su perseguidor. O pudo haber cruzado un jardín desde la calle paralela. Pero no la hemos identificado y por algo habrá que empezar. Si nadie la vio a ella ni al tirador, vamos a suponer que no llevaban demasiado tiempo jugando al gato y el ratón. Seguiremos la vía de las grabaciones, compañera, y si no da resultados, abriremos otra. El problema es no saber su nombre.

–La investigación no es de manual, eso está claro.

El inspector jefe Valcárcel se acercó a mi mesa con pasos enérgicos.

–Dónde irá este con tanta prisa –murmuró Elsa.

—Tenemos una testigo —dijo entusiasta nada más plantarse ante mi mesa.

—¿Cómo? —Elsa se me adelantó por poco—. ¿Quién? ¿Dónde?

—Os he organizado un encuentro: en una hora en una cafetería del centro. —Valcárcel nos dio un pósit con la dirección—. Vive en la última casa adosada, la que hace esquina. Esas que tienen las fachadas de ladrillo anaranjado, que dan al parque con árboles donde Luengo encontró el proyectil... ¿Sabéis dónde digo o no?

—Que sí —espeté nervioso—. Pero esa vivienda está lejos del lugar desde el que Balística Forense afirma que se efectuó el disparo.

—Da gracias a que alguien vio algo. El tema es que es una chica bastante joven. Diecinueve años, creo que ha dicho. Supongo que habréis hablado con sus padres.

—Un momento.

Elsa deslizó su silla con ruedas y estiró el brazo para coger la tableta de encima de su mesa. La trasteó mientras susurraba: «A ver..., la que hace esquina...», y arrugó la frente.

—Matrimonio con una hija, en efecto. Sandro Casas y Natalia Gutiérrez. La susodicha se llama Sheila. No se encontraban en casa cuando mataron a la mujer. Ambos tenían coartada: estaban en sus trabajos. Lo corroboraron decenas de personas. En principio, Sheila tampoco estaba en casa, pero...

—Mintió a sus padres —confirmó nuestro superior—. ¿Por qué? Tendréis que averiguarlo vosotros. Se ha puesto en contacto con la comisaría de Retiro y ellos nos la han pasado a nosotros. Por algún motivo que desconozco, no quiere que sus padres se enteren, y como es mayor de edad... Lo cierto es que parecía reticente, pero dispuesta a colaborar. Una mezcla extraña. Esconde algo, es evidente. Puede que conozca al asesino y le tenga miedo, vete tú a saber... Pero los remordimientos son muy malos. La cuestión es que se ha negado a venir aquí y a que la entrevistéis en su casa. Y como no nos interesa que esté descontenta, os daréis un paseíto y os tomaréis un café con pastas y de paso arrojaréis algo de luz sobre el crimen de la mujer sin rostro.

«Otro mote para la pobre –cavilé intranquilo–. La mujer de La Moraleja, la mujer del vestido de muñeca, la mujer sin rostro... A ver si le ponemos ya un nombre de verdad».

–¿Por qué ha tardado tanto en contactar con nosotros? –pregunté desconfiado–. ¿Y qué diantres cree que vio?

El tiempo transcurrido desde el crimen me hizo dudar de la autenticidad de la testigo.

–Dice que vio al tirador desde una ventana.

–¡Hostia puta! –exclamó Elsa–. ¡Genial! ¿No?

–Y tan genial –dije yo, menos apasionado.

Algo me decía que no sacaríamos nada en claro de la supuesta testigo ocular.

Pero me equivocaba.

Cincuenta minutos después

Al entrar en la cafetería recibí un golpe de frescor que por poco me hizo gemir de placer. Tuvimos que aparcar lejos y caminar por las aceras medio vacías de la Gran Vía, como turistas extraviados en un desierto. Estaba cansado de absorber calor como una esponja mientras cargaba con incómodas manchas de sudor en la zona de las axilas.

Supe que era ella nada más verla. Y no tuve que echar mano de mi instinto policiaco: los demás clientes rebasaban por mucho los treinta años.

Nos acercamos a la mesa donde se tomaba lo que parecía un café con hielo. Nos miró con gesto acobardado; gracias a nuestras placas, supo quiénes se aproximaban a ella.

–¿Sheila Casas? –preguntó Elsa.

–Sí.

–¿Nos permites?

Señalé las dos sillas libres que quedaban al otro lado de la mesa. Sheila asintió. Antes de sentarme, me fijé en que había puesto su bolso sobre la silla que tenía a su lado, dejándonos como única opción las que estaban enfrente.

Tras las oportunas presentaciones y estrechamientos de manos, mi compañera inició la pertinente ronda de preguntas y respuestas:

—¿Qué es lo que viste?

—Antes de contestar a sus preguntas, agentes, necesito que me prometan que mis padres no se enterarán de esto.

—Tienes nuestra palabra. Pero ¿por qué tanto secretismo?

—Esto no saldrá de aquí, ¿no? —insistió—. Digo más allá de que se enteren sus compañeros policías. Y ellos tampoco pueden contárselo a nadie, ¿cierto?

—No se hará público —le prometió mi compañera.

Elsa se mostró comprensiva, aunque no conociera los motivos de sus reticencias. Por lo general, cuando entrevistábamos a una mujer, ella formulaba la primera pregunta: otra de nuestras costumbres policiacas.

—De acuerdo. Cuando escuché el disparo, estaba en mi habitación, pero no estaba sola.

—¿Con quién estabas?

Sheila tragó saliva. Intuí que estaba a punto de revelarnos un matiz comprometedor.

—Con dos amigos. No sé si me explico.

Sheila miró a Elsa y levantó las cejas un par de veces.

—¿Y qué hacíais? —pregunté, inocente de mí—. ¿Estudiar?

—Follar, Álvaro —concretó Elsa brutalmente—. Se los estaba trajinando.

La testigo no parecía demasiado abochornada.

—Si mis padres se enterasen... Ellos creen que estaba en casa de una amiga. Pero, por otra parte, me mataban los remordimientos. ¿Y si ese tipo disparaba a otra mujer?

No podía creer la naturalidad con la que hablaba del tema.

¿Una chica de diecinueve años haciendo un trío? A mí no me parecía algo trivial.

–¿Qué viste exactamente, Sheila? –le pregunté.

–Los tres oímos el disparo, pero al estar... La cuestión es que les pedí que pararan y entonces pude ver al hombre en medio de la calle. Aunque estaba lejos, vi que en un momento se había colado en el jardín que tenía a mano izquierda. Pero...

–¿Qué? –la animó Elsa.

–Que en todo momento lo vi de espaldas. Durante un par de segundos se puso un poco de lado, pero no lo suficiente como para que pudiera verle la cara. Es que todo pasó muy rápido.

–Descríbelo.

–Un metro setenta... Sujetaba un rifle con una mano. Llevaba una gorra de color verde oliva y gafas de sol. E iba en camiseta interior de tirantes, pantalón corto y chanclas.

«¿En camiseta interior de tirantes, pantalón corto y chanclas? La guinda para un caso raro de cojones».

Elsa y yo nos miramos y no pudimos evitar sonreírnos.

«Es un paso importante –pensé–: ahora sabemos que el asesino reside en la urbanización y no creo que lejos de donde efectuó el disparo».

–Necesitamos que nos acompañes a la urbanización y nos indiques exactamente dónde lo viste y por dónde huyó. No te preocupes: podrás hacerlo sin bajarte del coche, y tiene las lunas traseras tintadas.

–Si es así, de acuerdo.

Cuarenta y siete minutos después

Sheila nos mostró el punto exacto desde el que el asesino disparó y el jardín que usó para escapar y volvió a describirnos al sujeto. Por desgracia, no pudo concretar su edad, al ir este cubierto por gafas de sol y una gorra. No obstante, nos dejó una sabrosa observación:

–No parecía un hombre joven. Corría con dificultad, ¿entienden? No se le veía nada ágil. Además, iba algo encorvado. Calculo que tendría unos... ¿setenta años? Puede que más.

«Poco a poco vamos perfilando al asesino», pensé ya en la comisaría, donde confirmamos que el propietario de la parcela por la que escapó el tirador no estaba en su casa cuando este cruzó su jardín, seguro que en busca del refugio de su vivienda. Supongo que era demasiado pedir que la casa señalada por Sheila hubiera pertenecido a un hombre de unos setenta años, cazador y que su nombre empezara por «M».

–¿Tú has hecho un trío? –le pregunté en voz baja.

Las mesas próximas a las nuestras estaban vacías.

No debí decir aquello, pero las palabras salieron de mi boca sin pedir permiso.

–¿Por? ¿Te parecería mal o qué?

–Para nada. Lo que hagas con tu cuerpo es cosa tuya.

–Entonces, ¿por qué me lo preguntas?

–Curiosidad.

–¿Y tú?

–No.

–¿Sabes? Siempre me ha parecido ridículo que al hombre que se cepilla a dos mujeres se le considere un machote, pero a la mujer que se calza a dos tíos se la tilde de guarra, puta o algo peor.

–Se llama machismo. Por fortuna hay cada vez menos. Y supongo que habrá opiniones variadas al respecto; no creo que todo el mundo considere un machito a quien se cepilla a dos mujeres al mismo tiempo.

–No sé yo... Mira al imbécil de Valcárcel: cada vez que hay un asunto complicado, ¿a quién llama, a mí o a ti?

—A Valcárcel solo le falta venir con armadura al trabajo. Supongo que lo hace sin darse cuenta —dije.

—Pues esas cosas duelen.

—Lo bueno es que a mí no puedes tacharme de machista, ¿o sí?

—Tú eres un cielo. Debería decírtelo más a menudo, pero es que no me apetece casi nunca.

—Ya. —Elsa tenía ese tipo de ramalazos: igual te enviaba a tomar viento que te llamaba «cielo»—. Empecemos a revisar las grabaciones de las dos cámaras. Concretemos de una maldita vez dónde es probable que la tuvieran encerrada.

Deslicé mi silla con ruedas hasta colocarme a su lado.

—Pon la grabación del señor que culpa a las ardillas. Entre las doce y la una. De la tarde, ¿eh?

—¿De la tarde? —Elsa me echó una mirada desafiante—. Oh, gracias, genio inspector, pensaba que decías a las doce de la noche.

—Venga, dale, y déjate de sarcasmos.

Conectó en su portátil el disco duro en el que habíamos guardado las grabaciones y clicó sobre la que yo había solicitado revisar primero. Como ya vimos en casa de José Plaza, vecino de La Moraleja, quedaron registrados muchos coches y viandantes, pero ninguna mujer vestida como una muñeca, lo que, a poco que uno usara su raciocinio, nos concedía, digamos, un muro de contención.

—Confirmado —dije satisfecho—. Por el momento, las viviendas que siguen a la de José Plaza, en dirección contraria a donde cayó la mujer, quedan descartadas.

Elsa clicó sobre la grabación que restaba revisar y la adelantó hasta el momento clave. La cámara enfocaba una puerta corredera metálica, como ya comprobamos en casa de los propietarios, que se deslizaba a medio palmo del suelo. Aguardamos sin despegar la mirada de la pantalla, hasta que la mujer apareció.

—Ahí está —susurré.

Elsa pausó la imagen e hizo zum: por el hueco entre el suelo y la puerta vimos unos pies corriendo a toda prisa. Los zapatos coincidían con los que llevaba la víctima cuando fue abatida. La hora también.

—Si en la primera no sale —dijo Elsa a modo de recapitulación— y en esta sí, por fuerza... —Cogió un plano de la urbanización que tenía enrollado encima de la mesa y lo desplegó sobre sus muslos—. Pues... —describió un círculo con su dedo índice— ha de ser una de las viviendas de esta zona. Gracias al testimonio de Sheila, podemos intuir que el asesino vive en la urbanización, y gracias a las grabaciones, aunque nada es seguro, en qué zona estuvo retenida la víctima. Si es que estuvo retenida en alguna parte.

—En teoría, sí. Él iba en camiseta interior de tirantes, pantalón corto y chanclas y ella vestida como una niña. Debemos investigar a esas trece familias —dije resoluto tras contar a ojo las casas que encerraba el círculo ilusorio descrito por Elsa—. Descartaremos a quienes tengan coartada. Hay que revisar nuestras anotaciones y tachar nombres hasta que solo quede uno.

9

Elsa Bermejo

Me abstraje en los informes colocados uno encima del otro sobre mi mesa. Los observé como una montaña de papeles inservibles. Notaba cómo la sangre me hervía. Rodríguez se explayó de lo lindo en el resumen general del caso. Acostumbraba a irse por las ramas. Cuando uno se ama a sí mismo, disfruta mostrándoles a los demás lo mucho que sabe.

Nos entregó un dosier lleno de paja. Su conclusión podría haberse resumido en un par de frases cortas: «Chica muerta de un disparo en la cabeza. Rostro irreconocible. Sus huellas dactilares y su perfil de ADN no constan en ninguna base de datos. Vestida con ropas de muñeca. Era virgen. Los análisis toxicológicos no determinan la presencia de drogas o fármacos en su cuerpo».

–Una mujer virgen y sana con ropas de muñeca –susurré mientras observaba aquel extenso e innecesario informe.

«Rodríguez es gilipollas. Valcárcel es imbécil. Álvaro parece estar en las nubes...», pensé.

Todo el mundo me parecía retrasado mental. Sospechaba que el motivo de mi aversión a los demás se debía a mi lamentable existencia. «Una persona sin amor es una persona vacía». Mostraba mi mejor sonrisa cuando, en realidad, deseaba escupirles a todos a la cara. Había aprendido a contenerme y a fingir la mayor parte del tiempo. «Debería haberme buscado un trabajo menos oscuro», pensé. Era demasiado tarde para darle un giro a mi vida. O al menos eso pensaba.

A decir verdad, en el informe de Rodríguez no solo había paja digna de un mal novelista. Faltaría más. La hora de la muerte, por dar un ejemplo, sobre la una del mediodía, nos ayudó a descartar nombres por la vía de la coartada. «Sin signos de violación anal», señaló el forense. No barajamos dicha posibilidad, pero Rodríguez se encargó de considerarla por nosotros y descartar que el asesino disfrutara sodomizando a la víctima. Los daños producidos por el impacto de la bala coincidían con las conclusiones de Balística Forense: «Disparo realizado a unos treinta metros de distancia, por la espalda y en línea recta, ejecutado por un tirador de en torno al metro setenta, con un rifle de cerrojo Brno ZKK 600. Calibre 30-06, común en la caza mayor».

El informe de la Científica contenía muestras y más muestras. Hasta habían vaciado y catalogado los desperdicios de dos papeleras situadas cerca de la víctima. Pero nada sirvió para arrojar luz sobre un crimen con las luces apagadas. Era de esperar que aparecieran pistas falsas; incluso etiquetaron una compresa ensangrentada que el viento había arrastrado hasta una esquina.

Las pintas que según Sheila Casas llevaba el asesino... ¿En camiseta interior de tirantes, pantalón corto y chanclas? ¿En serio? Había visto cosas raras, pero aquello se llevaba la palma.

La Brigada Central de Investigación Tecnológica, junto con la de Seguridad Informática, nos echaba un cable con el tema del vestido *made in Japan* y el arma. Estaban rastreando a posibles compradores, buscando, a fin de cuentas, indicios vinculantes. Pero parecía poco probable que dicha vía aportara evidencias. La investigación en busca del nombre de la víctima por parte de la Brigada Provincial de Extranjería y Fronteras y la de Desaparecidos tampoco parecía ir por buen camino.

Me froté el mentón, agobiada. Álvaro, mientras tanto, investigaba coincidencias con crímenes sin resolver y mujeres desaparecidas.

«¿Cuántas veces habrá investigado lo mismo en busca del asesino de su hermana? –pensé, mirando de soslayo a mi compañero–. Lo debe de estar pasando fatal, pero se niega a hablar del tema. No he visto tío más cabezota».

Observaba sus reacciones durante las entrevistas y, cuando el entrevistado cumplía con los requisitos, siempre me hacía las mismas preguntas: «¿Habrá sentido algo al mirarle a los ojos? ¿Le habrá sobrevenido algún recuerdo?». Cuando me atrevía a exteriorizar mis dudas, contestaba con evasivas.

El retrato robot de la mujer, perfilado a partir de su ADN, llevaba días compartiéndose por las redes sociales y los canales de televisión. Recibimos cientos de llamadas, la mayoría haciendo referencia a personas desaparecidas. Pero todas fueron descartadas al pertenecer a personas con carnés de identidad, muchos aún en vigor.

Empezaba a temer que el caso se enfriara hasta el punto de no volver a calentarse. Todo intento de avanzar acababa en un callejón sin salida. Recordé las entrevistas a los tres sujetos que, tras los pertinentes descartes –coartadas, edades, sexo...–, nos señalaron las grabaciones. Trazamos un círculo en un mapa de la urbanización, y sus viviendas quedaron dentro.

Tres hombres solitarios.

Y que, por algo, no tenían coartada.

DOMINGO HUERTAS: Cincuenta y nueve años. Empresario. De pelo negro azabache, peinado hacia atrás. Nariz de tabique fino, ligeramente aguileña y orejas pequeñas, con bolsas bajo los ojos, los cuales tiene muy juntos, como dos cocos diminutos. Mención especial a las cejas, gruesas y pobladas; le daban un aire a Groucho Marx. Divorciado desde hacía doce años. Desde entonces no había querido saber nada de relaciones largas, o eso nos dijo en tono desenfadado. «De flor en flor siempre es mejor», aseguró haciéndose el graciosillo. Estaba en casa cuando se cometió el crimen. Fue uno de los primeros en descubrir el cuerpo y constaba en la lista que nos entregó el agente Pedro Latre. En ningún momento se mostró reacio a hablar con nosotros; es más, nos ofreció que «registráramos» su fabuloso chalé: «Mientras no me lo pongan patas arriba... Yo no escondo nada. Lo único que quiero es que pillen a ese desgraciado. Desde que oí el maldito disparo no pego ojo». Sus profusas ojeras confirmaban las noches de vigilia de las que hablaba. O puede que hubiera estado borrando huellas hasta altas horas de la madrugada.

MIGUEL CALDERÓN: Sesenta y nueve años. Abogado jubilado. Su mujer falleció de cáncer dos años y pico antes de nuestra visita, que pareció pillarlo por sorpresa. Un hombre de escaso pelo y canoso, rostro enjuto y ojos claros. Sus orejas y nariz, desmesuradamente grandes, no encajaban en su cara afilada; parecía habérselas ensamblado. Si Domingo Huertas me recordó a Groucho Marx, este, aun estando delgado, al señor Potato. Resultaba patente que no había superado la muerte de su mujer ni parecía dispuesto a hacerlo. «Fue el amor de mi vida y un amor así merece ser sufrido», nos dijo. Los tres sospechosos vivían en parcelas cubiertas de césped, de un verde rayado por caminos de piedra o cemento, cercadas por altos muros que guardaban casetas para perros o herramientas, árboles y flores, y siempre había una piscina, más grande o pequeña, idónea para refrescarse en sofocantes agostos como el que nos tocaba sufrir. Oyó el estrépito, pero lo atribuyó a un tubo de escape o un petardo. No parecía amigo de los chismes y los cuentos. Cuando le preguntamos si podíamos echar un vistazo a su casa, tampoco dudó en darnos permiso para registrarla. Aparte de una vivienda y una parcela que ya quisiéramos para nosotros, no advertimos nada sospechoso. Ni siquiera en su sótano.

PABLO TEJERO: Setenta y dos años. Constructor jubilado. Sin hijos. De pelo blanco y frondoso, piel clara y ojos marrones. Él sí se mostró reticente a dejarnos entrar en su domicilio. «¿Tienen una orden de registro?», nos preguntó con aires de superioridad. Álvaro le explicó lo que conllevaba negarse a colaborar: «Nos lo llevaremos esposado. Y mi compañera se me adelantará para subirse a nuestro coche y ponerse a tocar el claxon como si estuviera mal de la cabeza, para que todos sus vecinos se asomen a las ventanas y lo vean salir». Mi compañero era un fenómeno para hacer entrar en razón a los que se pasaban de listos. No obstante, que un sospechoso se mostrara desconfiado no era por fuerza síntoma de que escondiera algo. Nos explicó que los de «nuestra calaña» no le caíamos bien, debido a un asuntillo desagradable que tuvo con la ley cuando era joven. No le tembló el pulso a la hora de poner a todos los de nuestro gremio en el mismo saco: «Todos los policías son unos bastardos». Admito que al viejo no le faltaban pelotas. Pocas veces he tenido tantas ganas de arrearle un puñetazo a alguien y patearle las costillas una vez que cayera al suelo. «Ni de puta coña», contestó a nuestra petición de husmear por su casa. Según él, no había oído ningún disparo, dado que en el momento del estallido se encontraba en el sótano y «desde allí no se oye una mierda». Su mirada era la de un rebelde y sus ademanes y medias sonrisas las de un manipulador. Sin embargo, cuando preguntamos por él a varios de sus conocidos y antiguos clientes, lo describieron como un hombre tranquilo, culto y refinado, de buenos modales, amante del arte, la música clásica y la buena cocina. Tal vez solo fuese un poco camorrista cuando sacaba a relucir el odio que decía sentir hacia los de «nuestra calaña». Tras abandonar su domicilio, averiguamos que en su juventud fue detenido erróneamente por allanamiento de morada. El odio nos distorsiona. Según quién tengamos delante, somos una persona u otra, mostramos una de nuestras caras. Todos tenemos fachadas de sobra para jugar con aptitud al juego de las apariencias.

De los tres sospechosos, solo Domingo Huertas había vivido toda su vida en Madrid. De todos modos, sin conocer la identidad de la víctima, ese tipo de datos servían de poco.

No conseguimos ni una sola pista que nos hiciera pensar que uno de los tres apretó el gatillo. Estábamos lejos de hallar una coincidencia lo suficientemente sólida como para que un juez nos firmara una orden de registro.

Hasta que llegó la llamada que lo cambiaría todo.

10

Treinta y seis años antes
2 de julio de 1982, 18:27 h
Marchena

Procedió de igual modo, pero, visto lo sucedido con el niño, a la niña le suministró la mitad de la dosis de sedante. La tumbó sobre la mesa de trabajo, la marcó a navaja –tras limpiar el rastro de sangre que había dejado su hermano decidió no alterar dicha parte del proceso– y, maniatada, amordazada y con una venda en los ojos, la introdujo en el maletero de su todoterreno, sobre unos plásticos manchados con gotas de sangre.

«Un julandrón no tendría agallas de hacerlo –se dijo, insuflándose decisión–. Solo un hombre sería capaz».

Condujo hacia una zona boscosa próxima a Marchena, a sesenta kilómetros de los cultivos donde aquella misma mañana había puesto en libertad al hermano de su futura víctima.

Introdujo el vehículo lentamente en el bosque hasta que unos troncos le cortaron el paso. Con el sigilo de una víbora, sacó a la niña del maletero y anduvo con ella en brazos hasta superar el morro del 4×4. Suspiró aliviado al comprobar que movía débilmente sus delgadas piernas. «Esta vez he acertado con la dosis». La dejó sobre el sotobosque y la liberó de las ataduras, la venda y la mordaza. Regresó sobre sus pasos para hacerse con el amado rifle que heredó de su padre y se apoyó en el tronco de un pino. Carmen se frotó los ojos y se incorporó con la mirada fija en su secuestrador.

Vestía la misma camiseta con tachuelas, la falda con volantes y los deslucidos zapatos de charol que llevaba el día del secuestro.

—¡Huye!

La niña dio un respingo y rompió a llorar. Sus llantos contrastaron siniestramente con el hermoso entorno que abrazaba a presa y cazador, con el alegre canto de los pájaros, con el cielo azul que asomaba despejado entre las copas de los pinos.

El hombre la apuntó con el rifle y de nuevo alzó la voz:

—¡Que corras, he dicho!

Carmen no se movió. Un miedo extremo se apoderó de su cuerpo infantil y le impidió resistirse, luchar por su vida. Le permitía únicamente derramar lágrimas. Le sobrevino una sensación de irrealidad que logró hacerla creer que estaba inmersa en una de esas pesadillas que acaban de modo abrupto.

—¡Corre o mato a tu hermano!

El cazador jugó con los sentimientos de su presa, con el amor que esta sentía hacia su hermano mellizo. Titubeante, la pequeña caminó sobre la masa verde que se alargaba bajo sus pies. Respiraba un aire fresco que arrastraba el aroma de las plantas, el canto de las aves y el lejano murmullo de un arroyo.

El hombre la fijó en el punto de mira del arma y la observó alejarse. «Menuda mierda de presa», lamentó antes de apretar el gatillo. Los sesos de Carmen se desparramaron sobre los tallos, los troncos y las piedras que poblaban el bosque mientras unos pájaros salían en desbandada.

El hombre recorrió la distancia que lo separaba de su captura sin sentir el más mínimo remordimiento. La agarró por un tobillo y la arrastró hasta detenerse delante del maletero de su todoterreno, dejando a su espalda un extenso rastro de sangre.

Observó el rostro destrozado de la víctima.

–Buen tiro –se felicitó–. Aunque, diantres, me lo has puesto demasiado fácil.

Arrojó el cuerpo con desdén dentro del maletero y condujo hacia un vertedero cercano.

«No soy un julandrón, lo que acabo de hacer lo demuestra».

Conocía el lugar idóneo donde ocultar el cadáver: bajo una montonera de neumáticos usados.

11

Elsa Bermejo

20 de agosto de 2018, 19:27 h
Madrid

Álvaro aparcó en doble fila.

—Hasta mañana.

—Hasta mañana. A las ocho menos cuarto, ¿eh?

—Que sí, *pesao*.

Mi compañero sonrió y se fue a descansar, o eso aseguró antes de quitar los cuatro intermitentes.

El portal del bloque parecía más oscuro cada vez que lo cruzaba. Aquella carta de presentación carecía de elegancia y calidez. Llevaba una eternidad sin pintarse y la horrible pintura amarilla que usaron para darle luminosidad no podía estar más sucia y desconchada. El suelo de azulejos anaranjados reflejó mi figura cansada al tiempo que mostraba manchas como puños y algún que otro chicle pegado.

Exhalé un suspiro de resignación. Me sentía presa de un oficio que nadie valoraba. «Les quitas de en medio a un montón de homicidas y asesinos, ¿y quién te da las gracias?», pensé. Tomé el ascensor. Nunca subía por las escaleras, a no ser que fuera absolutamente necesario. Evité, pues, unos escalones desgastados y unas barandillas hartas de notar apretones de manos. Bastante había pateado las calles durante aquel día de perros como para ponerme a subir hasta un quinto piso. Desde fuera, nuestro trabajo podía parecer gratificante, algo así como un curro de película, pero nada más lejos de la realidad: la rutina burocrática, las horas de oficina, la tristeza oculta tras cada caso...

«Debí estudiar Medicina, como quería mi padre».

A mis cuarenta y tres años, sentía no tener nada mejor que hacer que cerrar un caso tras otro. Cuando me encontraba en el trabajo, me asqueaba; cuando salía, me asqueaba todavía más. Suspiré y encaré la puerta de mi piso –no era mío, sino de Esteban– una vez que se abrió la del ascensor. La empujé como quien se aparta un molesto mechón de la cara y advertí que el televisor estaba encendido. «Anda que se ha matado buscando trabajo. Hubiera sido toda una sorpresa oír el ruido de un aspirador. Menudo vago de mierda estás hecho, Estebancito».

Encontré al protagonista de mis pensamientos desparramado en su sillón reclinable, con una lata de cerveza sobre el reposabrazos y el mando de la videoconsola entre las manos. Su rechoncho y sudoroso cuerpo estaba cubierto por unos calzoncillos desgastados que, por alguna inexplicable razón, siempre elegía los primeros cuando abría el cajón, como si le dieran suerte o pensara que con ellos estaba *sexy*. Tal vez años atrás. Pero tras engordar más de quince kilos, ni por asomo. Las lorzas cubrían la goma de sus calzoncillos predilectos y dejaban a la vista poco más que un pedazo de tela descolorida. No recordaba la última vez que habíamos hecho el amor.

Un ventilador de pie oscilaba ante su cuerpo semidesnudo, meciendo su rizado cabello rubio, como mis sensaciones oscilaban entre el asco que me provocaba verlo tan desmejorado y los resquicios de afecto que aún sentía por él.

–Hola, cielo –saludó con la mejor sonrisa.

«¿Cielo? Esta es nueva. No trates de escabullirte».

Ignoré su cariñoso recibimiento y caminé por un pasillo salpicado de pelusas. Asomé la cabeza por la cocina para comprobar disgustada que la pila de platos sucios de la cena de la noche anterior –los que prometió fregar «mañana por la mañana»– seguía en el fregadero. Regresé sobre mis pasos hasta detenerme en el umbral del salón.

–¿Qué? ¿Cómo ha ido la búsqueda de trabajo?

–No he ido. Me duele la cabeza.

–Pues te tomas una aspirina, como he hecho yo en el curro.

–¿Ya estamos otra vez con lo mismo? ¿En serio? Tengo depresión, ya lo sabes.

–A los depresivos y a quienes les duele la cabeza no les apetece jugar a los videojuegos, ¿sabes tú eso?

–Pues a mí sí, me relaja.

–Podrías haber pasado al menos el aspirador o haber fregado los platos. No es que pida tanto, creo yo. ¿O es que pretendes que limpie yo después de haberme pasado el día currando como una desgraciada?

–Es justo lo que tenía en mente.

–Depresión, dice. Que le relaja... –Solté una estruendosa risotada–. Permíteme que me descojone. Tú lo que tienes es un morro que te lo pisas y más cuento que Calleja. ¡Que te den por culo! ¡No aguanto más tus gilipolleces!

–¡Que te den por culo a ti, zorra!

Lanzó el mando contra un mueble y consiguió hacerme tragar saliva.

–¡Me largo! ¡No me esperes despierto!

–Oh..., no me esperes despierto. –Fingió estar temblando de miedo–. Y dónde vas a ir, ¿eh? No tienes ni una miserable amiga. ¡Y no me extraña!

–Vuelvo a la comisaría –mentí sobre mis intenciones con un nudo en la garganta–. Prefiero perseguir a gentuza que aguantar tus chorradas. Y alguien tendrá que pagar las facturas.

–¿Otra vez con lo mismo? –se desgañitó, fuera de sí–. ¡A ver si cambias el discursito! ¡Cobro el paro! –Me señaló con el dedo, amenazante–. ¡A trabajar dice que va la muy...! ¡Ja! ¡Y una mierda vas a irte a trabajar! ¿Crees que no sé lo que haces? ¡Ponerte ciega en la barra de un bar, eso haces!

110

Le di la espalda y caminé rumbo a la puerta. Sentía que me trataba de forma injusta. El pasillo se difuminó mientras avanzaba en busca de un soplo de aire fresco, de cualquier cosa alejada de aquel piso.

Puse un pie en el descansillo y me eché a llorar. Esteban no merecía una sola de mis lágrimas, pero el recuerdo de lo que hubo entre nosotros pudo más que mi entereza.

«No desperdiciaré una sola lágrima más por ti, cabrón», me prometí.

Pulsé con rabia el botón de llamada del ascensor. Esperé hipando a que subiera del primer piso. Cuando la puerta se abrió, apareció la anciana que vivía a tres puertas de la nuestra; llevaba el carro de la compra. Ni siquiera sabía su nombre. Y me apetecía conocerlo tanto como escuchar los sueños de los demás.

—¿Estás bien, querida? —preguntó, con un gesto que denotaba inquietud.

—Preocúpese de sus asuntos.

Entré y pulsé el botón que me bajaría a la calle. Vi cómo se perdía el rostro desencajado de la anciana mientras las láminas metálicas se juntaban.

«Si dejáramos de meternos en las vidas de los demás y nos centráramos en nuestros problemas, a lo mejor el mundo iría un poco mejor».

Salí del ascensor como si llegara tarde a una cena. Me detuve en la acera para empaparme del ambiente de Madrid. Me gustaba el caos ordenado de mi ciudad. Puede encontrarse orden detrás del caos.

«Por suerte no tenemos hijos —me consolé—. Tal vez Álvaro me deje quedarme unos días en su piso hasta que encuentre uno al que mudarme. Pero antes de pedirle nada a nadie necesito desfogarme».

Caminé por la acera en busca de un bar en el que nunca hubiera entrado. Tuve que andar más de lo que pensaba.

Bar La Cabaña, leí.

–Hum.

Eché un vistazo a través de la cristalera que adornaba su fachada revestida con maderos en vertical, lo que le daba el aspecto de cabaña. «Ahí adentro nunca he buscado».

Entré. El oscuro local se encontraba en la línea que separa «barucho» de «antro». Me acomodé en uno de los taburetes que había ante la barra de madera vieja que precedía un sinfín de botellas de alcohol. Unas tremendas vigas cruzaban los techos como los barrotes de una celda. Recorrí el lugar con la mirada. Quienes jugaban a las cartas en las mesas próximas a la pared, adornada con ruedas de carro y antiguos utensilios de arar, eran demasiado viejos como para cumplir con mis expectativas. Tampoco me valía el camarero, viejo, rechoncho y más feo que una cucaracha bocarriba. Sin embargo, en el otro extremo de la barra bebía un atractivo cuarentón, con barba de cuatro días, pelo moreno corto, tabique nasal recto y unos ojos turquesa que se te clavaban como una daga envenenada. Vestía unos tejanos cortos y una camiseta blanca que se ceñía a sus pectorales, lo que desentonaba con el entorno.

Me atravesó con sus ojos del color del Caribe como un lobo hiende sus colmillos en la piel de una oveja y levantó la copa a modo de saludo.

«Tú también buscas, ¿eh? Pues que sepas que los tipos como tú suelen encontrarme», me dije.

Separó su firme trasero del taburete y lo acomodó en el que estaba a mi izquierda. Solo nosotros dos ocupábamos la zona de la barra.

–Un *whisky* doble con hielo –le pedí al camarero cuando se acercó a atenderme.

El hombre tardó menos de diez segundos en servirme la copa y yo menos de cinco en bebérmela de un trago.

El cuarentón *sexy* se inclinó hacia mí sin separar los codos de la barra.

−¿Qué hace una chica como tú en un sitio como este?

«Menuda mierda de técnica de Cromañón usa el tío para ligar», pensé. No obstante, no estaba allí por su cerebro.

−Vengo a que me follen en el baño de este bar de mierda.

Puso los ojos como platos: no estaba acostumbrado a tanta sinceridad femenina.

−No te andas por las ramas, ¿eh?

−Vosotros lleváis desde siempre saliendo a cazar. Os metéis en grupito en discotecas, *pubs* o donde os conduzca el instinto. Pues yo soy mujer y salgo sola de caza. ¿Tan raro te parece?

−Me parece estupendo. ¿Y sabes qué te digo?

−Sorpréndeme.

−Que yo siempre he sido una presa fácil.

Señalé la puerta de los baños con el mentón y lo cautivé con una de mis miradas lascivas.

−Tú primero −rogó deseoso−. Enseguida estoy contigo.

Media hora después

Llamé a Álvaro por teléfono tras haberme puesto a cuatro patas en unos baños que desmotivarían a cualquiera. Sin embargo, dejando atrás la ambientación, el «aquí te pillo, aquí te mato» me sirvió para desfogarme y, al mismo tiempo, vengarme del desgraciado de Esteban, a quien ya consideraba mi ex.

−Dime, Elsa.

−Oye, ¿puedo dormir esta noche en tu casa?

−Por supuesto. Pero...

−He dejado a Esteban y no me apetece irme a un hotel. Tampoco es que vaya sobrada de pasta. Así te ahorras pasar mañana a buscarme.

−Tengo una habitación libre. Es toda tuya. ¿Voy a por ti o...?

−No. Cojo mi coche y en nada estoy llamando a tu puerta.

—Pues aquí te espero.

Su naturalidad a la hora de acogerme me llegó al alma. Tras colgarle fui incapaz de contener el llanto por segunda vez en poco tiempo. No obstante, Álvaro sí merecía mis lágrimas.

—Pase usted —dijo tras abrirme la puerta de su aseado y elegante piso, lo opuesto al de Esteban—. Estás en tu casa. Iba a pedir *pizza* para cenar. ¿Te apuntas?

—Por supuesto.

—Deja el bolso en tu habitación.

Señaló una puerta mientras avanzábamos por el pasillo. Entré y dejé el bolso sobre una cama de sábanas blancas colocada entre paredes y muebles de tonos claros.

—Tienes el piso precioso.

No era la primera vez que alababa su buen gusto para la decoración.

—Gracias.

Cuando justo salía de «mi habitación», sonó el móvil de mi compañero. Tras sacárselo del bolsillo y mirar la pantalla, susurró con el ceño fruncido:

—Es el comisario Ibáñez.

—¿A estas horas?

—Algo habrá pasado.

—Pues contesta, hombre.

—Dígame, comisario. He puesto el manos libres. Elsa está conmigo.

—Hola, Elsa.

—Hola, jefe.

—No me andaré por las ramas, que es tarde y tengo más hambre que el que se perdió en la isla. Puede que hayamos descubierto quién es la víctima de La Moraleja. Al fin.

Un cosquilleo trepó por los dedos de mis pies e hizo cima en el pelo más tieso de mi cabeza.

—Explíquese, señor —rogué, ávida de conocimiento.

114

—Un matrimonio ha llamado asegurando que la mujer del retrato es su hija.

—¿Españoles? –preguntó Álvaro.

—De Badajoz.

—¿De Badajoz? –se sorprendió Elsa.

—Pero no lancéis las campanas al vuelo. Es todo tan extraño que...

—¿Que qué?

Álvaro no podía tener la frente más arrugada.

—Que cuesta creerlo. Según ellos, a su hija la secuestraron hace treinta años, ¡treinta, cuando tenía siete! De ahí que sus huellas no aparecieran en el SAID: nunca se le llegó a hacer un carné de identidad ni un pasaporte.

—Dios santo –susurré consternada.

Álvaro parecía haberse convertido en piedra.

—Ya, pues... Esperad, que hay más y más extraño. Antes de llamaros he estado indagando un poco y resulta que uno de los tipos que estáis investigando, el tal Pablo Tejero, vivió en Badajoz cuando la niña desapareció. Y ahora, treinta años después, convertida ya en una mujer, la niña va y muere asesinada al lado de su casa. No sé a vosotros, pero a mí esto me huele a chamusquina.

»Quiero que os desplacéis a Badajoz y aclaréis este asunto. Reservad dos habitaciones de hotel esta misma noche. Mañana temprano seguimos hablando, ¿de acuerdo? Avisadme cuando salgáis. He enviado a vuestro correo conjunto un número de contacto y la dirección de los padres. Están avisados de que os pasaréis a hacerles unas preguntas.

—Perfecto, señor. Gracias. Hablamos mañana –se despidió Álvaro.

Yo pronuncié un «gracias, señor» un segundo antes de que colgara.

Un silencio abisal se apropió del piso y nos invitó a la reflexión.

«Treinta años secuestrada. Virgen. Dejando la sangre a un lado, estaba aseada. Por el tiempo transcurrido entre los asesinatos, Pablo Tejero pudo matar a la hermana de Álvaro y años después secuestrar a esa niña. Joder, ni siquiera hemos preguntado por su nombre. Bueno, supongo que constará en el correo que nos ha enviado el comisario... Pero ¿a una de las niñas la matas de un disparo en la cabeza y a la otra la mantienes cautiva tres décadas para finalmente liquidarla del mismo modo? ¿Por qué? El informe forense no deja dudas al respecto: no la mantuvo con vida para abusar de ella, al menos no sexualmente. El *modus operandi* difiere y al mismo tiempo coincide. Y luego está el tema de la cicatriz... O esos padres se equivocan, o...».

No recordaba un caso con tantos matices.

12

Álvaro de la Torre

21 de agosto de 2018, 08:37 h
Piso de Esteban, Madrid

Tuvimos que pasar por el piso de su expareja para que hiciera el equipaje.

Nunca tuve el placer de intimar con Esteban. Lo cierto es que siempre me pareció el típico prepotente que se cree el ombligo del mundo. Hasta tuve que enfrentarme a él mientras Elsa preparaba la maleta en el dormitorio que habían compartido durante más de cinco años. No teníamos claro cuánto tiempo pasaríamos fuera de Madrid, así que pensamos que lo mejor era ir preparados por si la estancia en Badajoz se alargaba más de la cuenta.

–Cálmate, Esteban –le advertí cuando se levantó airado del sofá–. Vuelve a pegar tu culo en el asiento. O tu ex y yo te endilgamos un crimen, así como quien no quiere la cosa. Te aseguro que podemos hacerlo. Una pista falsa por aquí, otra por allá y, cuando te des cuenta, te están reventando el culo en los baños de una cárcel. Y un tiempecito después, Tarzán de los monos, cuando ya tengas el ojete como un abrevadero de patos, haremos correr el rumor de que eres un chivato, por aquello de rematar la faena.

Esteban tragó saliva en gayumbos y no volvió a abrir la boca en mi presencia.

–¿Tarzán de los monos? –me preguntó Elsa ya en el coche, en un tono más alegre que el que había mostrado la noche anterior.

Supuse que había estado hablando de su situación con la almohada y que esta le había hecho entender que es mejor estar sola que mal acompañada.

–Por cierto, ¿tú sabes quién inventó la droga? –dije, tratando de distender el ambiente.

–¿Tarzán? ¿Porque cuando no estaba colgado estaba con el mono?

Chasqueé los dedos.

–Vaya. Te lo sabías.

Elsa me miró con unos ojos brillantes.

–Oye.

–¿Qué?

–Gracias.

–¿Por?

–Por todo.

–Pues de nada por todo.

Nos separaban cuatro horas de nuestro destino.

Paramos dos veces a tomar café y a estirar las piernas. Salimos con el depósito lleno, por lo que decidimos esperar a la vuelta para repostar de nuevo. Elsa se ofreció a conducir tras el primer alto en el camino. Decliné su oferta.

–Estoy bien –le dije.

A mí me gustaba conducir más que a ella y a ella más que a mí abstraerse en lo que sucedía al otro lado de la ventanilla, en esas vistas que pasan veloces cuando están cerca y se ralentizan cuanto más se acercan al horizonte.

–¡Será *desgraciao*! –despotriqué ante la temeridad de un conductor que se puso a adelantar a lo loco, llevándose casi por delante la furgoneta que venía en sentido contrario.

–Ponte a su altura –rogó Elsa con seriedad al tiempo que fingía tener la intención de desenfundar su reglamentaria– y le vuelo los putos sesos.

Puede que estuviera triste o puede que no, pero una cosa parecía evidente: su peculiar humor negro seguía intacto.

Pasamos por el hotel a dejar el equipaje. No superaba las tres estrellas: una tele, una cama, un armario empotrado y dos mesillas, poco más. No obstante, me pareció una habitación acogedora; hacía honor a las fotografías que vi en su página web.

Mientras abría mi pequeña maleta sobre la cama de sábanas blancas, recordé la ocasión en que viajamos a Murcia para investigar otro caso. Por mi culpa, caímos en un hotel de mala muerte en el que no hubiera dormido a gusto ni Freddy Krueger. Por suerte, el joven de la recepción accedió a devolvernos el dinero tras dejar caer Elsa, como quien no quiere la cosa, su placa sobre el mostrador. Como suele decirse, no hay mal que por bien no venga y desde entonces, antes de reservar nada, observo con detenimiento las fotografías y las reseñas del hotel.

Una vez instalados, partimos hacia la casa de Óscar Miranda y Soledad Arrabal, los supuestos padres de la mujer abatida en La Moraleja.

13

Álvaro de la Torre

21 de agosto de 2018, 15:02 h
Calle Moreno Torroba, Badajoz

Los padres de la mujer vivían a las afueras de la ciudad, en una casa de una planta que hacía esquina, cercada por una verja negra que superaba por poco el metro cincuenta. En su largo jardín destacaba un naranjo. Del enrejado colgaban maceteros con claveles que irradiaban la viveza del rojo y el amarillo. La fachada era blanca, a excepción de una franja grisácea, que la cruzaba por sus bajos como una banda electromagnética. Las ventanas estaban protegidas por rejas, que le daban un aire a fortaleza. La pintura de la puerta mostraba abultamientos: a todas luces no era obra de un entendido en la materia. Si no hubiera conocido de antemano las edades de sus propietarios –sesenta y cinco él, sesenta y dos ella–, habría deducido que aquella casa era propiedad de un matrimonio mucho mayor.

David Bowie dijo, no sé cuándo ni por qué, que «el envejecimiento es un proceso extraordinario donde uno se convierte en la persona que debía haber sido siempre». Pues yo tuve la sensación de estar acercándome a un hogar sombrío pese a que lo estuviera bañando la luz de un sol radiante. Supongo que me dejé llevar por mis propios sentimientos. Salvando las distancias, aquella residencia me recordó a mi casa familiar de Triana. Puede que en el fondo no se parecieran en nada, pero mi primer hogar y aquel fueron pasto de un canalla. Y empezaba a temer –y al mismo tiempo a desear– que del mismo.

Yo cargaba con mi tableta y Elsa con un portafolios lleno de documentos sobre el caso. Encontramos la puerta de la verja entornada, así que nos colamos en el jardín y llamamos al timbre.

—Buenas tardes. Somos los inspectores Elsa Bermejo y Álvaro de la Torre —nos presentó Elsa en cuanto Soledad abrió la puerta.

Era una mujer de pelo blanco, ojos claros, nariz chata y labios finos. Su piel lechosa se mostraba mancillada por sinuosas arrugas que se le agrupaban alrededor de las comisuras de los labios y los ojos, como un ejército de pliegues dispuesto a combatir su belleza, que no obstante persistía, digna, al ataque del paso del tiempo.

—Sí, sí, claro, encantada de conocerlos, inspectores. Pasen. Mi marido está leyendo en el salón. Los estábamos esperando.

Me impactaron las fotografías colgando de las paredes del pasillo, que se prolongaba hasta acabar en la puerta abierta de un lóbrego salón. El parecido entre la hija y la madre resultaba evidente. La cara de aquella niña sonriente de ojos azules y nariz respingona encajaba perfectamente en el boquete de la mujer sin rostro. El retrato confeccionado a partir de su ADN les daba la razón a aquellos padres golpeados por la desgracia.

«Es ella». Mi instinto no parecía necesitar más pruebas.

Mi mente le añadió treinta años a aquellas facciones juveniles y el resultado fue el rostro que corría por las redes sociales.

Óscar Miranda cerró de golpe el libro que estaba leyendo y se levantó del sofá para recibirnos con un fuerte apretón de manos. Arrastró dos de las sillas que rodeaban la mesa ovalada del salón y se sentó en una. Soledad ocupó la que su marido había apartado amablemente para ella. Tuve la sensación de que habían estado ensayando antes de nuestra llegada.

–Pónganse cómodos, inspectores –rogó mientras nos señalaba el sofá con el mentón–. ¿Quieren un café? ¿Un refresco, tal vez? ¿Agua?

–No, gracias –contesté–. Hemos comido hace un rato.

Elsa negó con la cabeza.

Nos sentamos en el sofá de tres plazas forrado de tela roja y dejamos mi tableta y el portafolios sobre el asiento que quedaba libre. Decenas de fotografías de la mujer de La Moraleja salpicaban aquella casa de muebles añejos, cortinas corridas y decoración propia de otros tiempos.

El matrimonio se mostraba sonriente treinta años después de la desaparición de su hija. «De puertas para afuera mostramos una cara –pensé mientras recorría el salón con la mirada–. Pero por dentro no abundan tanto las sonrisas». Conocía los daños que provoca la incertidumbre. Solo uno mismo es consciente de la dimensión de su sufrimiento, pero podía hacerme una idea de lo que estaba pasando por la mente de aquella adorable pareja de sexagenarios.

«El secreto no está en olvidar, sino en aprender a convivir con el recuerdo».

–No vemos casi nunca la televisión –explicó Soledad–. Tenemos *Netflis* y vemos alguna serie, sobre todo *La que se avecina*, pero no tenemos *Twister* ni *Feisbu* ni nada de eso. No nos van esas cosas. Somos más de salir a pasear, leer, cultivar nuestro huertecito, echar una partida de cartas con los amigos... Ya saben. Esas cosas que ya no se llevan. –Sonrió–. Óscar vio el retrato en un periódico y por poco le da un síncope.

»A veces me reconfortaba pensar que se ahogó en el Guadiana y su cuerpo llegó al mar y se perdió para siempre como un barco de papel. Poético, ¿verdad? Es mejor que pensar que se la llevó un tarado, ¿no creen? Saber que ha estado viva todo este tiempo... Cuesta hacerse a la idea. La incertidumbre del porqué, del "¿qué le habrán hecho?"... ¿Sufrió?

Soledad estaba convencida de que la mujer sin identificar

era su hija y no me apetecía contrariar los presentimientos de una madre. En consecuencia, contesté a su pregunta como si estuviese investigando su caso:

–Murió en el acto. Según el informe forense, no fue violada, jamás, ni en principio maltratada. Sé que cuesta creerlo, pero es la verdad.

–Pero... ¿cómo saben ustedes que nunca fue...?

–Murió siendo virgen, señor Miranda –esclareció Elsa.

Los ojos de la madre se iluminaron.

–La niña del retrato es... Perdón, la mujer del retrato es nuestra Irene –afirmó Soledad–. No tenemos ninguna duda. Vengan conmigo, hagan el favor. Quiero darles una cosa.

Se levantó e hizo un gesto con la mano para que la siguiéramos. Óscar no se movió de su asiento. Soledad recorrió el pasillo que distribuía las habitaciones de la casa hasta pararse en el umbral de una de las puertas que había cada pocos pasos.

–Está igual que el día que desapareció.

Nos asomamos a una habitación que irradiaba años ochenta, con una decoración recargada hasta la saciedad de colores sin orden ni concierto y una falta de espacios libres asfixiante. El estampado floral de las paredes me hizo sentir dentro de una caja para regalos. A pesar de sus cuerpos tiesos, tres muñecas parecían echarse una siesta sobre la cama, lo que me trajo a la memoria el vestido con el que encontramos a la víctima. Ese cuarto había viajado a través del tiempo. Recé para que allí dentro hubiera dormido la mujer asesinada en La Moraleja.

Soledad dio un par de sigilosos pasos al frente, como si temiera despertar a las muñecas, y abrió el primer cajón de una cómoda sobre la que descansaban muñecos de plástico de personajes de Disney, libros de colorear, gomas para el pelo, diademas, pequeños cofres y más muñecas, esta vez de pie, mirando al frente con sus exangües ojos.

–Creo que esto puede servirles para confirmar sus sospechas. Supongo que el instinto de una madre no es suficiente.

Me entregó una cajita de color azul con forma de cofre del tesoro y un cepillo para el pelo.

–Ese mismo día le desenredé su preciosa melena. Como ven, el cepillo aún conserva alguno de sus cabellos. La cajita contiene cuatro dientes de leche de Irene. Con eso podrán averiguar si es ella, ¿no? Comparando el ADN y esas cosas, ¿no?

–Por supuesto –afirmé complacido–. Gracias. Sentimos mucho lo que le ocurrió a su hija, sea o no la víctima de nuestro caso. –Elsa asintió a mis palabras de pésame–. Yo mismo pasé por algo parecido –me sinceré–. Puedo asegurarle que sé lo que están sufriendo.

Elsa metió el cepillo y la cajita en una bolsa para pruebas. Antes de bajarnos del coche habíamos cogido un par de la guantera: intuíamos que no volveríamos a Madrid con las manos vacías.

–Y en su caso... –dijo Soledad, circunspecta– ¿cómo acabó todo, inspector?

«Puede que aún no haya acabado».

Evité hablarle de las cicatrices que vinculaban los casos de la niña de Triana y de la mujer de La Moraleja, a quien esperaba dejar de nombrar así para empezar a referirme a ella como «Irene Miranda». Las víctimas no eran números ni sobrenombres ni frases representativas: esos honores se los reservábamos a sus asesinos.

–Pues acabó con la muerte de mi hermana melliza –contesté con entereza.

–Dios santo. Lo siento mucho, inspector. –Asentí–. Dicen que el tiempo lo cura todo, pero es mentira. ¿Esperar sentados a que todo mejore por arte de magia? Eso no va con nosotros. La verdadera sanación necesita de nuestra parte: autoconciencia y autoaceptación. A quienes aseguran que el tiempo es el remedio para todos los males nunca les han roto el corazón ni tampoco les han esparcido los pedazos donde no puedan verlos.

«Acepta y sigue –me recomendé–. O quédate anclado en el pasado».

A petición de nuestra anfitriona, volvimos a la sala de estar y de nuevo nos acomodamos en el sofá. Elsa formuló entonces una de las preguntas de rigor:

–Cuéntennos qué sucedió la mañana de la desaparición de Irene.

–Puede resumirse en unas pocas frases –dijo Óscar con un tono de voz suave; parecía inmerso en un pujante estado de mansedumbre–. Irene salió al jardín trasero a jugar. Cinco minutos después, la llamé, no recuerdo por qué motivo, y ya no contestó. Salí, pensando que estaría distraída con sus juguetes. Era una niña atolondrada y... –suspiró largamente– removimos cielo y tierra. Dios lo sabe. Sin embargo –se encogió de hombros–, la Policía y la Guardia Civil la buscaron durante semanas, pero todos sus esfuerzos fueron en vano.

Eché mano de mi tableta para mostrarles una fotografía de Pablo Tejero, el constructor jubilado que vivió en Badajoz cuando Irene desapareció y que, casualmente, años después se construyó una casa en La Moraleja, donde, de confirmarse nuestras sospechas, acabó muriendo Irene tras permanecer treinta años en paradero desconocido.

–¿Les suena de algo este hombre?

–De nada –contestó ella. Él negó con la cabeza–. ¿Por? ¿Creen que fue él quien la tuvo secuestrada?

«Si finalmente resulta no ser ella... –pensé temeroso–, habremos dado un enorme paso en falso».

–Antes de señalar a nadie tenemos que confirmar que la víctima es su hija –dijo Elsa cautelosa.

No creímos oportuno seguir con la entrevista. Tal vez en otro momento, cuando hubiéramos atado algún cabo más.

Nos despedimos de unos padres que no olvidaban. El paso del tiempo cierra nuestras heridas, pero entonces se convierten en cicatrices. Y estas marcas dan testimonio de que seguimos de pie a pesar de los golpes del destino, pero asimismo son un mapa que conduce hasta nuestras peores experiencias. Son, como el odio, un arma de doble filo.

–Tenemos la antigua dirección de Pablo Tejero –dije al salir.

–Ya. Pero... ¿te imaginas que no es ella?

–Hagamos una cosa. Investiguemos a ver si algún vecino recuerda a la familia Tejero. El sospechoso no tiene hermanos y dos de sus primos han muerto ya, pero conocemos la dirección de una prima segunda suya que reside aquí, en Badajoz. Indaguemos en su pasado, a ver qué encontramos. Mañana volvemos a Madrid y actuamos según el resultado de las pruebas de ADN. Si Irene Miranda no es la víctima, pues... habremos perdido el tiempo. Qué le vamos a hacer. Así es nuestro trabajo.

–De acuerdo. Pasemos primero por su antigua casa. Quienes se la compraron siguen viviendo allí, creo. –Elsa abrió el portafolios y revisó sus apuntes–. En efecto.

–Pues echamos un vistazo y luego entrevistamos a su prima segunda.

–Paca Sánchez.

–¿Cómo?

–La prima, que se llama Paca Sánchez, es hija de una prima de Manuel Tejero, padre del sospechoso.

–Ah, vale. Y siendo un familiar tan lejano, ¿sabrá algo de los tejemanejes de Pablo?

—No perdemos nada preguntándoselo.

Arranqué sin demasiadas esperanzas de sacar nada en claro. Los padres de nuestro principal sospechoso llevaban muertos una eternidad y este vendió la casa poco después de heredarla. No obstante, guardábamos la esperanza de que en la plaza de Cervantes, donde Pablo vivió hasta trasladarse a Madrid, alguien se acordara de la familia Tejero.

Pero nunca hubiéramos imaginado la profunda impronta que los Tejero dejaron en una de sus viejas vecinas.

14

Álvaro de la Torre

21 de agosto de 2018, 18:03 h
Plaza de Cervantes, Badajoz

Para llegar tuvimos que recorrer varias calles aledañas, puesto que estaba prohibido estacionar en torno a la plaza. Pese a que no estábamos de turismo y en nuestras mentes solo cabía una cuestión –¿quién mató a la mujer de La Moraleja?–, tratamos de disfrutar del recorrido. Echamos un vistazo a los escaparates de las tiendas y comercios ubicados en los bajos de edificios con manchas que se alargaban bajo sus ventanas como rímel en un rostro decrépito. Aquellas fachadas llevaban décadas absorbiendo el poder afeador de las inclemencias del tiempo.

Badajoz desfiló ante mis ojos como una ciudad de contrastes. Sus murallas medievales, que pudimos ver iluminadas tras caer el sol, sus avenidas ajardinadas, sus cuidados parques y monumentos la hacían digna de una visita *a posteriori*. Me apetecía descubrir los encantos que sin duda pasamos por alto a causa de nuestras obligaciones policiales.

El suelo de mármol con motivos geométricos de la plaza de Cervantes –conocida por los pacenses como «plaza de San Andrés»– podía dejarte en trance si lo mirabas un buen rato, pues te hacía creer que tenías un ojo encajado en un caleidoscopio. Su centro lo ocupaba un pequeño jardín y una fuente recoleta, presididos ambos por una estatua del pintor Francisco de Zurbarán. Algunas de las fachadas que miraban hacia la figura de bronce irradiaban el lujo y la ostentación de los templos griegos y romanos, aunque, en mayor medida, las viviendas eran sencillas, con ventanas y balcones alejados de alardes de riqueza y poder.

–Qué bonita –apreció Elsa mientras recorría con la mirada una de aquellas esplendorosas fachadas–. Algunas tendrán más años que tú y que yo juntos.

–Y multiplicado por dos –opiné, sin prestarle demasiada atención; mi mente estaba ocupada en asuntos menos arquitectónicos.

Obviando la parroquia de San Andrés, conté a ojo quince edificios. «No son demasiados timbres a los que llamar», pensé con ganas de empezar a indagar a puerta fría. No obstante, a juzgar por los numerosos balcones, presentí que algunos inmuebles albergarían en sus entrañas más de un domicilio.

Nos detuvimos ante la que fue la vivienda de Pablo Tejero, de fachada lisa y estrecha enmarcada por baldosas de piedra blanca. En cada una de sus plantas, dos en total, sobresalía un balcón con barandilla de hierro adornado con flores. Era una de las viviendas sencillas de la plaza, tan bonita o fea como cualquier otra.

Llamamos al timbre. Nos atendió una mujer mayor. Efectivamente, ella y su marido le compraron la casa a Pablo Tejero. No pudieron aportar nada significativo, puesto que llegaron a la ciudad desde Barcelona por cuestiones de trabajo y principalmente trataron con una inmobiliaria. Además, según nos contaron, rehabilitaron la casa por completo.

Las siguientes entrevistas aportaron poco o nada. Ninguno de esos pacenses recordaba a los Tejero, bien porque no vivían en su actual domicilio antes de que Pablo se trasladara a la famosa y rica urbanización de Alcobendas, bien porque la memoria no les alcanzaba más que a evocarlos como una familia normal.

—Los recuerdo, sí, pero jamás crucé una palabra con ellos —nos comentó una mujer a la que abordamos en la misma puerta de su domicilio.

El sol teñía el horizonte de tonos bermellones al tiempo que cubría la plaza de matices cerosos, aconsejándonos en voz baja que diéramos por finalizada la jornada. Llamamos al portero automático de una casa de fachada gris con su puerta y sus cuatro ventanas contorneadas de negro. Un edificio de oscuras líneas que parecía llevar tiempo de luto.

«Una entrevista más y volvemos al hotel», me animé justo antes de que nos contestara una voz rasgada.

—Suban, inspectores —rogó, sin mediar una palabra más.

Nos miramos con los ceños fruncidos. «Nos habrá visto llegar por una ventana», sospeché.

Al oscuro recibidor le seguían unos escalones negros encajados entre paredes carentes de claridad. Una ventana asomaba con un marco renegrido al final de la escalera; daba la sensación de haber recibido los lametazos de un fuego. Los rayos anaranjados que traspasaban sus cristales sucios resbalaban por los escalones como un río de lodo.

—Qué tétrico, coño —susurró Elsa.

—¡Suban! —rogó de nuevo la voz, que por poco solapó el incuestionable criterio de mi compañera.

En la primera planta encontramos más de lo mismo. La luz lo acariciaba todo con unas manos mortecinas. Los muebles, jarrones y flores se veían nítidos, pero no por ello radiantes. Las pocas pinceladas de color que otorgaban los bodegones colgados de las paredes representaban únicamente motas en un lugar frecuentado por sombras. Un búho disecado nos clavó su mirada de resina; me costaba entender el gusto por ciertos adornos. El suelo de madera, de tonos tostados, crujió bajo nuestros pies y delató nuestra posición.

—Aquí, en el salón —nos guio de nuevo la voz rasgada.

Elsa se mostraba serena; no había motivos para no estarlo. Sin embargo, a mí aquel domicilio libre de signos de alegría consiguió inquietarme. «¿Por qué no ha salido a recibirnos?», me pregunté cuando enfilaba la puerta del salón.

–Pase, inspector De la Torre –invitó la mujer cuando aún no había puesto un pie en la sala de estar.

Un súbito escalofrío me colocó al borde del tembleque.

«En ningún momento le hemos dicho nuestros nombres».

15

Álvaro de la Torre

21 de agosto de 2018, 19:43 h
Casa de Áurea Faerna, Badajoz

La encontramos sentada en un sofá de piel marrón con grietas en los reposabrazos que dejaban al descubierto el interior del acolchado. Las ligeras cortinas blancas que velaban las ventanas estaban corridas, pero dejaban entrar la suficiente luz como para ver a la anciana y su bastón, el cual tenía encajado entre las piernas. Las notorias arrugas de su rostro parecían ondas en un lago de aguas agitadas. Hubiera vestido de riguroso negro de no ser por unas zapatillas de ir por casa abiertas azules que desentonaban fieramente con su falda y sus medias, como un borracho en un karaoke. Su cabello, largo y blanco, y sus ojos, del tono de una ventisca de nieve, le otorgaban un aspecto fantasmal. Pero nos recibió con una sonrisa de oreja a oreja y una mirada sin filtros.

—Disculpen que no me haya levantado para recibirlos. Pero es que esta artritis mía...

—No se disculpe, señora. Le agradecemos que nos haya recibido a estas horas. Mi nombre es Elsa Ber...

—Bermejo. —Sonrió de medio lado—. Yo me llamo Áurea Faerna. Tomen asiento.

Señaló la gran mesa de madera rodeada de seis sillas. El salón era grande. Arrastramos dos de los asientos y nos acomodamos a un metro de sus piernas delgadas; unas finas medias dejaban entrever sus varices. Un intenso olor a senectud me recordó lo triste que es hacerse viejo y no tener a nadie con quien compartir tu vida. Intuí que Áurea era viuda y no tardé en confirmarlo.

–¿Vive sola, señora Faerna? –le pregunté.

–Mi marido murió hará dieciocho años en diciembre.

–¿Cómo sabía nuestros nombres? –se interesó Elsa.

–Sé cosas –contestó rigurosamente escueta.

Nos cubrió un incómodo silencio.

«¿Nos vacila o es que está senil?».

–¿Cuánto tiempo lleva viviendo en esta casa?

–Más de cuarenta años. Pero a ustedes no les interesa cuándo compré la casa ni cuándo murió mi marido, sino quién mató a la mujer de La Moraleja.

Se manifestaba lúcida ante mis ojos asombrados. Parecía astuta como el diablo. La fuerza de erosión del tiempo había mermado sus facultades físicas, pero en lo referente a su capacidad de razonamiento parecía haber resistido con uñas y dientes.

–¿Cómo sabe a qué hemos venido? –preguntó Elsa mientras yo recorría el salón con la mirada y daba con una pista: una pequeña mesa redonda oculta bajo las sombras de una esquina, sobre la que destacaba una baraja de cartas y una bola de cristal.

«Es una vidente», entendí, asombrado.

–Esclarezco lo pasado y lo futuro –confirmó Áurea.

–¿Qué?

Elsa hizo una mueca de confusión. La agarré suavemente por el brazo para llamarla a la calma y tomé la palabra:

–¿Conocía a la familia Tejero? Vivieron seis casas más allá, en dirección a la parroquia de...

–Los recuerdo perfectamente. Tania Granados me visitaba de vez en cuando para que le echara las cartas. La vejez me ha dado unas piernas débiles, pero mi memoria sigue intacta. Aunque ustedes no quieren que les hable de Tania... Quieren saber qué fue del pequeño Pablo, ¿verdad? Pero ese camino tiene una parada obligatoria: para saber quién fue Pablo, hay que saber quién fue su padre, el sonriente Manuel Tejero.

«¿El sonriente? Manuel empieza por «M» y una «M» conecta los crímenes».

—Siento pedírselo en su estado —dije, señalando el bastón que guardaba entre las rodillas—, pero ¿podría darme un vaso de agua? Tengo la boca seca.

—Por supuesto, caballero.

La anciana se ayudó de su bastón para incorporarse entre livianos quejidos guturales. Me fijé en sus manos huesudas, serpenteadas por venas descoloridas que me trajeron a la memoria las gulas al ajillo que preparaba mi madre en días especiales. Abandonó el salón renqueante. El golpeteo del bastón y sus ligeros pasos me indicaron que se alejaba a buen ritmo hacia la cocina.

—Mira.

Señalé la pequeña mesa con la barbilla.

—¿Eso es una bola de cristal? —Mi compañera observó patidifusa la mesa, de la que caía un mantel rojo—. También hay cartas del tarot. ¿Las ves? —Asentí—. Ay, mi madre, estamos en la casa de una bruja.

—Eso parece. Pero nos da igual a lo que se dedique. Lo único que importa es lo que sepa de los Tejero y parece ser que es bastante. Estamos aquí para buscar conexiones. Punto. Te lo digo para que no sueltes nada inapropiado.

—¿Yo?

Elsa puso cara de no haber roto un plato en su vida.

—Sí, tú. Que nos conocemos, chata.

—Sabía tu nombre, chato.

Elsa subrayó con su voz la palabra «chato» al tiempo que me miraba con asombro. Intuí que se debatía entre creer o no en los poderes de Áurea.

—Hemos estado preguntando en varias casas antes de venir aquí, ¿no? Pues alguna vecina la habrá llamado por teléfono y le habrá soplado nuestros nombres. Todo tiene una explicación.

–No siempre.

–En estos casos sí –afirmé rotundo.

–Y el padre se llamaba Manuel. Letra «M». Muchas casualidades, ¿no crees? Y te diré algo, listillo: algunas videntes han ayudado a resolver...

Elsa cerró el pico al percibir el golpeteo y las pisadas que se acercaban al salón, donde, al parecer, Áurea adivinaba el futuro con más o menos acierto. Entró con mi vaso de agua entre los afilados dedos de su mano izquierda mientras con la derecha empuñaba el bastón. Me levanté para que no tuviera que encorvarse.

–Gracias, señora Faerna.

Me bebí el agua de un sorbo, fingiendo estar sediento. Cuando la supuesta vidente ocupaba nuevamente el hueco desde el que nos había recibido, continué con la entrevista:

–Háblenos de Pablo y Manuel Tejero.

–Antes necesito saber qué buscan exactamente. ¿Creen que Pablo mató a la mujer de La Moraleja, la que sale en las noticias?

–Tratamos de averiguarlo. Es un sospechoso más, de los muchos que barajamos.

Mentí a medias.

–Me temo que el padre es la clave. El padre y su sonrisa falsa.

–Explíquese.

–Tania me habló de Manuel y de sus extrañas formas de educar al hijo. Me pidió que adivinara si dichas enseñanzas le acarrearían problemas en el futuro.

–¿Qué enseñanzas?

–Se negó a profundizar en el tema y yo no pido más de lo que necesito para ver. Ofrezco la posibilidad de cambiar lo negativo antes de que suceda a cambio de la voluntad. Nunca he ejercido profesionalmente. Poseo la habilidad innata de escudriñar en lo que está por suceder y la ofrezco a cambio de lo que uno considere justo. Gratis también, si quien cruza mi puerta no llega a fin de mes. Si ustedes traen consigo alguna pertenencia de la difunta, puedo tratar de ver a través de ella.

Elsa se levantó exaltada.

—Ahora vuelvo.

—¿Adónde vas?

—A por los dientes.

No cabía en mi asombro. Por poco no le pido de mala manera que volviera a pegar su culo a la silla, pero recapacité a tiempo. ¿Qué daño podía hacernos la predicción de una vidente?

—¿Te acompaño? —me ofrecí al tiempo que le daba las llaves del coche.

—No, no. Sigue. Enseguida vuelvo.

Abandonó el salón a paso ligero. Oí cómo bajaba las escaleras a toda prisa. Me sorprendió que aceptara la posibilidad de que una persona pudiera recibir información sobre lo que pasó o estaba por suceder por el simple hecho de estar en contacto con un objeto, en este caso unos dientes de leche. Elsa podía ser muchas cosas, pero no una mujer predecible.

—Después de hacer lo que necesitara para adivinar su futuro... —dije tras escuchar cómo mi compañera cerraba la puerta de la vivienda de entrañas fúnebres—, ¿qué le dijo a la esposa de Manuel Tejero?

—Que su hijo causaría dolor. Y que el germen de dicho sufrimiento sería el padre. Manuel era un lobo con piel de cordero. Un lobo feroz con la piel gruesa. Si te cruzabas con él, te mostraba su mejor sonrisa y te saludaba animosamente. Si estaba con su hijo en la plaza, lo llevaba a caballito, entre risas y caricias. Pero tenía el aura más oscura que he percibido nunca.

—¿Recuerda si era cazador?

–Oh, sí. Y ahora que lo comenta... Tania sí dijo algo acerca de sus especiales métodos de enseñanza. A Pablo le encantaban los animales y le horrorizaba hacerles cualquier tipo de daño. Pero a Manuel eso le daba igual y lo obligaba a salir de caza.

–Entiendo. ¿Cree que Manuel maltrataba a su familia?

–No. Era un hombre cariñoso, al menos con los suyos, y de puertas para afuera. Todo lo decía con voz melosa. Empalagosa, incluso. Era una balsa de aceite, pero también un artista de la manipulación, un genio de la falsedad. Desafortunadamente, no todo el mundo puede ver más allá de las apariencias. Ahora los llaman «personas tóxicas». De cara te muestran una sonrisa y cuando les das la espalda te clavan un puñal en las costillas.

»Le recomendé a Tania que creara un escudo protector entre su marido y su hijo. Incluso le sugerí el divorcio... Pero ella se puso hecha un basilisco y se marchó indignada. Dejó de saludarme cuando nos cruzábamos por la calle. Pero Manuel sí vino a hacerme una visita. No pudo contener a su verdadero yo. Recuerdo sus amenazas como si las hubiera recibido hace un momento: «Deja de llenarle la cabeza de pájaros a mi mujer o te destriparé como a un conejo». Tuve el placer de conocerle bien, por decirlo de un modo elegante. Y le puedo asegurar, inspector De la Torre, que ese hombre era capaz de cumplir sus amenazas. Estoy convencida de que Tania también percibía su lado oscuro. Si no, ¿por qué me pidió que le echara las cartas? Pero... –encogió sus hombros huesudos– ya sabe cómo funciona esto: el interesado suele ser el último en aceptarlo.

Me disponía a formular una nueva pregunta cuando sonó el telefonillo.

–Conteste usted mismo, haga el favor.

Me levanté y descolgué, adivinando quién llamaba.

–¿Sí?

—¿Qué pasa, tronco?

«Tronco», pensé, y contuve una sonrisa.

Abrí sin mediar palabra y reparé en que Elsa subía acelerada.

«¿A qué vienen tantas prisas?».

—Ya estoy aquí —anunció jadeante.

—Tampoco hacía falta que corrieras, mujer.

—Tú calla.

Áurea sonrió.

Cuando Elsa ya estaba sentada a mi lado, la anciana estiró los brazos para solicitar la cajita azul. Parecía tener mono de vislumbrar; miraba el recipiente con los cuatro dientes como un yonqui atraído por una jeringuilla cargada con heroína.

Era consciente de la creencia popular, alimentada por documentales, películas y series estadounidenses, de que algunas videntes habían ayudado a la Policía a resolver crímenes. A pesar de que la información obtenida psíquicamente resultaba inadmisible en un tribunal, era una tendencia creciente por parte de los departamentos de policía americanos lo de tomar en serio a los psíquicos. Pero en España no se estilaba ese modo de actuación. Para mí, recurrir a una médium era una medida desesperada.

Dejó caer los dientes sobre la palma de su mano. Los escuálidos dedos cubrieron las piezas duras y blancas como fauces de una planta carnívora al tiempo que cerraba sus ojos de iris aturquesados. Elsa me agarró del antebrazo cuando la vidente cogía aire por la boca y lo mantenía en sus pulmones, embebida por el momento álgido de la tarde. El cuerpo de Áurea se sacudió durante unos tensos instantes hasta que de un corto y sonoro soplido liberó el aire de los pulmones y abrió las manos y los ojos con la brusquedad de un descorche de champán.

—No puedo —exhaló tras permanecer en trance poco más de quince segundos. Le devolvió los dientes a Elsa con premura, como si quemaran en su mano–. El dolor es demasiado intenso para una anciana como yo. Ya no soy la que era. Lo siento.

–¿Qué ha visto?

No tenía la menor duda de que nos aguardaba un presagio.

–A Irene corriendo por un jardín soleado, vestida con ropas de muñeca. Ha gritado sus nombres: «¡Álvaro, Elsa!». Y les ha mandado un mensaje: «No me retuvo donde creéis. La clave está en los tiempos. Las cicatrices son solo un juego».

«Los muertos siempre tan crípticos», pensé incrédulo, si bien con un nudo en la garganta.

16

Álvaro de la Torre

Áurea nos invitó amablemente a abandonar su casa, excusándose en que el fugaz viaje la había dejado agotada. Aseguró no poder darnos más información sobre Pablo Tejero e Irene Miranda. Lo cierto es que volvimos al hotel con más preguntas que respuestas.

Mientras cenábamos en un restaurante cercano, Elsa se empecinó en demostrarme la utilidad de los psíquicos para resolver casos policiales. Dejó su tableta sobre el mantel blanco y leyó un artículo que había encontrado en internet, aunque le supliqué que no lo hiciera.

Me habló de un tal Durant, que con un mechón de cabello, un péndulo y un mapa fue capaz de determinar el lugar exacto en el que yacía el cuerpo de un desaparecido. También me contó la historia de un exparacaidista estadounidense que se había esfumado sin dejar rastro. Tras semanas de búsqueda, la Policía decidió contactar con una psíquica, que señaló el punto exacto en el que se encontraba el cuerpo y además matizó que murió de un fallo respiratorio. Gracias a las declaraciones de la mujer, la Policía logró dar con el cuerpo y, como cabía esperar, la autopsia reveló que el exparacaidista murió por causas naturales.

Elsa terminó su desesperado intento de convencerme contándome que, a principios de 1984, una pequeña avioneta con cuatro pasajeros desapareció misteriosamente en no sé dónde diantres. La Patrulla Aérea Civil y la Fuerza Aérea de los Estados Unidos realizaron la pertinente búsqueda, pero no dieron con la aeronave ni con sus ocupantes. Fue entonces cuando contactaron con la famosa clarividente Noreen Renier, que ya había trabajado antes con la Policía en más de seiscientos casos. Renier solicitó que le entregaran alguna cosa que hubiese pertenecido a las personas desaparecidas.

—Igual que Áurea, ¿ves? —señaló Elsa con retintín.

Al hacerlo, comenzó a tener visiones sobre las víctimas y fue capaz de identificar el lugar donde había caído la avioneta con una precisión que helaba la sangre.

—Yo no digo que no sea cierto —expliqué tras su elocuente soliloquio—. Que algo no tenga explicación no significa que no sea verdadero. Sé que hay personas que disfrutan de experiencias extrasensoriales. Yo solo digo que una investigación no puede girar en torno a las visiones de una psíquica. No todas las videntes son honradas, como no todos los policías lo somos, ¿me sigues? Tendremos en cuenta lo que nos ha dicho, pero, no me jodas, Elsa, ni siquiera sabemos si Irene es la víctima.

—No te enrolles —dijo con una ceja arqueada—. Pues claro que es Irene Miranda. Apuéstate algo, chulito.

—No apuesto nunca y menos cuando sé que voy a perder. Pero no porque lo haya dicho una vidente, sino por las pesquisas que hemos conseguido tú y yo con mucho esfuerzo.

—Lo que tú digas.

Elsa agachó la mirada, pinchó dos patatas fritas de su plato y habló con la boca medio llena:

—Estoy para que me indulten. Me acabo el plato y me largo a dormir. No quiero postre ni café ni nada de nada, solo dormir ocho horas seguidas. Y con el buche lleno no descanso bien.

—Lo mismo digo.

Antes de meternos en nuestras habitaciones, pactamos poner los despertadores a las ocho menos cuarto. Me acosté sobre las once y a las seis ya estaba dando vueltas en la cama. Las pesadillas me acosaron de nuevo nada más caer en brazos de Morfeo.

Me di una larga ducha, me vestí con calma y le envié un mensaje a Elsa:

¿Estás lista?

A lo que contestó con un:

Ve bajando, que ya voy.

Tras desayunar en el *buffet* del hotel, partimos hacia la casa de la prima segunda de Pablo Tejero.

Paca Sánchez residía en pleno casco antiguo, en una casa de planta baja. La calle Luis de Morales era tan estrecha que en primera instancia nos vimos obligados a pasar de largo.

—¿Esta calle no se acaba nunca? —se quejó Elsa.

Las fachadas pasaban a un escaso metro de las ventanillas del coche, por lo general con las pinturas desconchadas y grietas que parecían cicatrices; algunas cornisas pendían de un hilo. Los postes de la luz por poco rozaron los retrovisores. Me di cuenta de que algunas casas estaban valladas por el riesgo de derrumbe y otras aseguradas con andamios para impedir que se produjeran desprendimientos.

«Los cascos históricos suelen estar deteriorados, pero este se lleva la palma —pensé—. Todavía nos caerá un pedrusco mientras andamos por la acera».

—¡Ahí hay un hueco! —me avisó Elsa.

—Ya era hora, por Dios.

Aparcamos en la calle Soto Mancera, que empalmaba con la interminable.

—Pensaba que nunca iba a acabarse —dijo Elsa antes de bajarse del coche.

—Las casas de esta zona son muy antiguas —opiné mientras

estudiaba el entorno con la mirada–, pero en el fondo tienen su encanto.

–¿Tú crees?

Caminamos calle abajo.

Algunos trechos parecían zonas de guerra.

No tardamos en plantarnos ante la puerta de Paca Sánchez.

–A ver si hay suerte y está en casa –deseé antes de pulsar el botón del timbre.

Ding, dong...

–¡Ya voy!

La voz de Paca, de setenta y tres años, sonó plácida desde el otro lado de la puerta, que no tardó en chirriar como un grillo con afonía.

–No quiero comprar nada, gracias –espetó nada más abrirnos.

Puse el pie en el quicio de la puerta antes de que nos la cerrara en los morros.

–Somos policías, señora. Necesitamos hacerle unas preguntas. ¿Nos permite entrar?

Le enseñamos nuestras placas.

–Por supuesto. –Su gesto cambió por completo–. Ay, disculpen, es que estoy hasta el moño de tanto vendedor. Por teléfono no paran de llamarme a todas horas.

–A veces se pasan un poco –admitió Elsa.

–Pasen al salón.

El recibidor no estaba muy iluminado. Mientras caminábamos por el pasillo tras la estela de Paca, me invadió una agria sensación de melancolía.

Nos invitó a sentarnos en un viejo sofá de tela gris rodeado de adornos y muebles añejos, de recuerdos de toda una vida. Paca enviudó hacía diez años; en una de las fotos que colgaban de las paredes posaba sonriente con quien fue su marido. «Hasta que la muerte nos separe», pensé taciturno. No lograba sacudirme la oscuridad que me había traído el caso de La Moraleja.

–¿Y sobre qué querían preguntarme? –nos consultó, sentada en una silla que había retirado de la parda mesa del salón–. ¿Sobre los derrumbes de las fachadas?

–No, no... Somos policías judiciales –la informó Elsa.

–¿Y eso qué significa? Discúlpenme, pero no entiendo de grados policiales. Por cierto, ¿quieren tomar algo?

Ambos negamos con la cabeza. Paca nos trató con una exorbitante amabilidad. «Será así por naturaleza o finge como su primo. Puede que les venga de familia». La historia de Pablo Tejero empezaba a hacerme desvariar.

–Significa que investigamos crímenes –aclaró Elsa.

–¿Asesinatos?

–Sí.

–Ay, por Dios. ¿Y quién ha muerto?

–Tranquila. El caso que estamos investigando no le afecta a usted personalmente. Pero nos gustaría que nos hablase de su primo segundo, Pablo Tejero.

–¿Creen que Pablo ha matado a alguien?

–Si es usted tan amable, limítese a contestar a nuestras preguntas. Hay aspectos de la investigación que no podemos revelarle.

–De acuerdo.

Su ceño no podía estar más fruncido.

–¿Cree que alguien pudo influir de algún modo en la forma de actuar de Pablo?

Decidí dar un pequeño rodeo hacia la pregunta del millón: si veía a su primo segundo capaz de matar a alguien.

«Mejor ir preparándola para la bomba –pensé antes de formular la primera pregunta de la entrevista– y, de paso, comprobar si las acusaciones de la vidente son ciertas, o al menos probables».

–¿Influir en Pablo? Positivamente, si acaso –contestó Paca con aparente sinceridad–. Su padre, Manuel, era muy atento con él. Al menos hasta donde yo conozco. Tampoco es que tuviéramos una relación muy estrecha. No obstante...

—¿Sí? —la animé a continuar.

—El abuelo de Pablo era harina de otro costal.

—Explíquese.

—Ramón, como poco, era duro con Manuel. De esos padres que creen que la letra con sangre entra, que consideran que un guantazo a tiempo es el mejor remedio. Siempre de puertas adentro, por supuesto. Mi madre, que se llamaba Josefa, contaba a menudo una historia de cuando era pequeña. Un día estaba con Manuel y su padre dando un paseo por las tierras que tenían a las afueras, cuando su primo se cayó dentro de un pozo seco. No era demasiado profundo, pero aun así se rompió una pierna. Creo que la derecha. Manuel lloraba desconsolado mientras mi madre gritaba asustada. Sin embargo, Ramón se asomó al pozo y espetó sin inmutarse: «No pienso sacarte de ahí, patán. Al menos en un buen rato. Así aprenderás a andarte con cuidado». Y escupió sobre su hijo. Mi madre me contó tantas veces esa historia...

»Cuando media hora después, cansada de oír los llantos de su primo, mi madre le recriminó lo que estaba haciendo a Ramón, este la mandó callar y la envió a su casa, no sin antes amenazarla con que le haría daño si contaba lo sucedido. Por aquel entonces mi madre tenía unos diez años.

»No sé qué pasó después de marcharse mi madre, pero al día siguiente Manuel andaba con la pierna escayolada, y cuando le preguntó, fingió que se había caído jugando al fútbol. Trató de imbécil a su propia prima y se quedó tan tranquilo. Por eso creo que Manuel cuidaba tan bien de Pablo: no quería que su hijo pasara por lo mismo que él.

—Entonces, usted nunca apreció nada extraño en la conducta de Pablo. Una vez que fue adulto, digo.

—No. Era una persona normal. Buena. Como yo.

Los tres sonreímos.

—Con el tiempo nos distanciamos. Ya saben: vives en la misma ciudad y como si uno estuviera en la Cochinchina y el otro donde Cristo perdió las alpargatas. Tengo entendido que se mudó a Alcobendas, ¿cierto?

—Sí. Hace mucho. —Me dirigí a Elsa—: ¿Quieres hacerle alguna pregunta más?

—No. Por mí es suficiente.

Al final nos ahorramos formular la pregunta del millón.

—Señora Sánchez, ¿podemos telefonearla si se nos ocurre algo más que debamos saber?

—Por supuesto. Apunte mi teléfono móvil.

Saqué mi bloc de notas y escribí mientras Paca dictaba el número. Constaba en los documentos que habíamos dejado en el coche, pero pensé que era mejor prevenir que curar, no fuera que lo hubiese cambiado recientemente.

—Pues es todo, señora Sánchez —dije mientras me levantaba del sofá—. Le agradecemos que nos haya atendido.

—Ha sido usted muy amable —apreció asimismo Elsa.

—Esperen un momentito.

Paca se ausentó y regresó con dos latas de Coca-Cola.

—Las tengo para las visitas. A mí me ponen de los nervios. Para que se las beban por el camino.

—Muy amable —agradeció Elsa.

—Gracias —dije yo.

El calor que nos esperaba afuera alentaba a tomarse un refresco recién salido de la nevera.

—Qué mujer más maja —afirmó Elsa de regreso al coche tras tirar de la anilla de su Coca-Cola.

—Tanto o más que su primo segundo —proferí sarcástico.

Pusimos rumbo a Madrid sobre las tres de la tarde. Llamamos a Rodríguez cuando el reloj del salpicadero marcaba las cuatro y cuarto. El forense no se explayó, como nos tenía acostumbrados:

–Pasad por el laboratorio de análisis de ADN y dejad las muestras. Mañana las cotejo con tiempo. Si la mujer de La Moraleja es Irene Miranda, lo sabremos pronto.

–Como no lo sepamos mañana tempranito, te las verás conmigo –soltó Elsa de coña antes de colgarle.

El viaje marchaba sin altibajos hasta que Elsa encendió la radio y sintonizó un canal de noticias. Un periodista habló en lo que parecía un debate sobre la actuación policial en el caso de La Moraleja:

Las últimas noticias son, como poco, preocupantes. La mujer asesinada, aún por identificar, tenía una cicatriz con forma de «M». Y resulta que dicha marca conecta el crimen con el asesinato de una niña de siete años en 1982, en el barrio de Triana de Sevilla, hace nada más y nada menos que treinta y seis años. Resulta, para más inri, que la víctima fue Carmen de la Torre. Sí, han escuchado bien, De la Torre, hermana de Álvaro de la Torre, inspector de homicidios al frente de la investigación junto con Elsa Bermejo. ¿Hay un asesino en serie suelto por la Comunidad de Madrid? Esa es la pregunta que debemos hacernos.

–¡Quita esa puta mierda!

Elsa apagó la radio y en el habitáculo no quedaron más que los sonidos del motor y de nuestros pensamientos: «Era inevitable. Y ahora saldrán con que hay conflicto de intereses. Me la trae al pairo. Por la vía legal o por la ilegal, como ellos prefieran, pero una cosa deben tener clara: llegaré al fondo de este asunto».

–Cuando se enteren mi madre y mi hermana... –susurré con cara de espanto.

–Lo entenderán. Diles que estabas esperando el mejor momento para contárselo. Que no querías precipitarte con un asunto tan serio.

–Ya.

Mi móvil sonó, como si el maldito aparato pudiera olfatear mis miedos. Le eché un vistazo a la pantalla: Mare.

Descolgué con el manos libres.

—Ahora no puedo hablar, *mare*. Más tarde me paso por casa. Hasta luego.

—Vale. Pero antes de entrar ponte un casco.

Colgué y sonreí mientras Elsa se desternillaba sobre su asiento.

—Soy muy fan de tu madre, en serio —dijo entre carcajadas—. Ponte un casco, dice. Me da a mí que al final te van a dar *pal* pelo.

—Bueno, mejor reír que llorar. Eso seguro.

—Un par de collejas no te vendrán mal, hombre —bromeó Elsa, aunque el tema no fuera para tomárselo a broma; intuí que solo quería tranquilizarme.

—Mi hermana intentó suicidarse hace unos años. No ha superado la muerte de Carmen. Se siente culpable y no levanta cabeza.

Me sobrevino un irrefrenable deseo de contarle mis penas.

—Pues yo me meto en bares de mala muerte para que tipos que no conozco me den un repaso en los baños.

—¡Joder, Elsa!

—¿¡Qué!? ¡Solo quería que lo supieras! Tú me cuentas tus problemas y yo te cuento los míos...

—¡No me interesa tu vida sexual!

—Ya lo sé, remilgado. Pero no es mi vida sexual, ¡es mi vida! ¡Soy infeliz, joder!

Su afirmación me pilló por sorpresa.

—¡Pues no tienes motivos, hostia!

—Claro. Como no han asesinado a nadie de mi familia, por cojones tengo que ser feliz.

Puede que se pasara un poco, pero sabía que quienes piensan que sus problemas son los únicos la sacaban de sus casillas.

—No me habré expresado bien, pedazo de gilipollas. —Le guiñé un ojo—. Quería decir que ya no tienes a un mequetrefe por novio. Ahora vives conmigo y puedes hacerlo todo el tiempo que quieras. Mientras te comportes, claro. Lo de tirarte a tíos en baños de bares... Oye, es tu cuerpo y yo ahí no me meto. Yo no me como un rosco, así que... –Me encogí de hombros–. Me refiero a que consideres tu... vamos a llamarla «emancipación de un idiota»... como un antes y un después. Vivir con personas tóxicas deprime al más pintado. Te lo digo yo, que lo he vivido en mis propias carnes. Verás como poco a poco te cambia el ánimo. Y, cuando menos te lo esperes, encontrarás no a tu media naranja, sino a la naranja entera que te complemente. Es solo cuestión de tiempo. Entonces te echaré de mi piso: no consiento que nadie lo use como picadero.

Conseguí que se sonrojara, pero presentí que sus previsiones de futuro habían pasado del negro depresivo a un terapéutico rosa palo.

–A veces me dan ganas de darte un achuchón –me dijo.

–Menos mal que se te pasan pronto.

17

Álvaro de la Torre

—Ve directo a casa de tu madre —dijo Elsa cuando el extra-rradio de Madrid empezaba a dejarse ver—. Me paso yo por el laboratorio.

—De acuerdo. Volveré dando un paseo.

—¿Seguro? No me cuesta nada pasar a buscarte después de dejar los dientes y el cepillo.

—Necesito airearme. Y no me esperes despierta, por si me quedo a cenar. —Puse cara de circunstancias—. Aunque no sé yo si caerá esa breva.

—Seguro que todo irá bien.

Conduje por las arterias de la capital hasta detenerme en doble fila ante el portal del feo bloque de pisos en el que vivían mis dos seres más queridos. Durante nuestra ausencia, las temperaturas habían decidido darnos un respiro. Continuaba haciendo calor, pero no un bochorno digno de hemeroteca.

—Nos vemos en casa, entonces —se despidió Elsa nada más ponerse al volante.

«En casa», pensé complacido.

—Hasta luego.

Seguí nuestro coche con la mirada. Elsa dobló la esquina.

«Tu vida mejorará», le prometí susurrante, ya cerca del portero automático.

Pulsé el botón.

—¿Sí?

–Yo.

Mi madre me abrió, como de costumbre, sin mediar palabra; yo subí por las escaleras perseguido por un aluvión de recuerdos: «No me retuvo donde creéis. La clave está en los tiempos. Las cicatrices son solo un juego». «Un artista de la manipulación, un genio de la falsedad. Desafortunadamente, no todo el mundo puede ver más allá de las apariencias». «A veces me reconfortaba pensar que se ahogó en el Guadiana y su cuerpo llegó al mar y se perdió para siempre como un barco de papel. Poético, ¿verdad? Es mejor que pensar que se la llevó un tarado».

Mi madre me esperaba en el descansillo con cara de malas pulgas.

–No voy a maldecirte por habernos escondido que la víctima tenía una cicatriz como las vuestras –prometió nerviosa–. Eres mi hijo y te conozco mejor que nadie y sé que todo lo haces pensando en nosotras. Pero, sinceramente, a Azucena no sé cómo le ha sentado la noticia. No sé si la posibilidad de encontrar al culpable la ha reconfortado o amargado todavía más. Nunca la había visto tan distante. Ni siente ni padece, ¿entiendes?

–Voy a hablar con ella.

Caminamos por el pasillo en absoluto silencio. Mi madre se metió en la cocina y yo seguí unos metros más hasta detenerme ante la puerta entornada de la habitación de mi hermana. La observé recostada sobre la cama, leyendo un libro de cubierta marrón.

–Te estoy viendo, *espiica*.

Sonreí apesadumbrado y empujé la madera, que rechinó como un gato con hambre.

–*Holi*, ravioli –saludé, fingiendo normalidad.

–A veces sueño que soy yo quien va a tirar la basura –confesó sin preámbulos mientras yo me sentaba en el borde de la cama–. Que soy yo a quien secuestran. Sufro en un zulo, como bazofia, me apalean... De repente corro y oigo un estruendo y caigo redonda al suelo. La última imagen que veo siempre es la misma, algo parecido a lo que debió de ver ella. Dicen que murió en el acto, pero he leído por ahí que seguimos percibiendo sonidos, imágenes... Que continuamos pensando durante largos y angustiantes segundos hasta que nuestra mente se apaga del todo. Antes de despertarme observo mi mano dando sus últimos coletazos de vida. ¿Y sabes qué, hermano?

—No.

—Que esa imagen no forma parte de una pesadilla. Las pesadillas son miedos en forma de sueños. Y soñar que fui yo la asesinada no es un miedo, sino un deseo. Hermano... —me llamó, como si me buscara a tientas.

—Dime, Azucena.

—Te ruego que acabes con esta incertidumbre.

—Averiguaré quién mató a Carmen y si sigue con vida le haré pagar por lo que hizo. Volverás a sonreír.

—No puedo pegar ojo. Siento que todo se desmorona a mi alrededor. Sé que no tengo derecho a pedirte nada, que todo sucedió por mi culpa, que no supe hacer de hermana mayor, pero aun así te lo ruego. Haz lo que mejor se te da y échale el guante al desgraciado que mató a Carmen. Y si ha muerto, dime dónde está su tumba para que pueda escupir en ella.

—Te lo prometo.

Caminé hacia la puerta.

—Te quiero. —Escuché a mi espalda.

—Y yo a ti.

Salí de la habitación y tres segundos después me asomé a la cocina y encontré a mi madre sentada a la mesa, sin hacer nada. Raro en ella.

—Acércate, hablemos como en los viejos tiempos.

Obedecí. Era un buen hijo.

—¿Como en los viejos tiempos? Tú y yo hablamos a menudo.

–Pues como en nuestros tiempos. Viejos, nuevos..., ¿qué más dará? La cuestión es que llevamos demasiado sin hablar de Carmen. ¿Cómo te encuentras, hijo? Y no me mientas, que lo sabré.

–¿Y tú, *mare*? Sé que estás sufriendo. Pero ahí estás, mostrándome tu mejor cara. Sé que lo haces por mí, para no meterme más presión, pero...

–Mira quién fue a hablar. Ahí sentado, sereno como un mar en calma, cuando por dentro se te ha desatado una tormenta. Yo no necesito que finjas. Soy tu madre. Sé cómo te encuentras con solo mirarte.

–Estoy al borde del colapso emocional –me sinceré–. Intento mostrarme entero, pero... Es que no puedo ir por ahí hecho una mierda, no estando al frente de una investigación tan importante, y al mismo tiempo no puedo... No sé cómo explicarlo.

–Siempre fuiste un niño considerado. Demasiado, diría yo. Te robaron la infancia. Sé que te aguantabas las lágrimas para no apenarme, que llorabas a solas en tu habitación. Pero ya está bien de reprimirse.

Rompí a llorar, sollocé como un niño pequeño.

–Ay, mi chiquitín –susurró mi madre con dulzura al tiempo que se levantaba y arrastraba la silla hasta mi lado, para ofrecerme un hombro sobre el que llorar: un desahogo que necesitaba como un náufrago un bote salvavidas.

–Gracias, *mare* –balbucí gimoteando.

Le prometí que volvería al día siguiente y me quedaría a cenar.

–Ahora necesito pensar –confesé antes de enfilar de nuevo el pasillo mientras me enjugaba las lágrimas con el dorso de la mano.

Mi madre se quedó a solas en la cocina con su propia pena como compañía.

«Es lo que hacen las madres –pensé antes de girar el pomo de la puerta–: proteger a sus vástagos a toda costa».

Necesitaba una dosis potente de soledad, pero el universo no parecía dispuesto a concedérmela.

Me disponía a bajar las escaleras cuando advertí de soslayo que se abría la puerta del ascensor. Un segundo más tarde y no habría visto las castigadas facciones de Paco de la Torre. Pero aquel día el destino parecía haber medido mis pasos.

«¿Qué cojones hace este aquí?».

Retrocedí con la frente arrugada y verbalicé mis pensamientos:

—¿Qué cojones haces aquí?

—He venido a ver a mi hija.

—No es buen momento.

—¿Por lo que han dicho en las noticias?

—Porque nos recuerdas malos tiempos.

—No merezco tanto odio, hijo. Os fallé, soy consciente. Te he pedido perdón mil veces, pero... El alcoholismo es una enfermedad y he conseguido vencerla. Y lo he hecho por ti, por vosotros. Sé que ya no puedo recuperar a tu madre, pero no puedes negarme que vea a mi hija. Qué más quisiera yo que ella pudiera venir a verme a casa. Pero aún no puede: también está enferma. Llevo dos años y pico sin tomar una gota de alcohol.

—Enhorabuena. Pero eso no quita que Azucena esté enferma por tu culpa. ¿Qué crees que piensa una niña que escucha decir a su padre que nos engatusó para ir a tirar la basura? Yo estaba a su lado cuando se lo soltaste sin más, ¿lo recuerdas? ¿O es que ibas demasiado borracho? Cada vez que miro sus ojos veo el reflejo de la culpa que tú le marcaste a fuego. Nos trataste como carne de cañón y no mereces mi piedad. Tardé en comprenderlo, pero ya sabes lo que dicen: «Más vale tarde que nunca». Pasa a verla si quieres, seguro que te recibe con una sonrisa. No mereces la hija que Dios te ha dado. Pero ten una cosa presente: cuando mira tu cara de alcohólico de mierda, no ve a un padre, sino a un torturador. Nos arrastraste a Madrid sin tenernos en cuenta. Separaste a una hija de su madre. Sí. ¿Tú sabes lo que le supuso a mi madre separarse de Carmen, por mucho que estuviera pudriéndose en un cementerio? Se nos partió el alma a todos. Y tú lo sabías y te dio igual. No culpes al alcohol de tus malas decisiones. ¿Quieres ayudar a Azucena? ¡Lárgate y no vuelvas!

Un vecino asomó la cabeza por la puerta de su piso.

—¿Qué pasa ahí? —preguntó mientras nos dirigía una mirada de mala baba.

Saqué mi placa y la levanté en su dirección.

—¡Policía judicial! —anuncié airado—. ¡Métase en su puta casa!

El hombre obedeció tan rápido como yo había sacado mi identificación.

—No voy a irme a ninguna parte —prometió mi padre—. Sois mi familia. Te guste o no. Siento el daño que os he hecho, pero he cambiado y os lo demostraré durante el tiempo que me resta de vida.

—Entonces espero que dures poco.

Los ojos de Paco de la Torre fueron convirtiéndose en un cielo surcado por rayos rojos hasta quedar inyectados en sangre. Agachó la mirada y pulsó el botón del ascensor con la actitud de un condenado a muerte. Poco después, la doble puerta metálica engulló a mi padre con el aplomo que solo consigue la experiencia.

—Como quieras —susurró antes de desaparecer de mi vista.

Aguardé unos instantes para no volver a cruzármelo en el portal. Era consciente de que mi madre había escuchado nuestra discusión con la oreja pegada a la puerta, como yo los escuchaba discutir cuando solo era un crío. Intuí que no tardaría en llamarlo por teléfono para disculparse por mis modales e invitarle a que pasara un rato con su enferma hija. No me entrometía en sus chanchullos familiares, pero tampoco estaba dispuesto a quedarme de brazos cruzados si, como en aquella ocasión, el destino decidía que volviéramos a encontrarnos.

Bajé las escaleras caviloso.

Contesté al móvil en el portal al notar que vibraba dentro de mis pantalones. Ni siquiera comprobé quién me llamaba. Pensé que sería Elsa.

—¿Diga?

—¿Me vas a dejar plantado otra vez, cacho perro?

—Hostia, Joaquín. ¿Era hoy?

—Pues sí. Íbamos a pillarnos un pedo... Al menos yo. ¿Vas a venir o no?

«Necesito desconectar».

—En media hora estoy contigo. Me pillas lejos y voy a pie...

—Pues yo no he cogido el coche, así que voy a pedirme otra caña.

—Intenta no andar por los suelos cuando llegue.

—No prometo nada.

Veinticinco minutos después

Todos sabíamos qué pie calzaban los de la mesa de al lado, o quiénes trataban de ahogar sus penas en la barra. El nombre del bar, Los Divinos, hacía referencia, con sarcasmo de sobra, al mote de sus propietarios, dos hermanos de metro cincuenta, calvos, de nariz aguileña y ojos de sapo. El local tampoco es que fuera divino. Pero a mí me gustaba su aire castizo: el jamonero con su jamón listo para que alguien lo cortase; los bodegones colgando de las paredes rugosas; las vigas de madera cruzando el techo malamente pintadas; los taburetes desgastados ante una barra llena de señales, por lo general fruto de una ingesta excesiva de alcohol... Pero lo que realmente me entusiasmaba del bar Los Divinos era el pasotismo de sus asiduos. Allí nadie me preguntaba por ningún caso, todos me trataban como a uno más, aunque supieran a qué me dedicaba. No me toparía con ningún compañero ni con ningún periodista deseoso de sonsacarme.

—Hola, De la Torre.

Un cliente habitual, del que ni siquiera recordaba el nombre, me saludó nada más verme entrar. Siempre lo encontraba en el mismo sitio y siempre —siempre— con una caña delante. Joaquín se refería a él como «don Código de Birras». De ahí que no recordara su nombre. Un día apareció con un código de barras pegado a la camiseta, que supusimos que algún graciosillo se lo había puesto en broma, y como no soltaba la cerveza ni para ir al baño, Joaquín le endilgó el mote. Cualquier desliz te costaba un sobrenombre en Los Divinos: don Código de Birras, el Pulga, la Bomba, la Camella, el Golondrino, el Chicle, el Dieciocho Duros... A mí se me conocía como el Madero, pero nadie se atrevía a decírmelo a la cara.

Saludé a don Código de Birras y a unos cuantos asiduos más de camino a la mesa desde la que Joaquín me seguía con la mirada. Sus ojos marrones, su pelo moreno y su nariz de tabique fino, ligeramente torcido hacia la derecha, así como sus labios estrechos y su cuerpo delgado como un filamento, distaban mucho de las facciones regordetas de quien fue mi apoyo moral en Triana.

Me senté al otro lado de un tablero marrón que pedía a gritos una pasada de bayeta.

—Te habías olvidado, ¿eh, mamonazo?

—Tengo muchas cosas en la cabeza.

Cualquiera hubiera aprovechado mi contestación para preguntar por el caso del momento. Más después de descubrirse su conexión con la muerte de Carmen. Más cuando él mismo nos buscó al desaparecer. Pero Joaquín era consciente de que estaba allí para desconectar y respetaba mi descanso.

—Teresa, una cervecita para el Álvaro —gritó hacia la barra.

—¿Está Teresa? No la he visto al entrar.

—Estaba en la trastienda.

—No le quitas el ojo de encima, ¿eh, canalla?

—Es lo único bonito que tiene este bar.

—Ya te di...

Dejé la frase a medias cuando la susodicha apareció por mi derecha como un bólido de carreras. Su pelo negro y largo, su piel morena, su naricita respingona, sus labios carnosos, sus ojos marrones... Como acababa de afirmar mi mejor amigo, Teresa era lo único divino del bar Los Divinos.

—Hola, Teresa.

—Hola, Álvaro. —Por su tono, parecía contenta de que estuviese allí—. Hacía mucho que no te pasabas a verme. ¿Ya no te gusto o qué?

Dejó mi botellín sobre la mesa recién aseada y se marchó a atender a otros clientes. La cara de Joaquín era un poema. Incluso yo me quedé sin palabras. Teresa era amable con los clientes, pero aquel día me sirvió una dosis extra de cortesía.

—¿Pero tú has oído eso? —gritó Joaquín en un susurro—. En mi pueblo se le llama «insinuación».

—Ya, bueno. Eso se lo dirá a muchos.

—Ya te digo yo que no. ¡Atácala, que se te ha puesto a tiro!

—Baja ese tono, joder. Y Teresa no es una gacela. Estas cosas llevan su tiempo...

—Qué finolis te me estás volviendo, macho. ¿Cuánto llevas sin mojar? ¿Medio año? Desde que lo dejaste con Sonia, ¿verdad? No estás para perder el tiempo. Pregúntale, que es gratis. Yo estaré agobiado —dijo, en referencia a su hijo—, pero al menos la meto de vez en cuando.

—Por meterla de vez en cuando estás como estás.

—Eso es verdad. —No pude evitar sonreír ante su sinceridad—. Pero mojo el churro, que es lo que importa.

Hice una mueca de absoluta resignación y me terminé la cerveza de un trago. Joaquín hizo lo mismo con la suya.

—Anda, *mojachurros*, pide otra, que hoy salimos a hombros —le pedí a Joaquín antes de marcharme al baño, dispuesto a ahogar mis penas en el alcohol.

Pero mis penas aguantaban la respiración más que yo bebiendo.

Iba por la cuarta cerveza cuando me levanté más feliz que unas castañuelas y me acerqué a la barra con el «puntillo». Tras tomarme la tercera noté que estaba a dos de empezar a decir tonterías, por lo que decidí que la cuarta sería la última.

Chisté para llamar la atención de Teresa, que pasaba un paño húmedo por la tapa del congelador del que sacaba los cubitos de hielo. Llevaba puesto un pantalón tejano ajustado que dejaba sus curvas a merced de los babosos. Se dio la vuelta y me miró sonriente. Tenía treinta y siete años, seis menos que yo, y se notaba en su cutis.

—Creo que nunca te había visto beber más de dos cervezas. ¿Estás reuniendo el valor para invitarme a salir?

—Ni más ni menos. Pero a salir no, a cenar en mi casa.

—¿El sábado que viene?

—El sábado me viene estupendamente.

—¿A las ocho?

—Perfecto. Vivo en...

—Sé dónde vives. Me lo dijiste hace un par de meses, ¿no lo recuerdas?

—No.

—Pues sí.

—Pues hasta el sábado.

Tras su asentimiento, hice el intento de sacar la cartera, pero Teresa detuvo mis pretensiones con su meliflua voz:

—Ya ha pagado Joaquín —me informó mientras lo señalaba con el mentón. El susodicho se partía de risa con los de la mesa de al lado, haciendo gala de una melopea importante—. Menudo personaje está hecho tu amiguito.

—Ni que lo digas.

Diecisiete minutos después

Entré de puntillas sintiéndome un intruso. No oí el televisor. Deduje que Elsa se había acostado y no quise despertarla; tampoco me apetecía hablar con ella. Me metí en la cama en pijama. Solía hacerlo en gayumbos, pero que ella durmiera en la habitación de al lado me obligó a cambiar algunas de mis costumbres. La puerta de mi cuarto carecía de cerrojo y hasta entonces nunca había necesitado cerrar con llave. Tuve miedo de que abriera de pronto y me encontrara espatarrado sobre la cama con una de mis erecciones matutinas.

Acompañado por un relajante silencio y unas temperaturas más acordes con un buen descanso, traté de conciliar el sueño mientras pensaba en lo obtenido en Badajoz:

«Si la víctima es Irene Miranda, el juez nos firmará una orden de registro. Entonces las evidencias serán suficientes como para registrar legalmente la vivienda de Pablo Tejero. Sin embargo, si la prueba de ADN no resulta concluyente, la conexión entre Pablo y la víctima perderá toda su fuerza y el juez nos la denegará».

18

Álvaro de la Torre

23 de agosto de 2018, 07:23 h
Lavapiés, Madrid

Mientras desayunábamos en la cocina, mi compañera me confesó que llevaba años sin dormir tan bien como esa noche y yo a ella que llevaba años sin levantarme tan para el arrastre.

–Cuatro míseras cervezas y me encuentro fatal. ¡Cuatro! ¡Y la última la dejé a medias! –clamé al cielo al tiempo que ella se burlaba de mi poco aguante.

Preparé dos tazas de café y nos las tomamos mientras nos poníamos al corriente de lo que se publicaba sobre el caso en los periódicos digitales más visitados de España. Nos leímos titulares el uno al otro que nos hicieron pasar de arquear las cejas a exhalar suspiros de resignación, incluso a cagarnos en la madre de algún periodista.

Nos marchamos a la comisaría. Se me hizo raro no tener que pasar a buscar a Elsa.

Fuimos directos al despacho del comisario Ibáñez para ponerlo al tanto de nuestros avances. Valcárcel estaba disfrutando de sus merecidas vacaciones de verano, así que nos saltamos al intermediario. Nuestro jefe directo no tardaría en volver. Seguro que vendría más moreno que al marcharse.

Entramos, nos sentamos y sin dilación le contamos lo sucedido en Badajoz.

—Todo depende de lo que diga el ADN —dijo el mandamás—. No obstante... —no me gustó nada aquel «no obstante»—, mientras estabais fuera he hecho algunas averiguaciones. Y creo que Pablo Tejero no pudo ser. He hablado con personas de su entorno. Algunos me han asegurado que han cenado varias veces en su domicilio, incluso en el mismo sótano, que tiene habilitado como sala de estar. Y juran no haber visto ni oído nada extraño. Gracias a las grabaciones sabemos que la chica huyó de una zona en concreto, pero... ¿cómo pudo mantenerla cautiva tanto tiempo sin que nadie se diera cuenta? No sé vosotros, pero si yo tuviera a una mujer secuestrada en mi chalé no invitaría a nadie a cenar. Me iría a un puto restaurante. De todos modos, si descubrimos que la víctima es Miranda, pediremos una orden de registro para cubrirnos las espaldas.

—Es Irene Miranda —afirmó Elsa— y su asesino es Pablo Tejero. A lo mejor la trasladaba de un lugar a otro y se le escapó durante el trayecto. No sé qué diantres pasaría, pero Tejero mató a Irene Miranda en La Moraleja.

—¿E iba conduciendo en camiseta interior de tirantes, pantalón corto y chanclas? Un poco raro, ¿no crees, Bermejo? El tipo salió de su casa. O eso, o es un maestro del despiste.

«Un artista de la manipulación, un genio de la falsedad», recordé las palabras de la vidente sobre Manuel Tejero.

—¡Tenemos que encontrar el arma homicida, hostia! —sentencié malhumorado.

—Relájate, De la Torre. No me obligues a echarte de mi despacho. Otra vez.

Su amenaza me llevó a recordar nuestro desafortunado primer encuentro.

—Lo siento.

—Hasta que no tengamos los resultados del laboratorio, buscad por otra parte.

—A la orden —obedeció Elsa.

–Qué remedio –acaté yo, menos protocolario.

Regresamos a nuestras mesas.

Elsa se puso a indagar sobre los «tiempos» en los que supuestamente residía la «clave». Indagó en busca de coincidencias en crímenes cometidos el mismo año de la desaparición de Irene Miranda. «No me retuvo donde creéis. La clave está en los tiempos. Las cicatrices son solo un juego», había dicho la fallecida en boca de la vidente. Yo preferí, a la espera de los resultados de la prueba de ADN, centrar mis esfuerzos en repasar los informes que ya había revisado hasta la náusea. Busqué cualquier detalle que se nos hubiera pasado por alto.

Debo admitir que, a pesar de mis reticencias con los «tiempos», puse mi atención en las fechas, los periodos y las etapas.

Diez horas después

Elsa colgó a Rodríguez con una sonrisa de oreja a oreja.

–¡Te lo dije! ¡Es ella!

Di una palmada sobre mi mesa.

–¡Al fin!

–¿Qué pasa? –se interesó Desiré García, compañera subinspectora que trabajaba en la mesa junto a la de Leoncito, que había salido a entrevistar a un sospechoso.

–Que acabamos de identificar a la víctima –contestó mi compañera.

García levantó el puño en un gesto alentador y volvió a centrarse en lo que sea que estuviera haciendo.

Nos miramos satisfechos, nos levantamos de nuestras sillas y caminamos hacia el despacho del comisario Ibáñez sin necesidad de cruzar una sola palabra.

Llamé a la puerta con los nudillos.

–Adelante.

–La víctima es Irene Miranda –dije nada más poner un pie en el despacho.

—Estupendo. Ya era hora, joder. —Ibáñez exhaló un suspiro de alivio—. Los de la Secretaría General no hacen más que apretarme las tuercas. Ahora podré echarles un hueso para que se entretengan un rato.

—El hueso les durará poco —presentí—. Necesitamos una orden de registro y darles lo que buscan.

—Enviadme un resumen de lo que tenemos contra Tejero. En cuanto esté en mi mesa, hablo con el juez.

—Eso está hecho —garantizó Elsa nada más levantarnos a la vez.

19

Álvaro de la Torre

La esperanza, como el odio, es un arma de doble filo. Lo mismo que una bala. Todo obedece a quien empuña el arma. Un disparo puede acabar con la vida de una persona inocente o librarla de las hostiles intenciones de un ser odioso.

Tenía a Pablo Tejero entre ceja y ceja, aunque no hubiera sentido nada especial al mirarle a los ojos. Estaba convencido de que me secuestró cuando era un niño y de que me liberó días después, y de que posteriormente acabó con la vida de mi hermana del mismo modo que acabó con la de Irene. Los motivos aún se me escapaban. No conseguía descifrar el misterio que envolvía el vestido de muñeca, las cicatrices, la virginidad de la víctima y por qué me perdonó la vida. Mi intelecto se encogía de hombros cada vez que me lo preguntaba.

No obstante, las cuestiones que ocupaban mis pensamientos iban más allá de los insondables motivos de un asesino. Mis ambiciones se centraban en mandar sus huesos a una celda y de ese modo cumplir la promesa que le hice a Azucena. Pero, por encima de cualquier otra cosa, anhelaba mostrarle al mundo el verdadero rostro de Pablo Tejero, en particular a quienes lo tildaban de buen hombre. No podía consentir que, tras llamar la muerte a su puerta, en su funeral se escucharan palabras de afecto.

Sentí esperanza cuando nos presentamos en su casa con una orden de registro, acompañados por seis miembros de la Policía científica cargados con cajas para pruebas y el correspondiente secretario judicial.

–Ojalá aparezca el rifle –susurró Elsa antes de que Pablo nos abriera en chándal y zapatillas de deporte.

Paseó su mirada aviesa por nuestros rostros y por los cuerpos uniformados de nuestros compañeros y habló con la calma de un hombre inocente:

–Buenos días. Me disponía a salir a andar, pero veo que no será posible.

–Déjenos entrar en su domicilio y después haga lo que quiera –le indicó Elsa sin devolverle el saludo.

Le mostramos la orden, que leyó con detenimiento.

Accedí el primero a la propiedad, casi apartándolo de un empujón.

«Hoy se agrandará tu odio hacia la Policía».

A partir de ese momento se mostró participativo: un cambio en su modo de actuar que me puso la mosca detrás de la oreja.

«Seguro que has limpiado a fondo, ¿eh? Pero un inexperto en materias criminalísticas siempre dejará rastros. Más cuando se trata de secuestro y asesinato. Un pelo nos basta, majadero».

Con un amable gesto nos invitó a entrar en su casa, no sin antes rogarnos que no se la pusiéramos patas arriba.

–Haremos lo que podamos –prometió Elsa sin mostrar demasiada convicción.

No tardó en aparecer su abogado, pero poco pudo hacer aparte de revolotear a nuestro alrededor.

Cuatro horas y media después

Le dejamos la casa hecha un cristo. Nos llevamos su ordenador y su tableta. No le hizo ni pizca de gracia. No obstante, con su habitual tono de animadversión, nos aseguró que en sus discos duros no encontraríamos ni una sola prueba incriminatoria.

–Soy inocente. Y, cuando se den cuenta, espero que se disculpen por todo esto –dijo.

El desdén que mostraba hacia nuestra profesión me empujó a disfrutar de sus quejas. Pero no todo fueron satisfacciones: el arma homicida no apareció por ninguna parte, como tampoco indicios que hicieran pensar que había mantenido a una mujer cautiva.

Registramos un sótano aseado sin puertas secretas ni cuartos oscuros. Peinamos el jardín e inspeccionamos cada habitación palmo a palmo. Y lo único que encontramos fue el lado oscuro del filo de la esperanza.

20

Elsa Bermejo

27 de agosto de 2018, 10:45 h
Comisaría General de Policía Judicial, Madrid

Aquel registro no nos aportó otra cosa que frustración. No detectamos rastros digitales que delataran fechorías ni en la tableta ni en su ordenador. Ni siquiera visitas a páginas web porno, insólito en el ordenador de un hombre soltero. Cero resultados, por tanto. Miento: consiguió que en mi mente germinara la duda que Áurea borró de un plumazo. Tras sus visiones, no tuve la menor duda de que Tejero era nuestro hombre. Pero sin darnos cuenta nos habíamos metido en un callejón sin salida y nos habíamos visto obligados a cambiar de rumbo.

Lo que pensamos que aportaría pruebas alejó a Tejero de nuestro punto de mira. Y el nuevo rumbo no parecía querer llevarnos a buen puerto. Investigamos a varios familiares de Irene con el propósito de descubrir algún detalle que recondujera el caso. Volvimos a Badajoz durante dos días. Pensamos que antes de desaparecer tal vez un desconocido se le acercó en actitud cariñosa o alguien pudo ver a un tipo extraño espiándola mientras jugaba en el jardín, o que un coche pasó repetidas veces por la zona y levantó sospechas. A todos sus familiares y vecinos los entrevistaron en su momento, pero no podíamos obviar ciertos pasos. Sin embargo, después de tanto tiempo, pretender que alguien recordara un día en concreto era casi una quimera.

Era pronto para considerar el caso «estancado», pero temía que, de no cambiar las cosas, pronto podríamos empezar a valorar dicha palabra para definirlo.

«Irene nos lo advirtió –pensé con los codos apoyados en mi mesa mientras me sujetaba la cabeza con ambas manos, como si de soltarla fuera a desprendérseme del cuello–: "No me retuvo donde creéis". Pero Tejero no tiene más propiedades. Algo se nos escapa. Las coincidencias son demasiado evidentes».

Sonó el teléfono fijo de Álvaro cuando me disponía a levantarme a por el segundo café de la mañana.

–Ahora mismo vamos –acató antes de colgar y mirar hacia mí–. Era Valcárcel. Quiere que vayamos a su despacho para no sé qué de un nuevo inspector.

–Ves, siempre te llama a ti, el puto machista de mierda.

–Porque tú vas siempre a degüello. Saltas a la mínima y lo sabes.

–Excusas. Bah... ¿Un nuevo inspector?

–Eso ha dicho. Quiere que le ayudemos a instalarse. Es perfilador criminal. Parece ser que nos echará un cable con el caso.

–Lo que nos faltaba: aguantar al nuevo de turno –refunfuñé desganada.

Álvaro se encogió de hombros y se levantó de la silla. Desde el ineficaz registro en la casa de Tejero se había mostrado distante. Nuestra convivencia, sin embargo, progresaba adecuadamente. Como bien auguró, mi decisión de dejar a Esteban y las comodidades de vivir en un piso de revista desencadenaron el progresivo cierre de mis heridas. No había vuelto a pisar un bar en busca de sexo sin amor ni de alcohol barato.

Encontramos a nuestro nuevo compañero sentado al otro lado de la mesa del despacho de nuestro inspector jefe. No lo reconocí hasta que se levantó con la intención de saludarnos. Por poco me atraganto con mi propia lengua.

–Un pla-placer –dije mientras me estrechaba la mano tras haber procedido con Álvaro.

«¿Pla-placer? La madre que me parió».

Iván Neveira. Resultaba curioso que no hubiera escuchado su nombre hasta entonces. Más que nada porque me había puesto a cuatro patas en los servicios de un bar para que me penetrara. No obstante, me apaciguó que, tras su evidente *shock* inicial –por poco se le salen los ojos de las cuencas–, actuara con naturalidad, como si no nos conociéramos de nada.

–Es un honor conocerlos, inspectores –lisonjeó–. Me han hablado maravillas de la dupla Bermejo-De la Torre. No veo el momento de que empecemos a trabajar juntos.

–Juntos, pero no revueltos –dije sin pensar–. Que corra el aire.

«¿¡Pero qué!?».

Por poco no me eché la mano a la frente.

Álvaro me miró con cara de «¿a qué ha venido eso?», lo mismo que Valcárcel.

–Revueltos no –aseguró Neveira con una media sonrisa pintada en su rostro de mirada profunda y barba recortada.

Vestía, como el día de nuestro escarceo amoroso, unos tejanos negros –esta vez largos– y una camiseta que se ceñía a sus pectorales. He de admitir que me hacía tilín –hasta diría que tolón– y eso no me gustaba ni un pelo: en adelante tendríamos que trabajar codo con codo y no me apetecía hacerlo con la libido por las nubes.

–Empieza por no tratarnos de usted –dijo Álvaro, divertido.

–Eso está hecho.

–Neveira os echará una mano con el caso Miranda –explicó Valcárcel–. Es un hacha rastreando a indeseables.

–Hago lo que puedo –respondió modesto el citado.

–Estupendo –dije yo, un poco más relajada.

–Pondremos una mesa detrás de las vuestras –adelantó Valcárcel–. Tendréis que apretaros un poco, pero estaréis bien.

«Eso, bien juntitos –me dije en tono cantarín–. Yuju...».
La pereza que me causaba compartir caso con el nuevo no
tenía parangón, por atractivo que pudiera parecerme. Nunca
se me habría ocurrido liarme con un compañero. El mundo
está lleno de hombres tentadores dispuestos a un «aquí te
pillo, aquí te mato».

Le ayudamos a esquinar una mesa justo detrás de la mía.
Tuve que echarme un metro hacia la de Leoncito y quedó
poco espacio entre nuestros puestos de trabajo. No obstante,
el acople no interfirió en la movilidad, que teníamos de sobra.

Como aquella tarde en el bar, sentía su aliento en mi nuca.
Aproveché que Álvaro estaba en el baño para hablarle en
voz baja:

–Oye. Sobre lo del otro día...

–No te preocupes –me aquietó con familiaridad, como si
nos conociéramos de toda la vida–. Soy una tumba.

–¿Y qué coño hacías en un bar como ese? –le pregunté,
sintiendo una extraña confianza–. No te pega.

Exhaló una risa ahogada.

–Lo mismo podría preguntarte yo.

–*Touché*. Pasaba por allí y entré a tomar una copa. Ya sabes:
un mal día.

–Pues yo llegué hace una semana para hacer la mudanza
con calma. Me apetecía meterme un lingotazo para celebrar
que había acabado de vaciar la última caja y..., bueno, me
metí en el primer bar que encontré.

–Pues menuda casualidad.

–La casualidad es que esté de nuevo detrás de ti. –Su ocu-
rrencia me fastidió y así se lo hice saber con una mueca de
desagrado–. Lo mejor será que empecemos de cero y hagamos
como que aquello nunca sucedió.

–No puedo estar más de acuerdo.

21

Álvaro de la Torre

28 de agosto de 2018, 18:35 h
Lavapiés, Madrid

—Esta noche tengo una cita —solté nada más entrar en el piso.

Elsa se detuvo en seco en el umbral de la puerta.

—¿Qué?

—Cenamos aquí. Va a llegar dentro de… —eché un vistazo a mi reloj de pulsera— una hora y media, más o menos.

—¿Y me lo dices ahora? ¿Desde cuándo lo sabes?

—Desde hace unos cuantos días. Pero no quería que me dieras la brasa.

—La madre que te parió. Si me lo hubieras dicho con un poco de margen, podría haber quedado para cenar con alguna amiga. Y, por cierto, ya veo en qué alta consideración me tienes: para que no te dé la brasa, dices.

Elsa no tenía amigas con las que quedar, pero no la contradije. Me apenaba verla tan sola. Cuando llegábamos del trabajo se metía en su habitación y leía o navegaba por internet, o trataba de desenmascarar al desgraciado que asesinó a Irene Miranda. Le veía poco el pelo. Supongo que era mejor que ir de bar en bar en busca de sexo ocasional que le aportara un placer corto y unos largos remordimientos. Cenaba tarde y poca cosa, a veces un zumo o una manzana, y se acostaba con la vista puesta en la siguiente jornada de investigación. Como yo, vivía para el trabajo. Ambos debíamos intentar trabajar para vivir o al menos equilibrar un poco la balanza.

—Te tengo en la más alta estima, compañera —dije tras su reproche—. Pero ya sabes que te pones muy pesadita con el tema.

—Calla, *bobolandia*. —«¿*Bobolandia*? Ese insulto es nuevo», pensé—. Y cuéntame: ¿quién es? ¿La conozco? —Elsa se puso en modo vieja del visillo y justo por eso no la había informado antes—. ¿Está buenorra o qué?

Empezó a alzar las cejar repetidamente con cara de cachondeo mientras caminábamos por el pasillo, rumbo a la cocina.

—¿Ves? Por eso no te había dicho nada.

—Que te calles. Venga, desembucha.

—Tengo que preparar la cena.

—Pues habla mientras la preparas. Ay, calla, que los hombres no podéis hacer dos cosas a la vez.

—Sígueme y verás, listilla.

Mientras preparaba el que sería el plato fuerte de la velada, un pollo al horno con patatas de guarnición que mi madre me enseñó a cocinar cuando solo tenía doce años, le conté quién era mi cita.

—Esto promete... —presintió con cara de emoción.

—Ya veremos.

—Bueno, pues yo ya me voy. Iré a ver una peli al cine, a la última sesión.

—Si quieres quedarte..., no me importa, en serio. Siempre te enclaustras en tu habitación, así que...

—Ni de coña.

—Como quieras. Puedes ir al cine con Neveira. Es nuevo en la ciudad, seguro que no tiene nada mejor que hacer.

—¿Con Neveira? ¿Me estás vacilando o qué?

—No. Se nota que hay *feeling*.

—¿En serio?

Solté una estridente carcajada.

—Te he pillado, ¿eh, compañera? Te gusta el nuevo.

—Me lo follé en los baños de un bar poco después de mandar a Esteban a tomar por culo.

Mi cara debió de ser todo un poema, hasta el punto de que Elsa me devolvió la carcajada, si cabe más estruendosa.

—Mira que eres bruta. ¿Lo dices en serio?

—¿Quién ha pillado a quién?

—¿Y sabías que era policía judicial?

—Qué va. Casi me caigo de culo en el despacho de Valcárcel.

—Pues disimulasteis bastante bien. Claro, ahora lo pillo: por eso el «que corra el aire» sin venir a cuento.

—Exacto.

—Lo tuyo es de récord Guinness, compañera.

—Ni que lo digas. En fin. Me largo.

—Que disfrutes de la peli.

—No me esperes despierto, donjuán.

Me lanzó un beso al aire con cara de guasa. Yo fingí cogerlo al vuelo y llevármelo a una mejilla.

Una hora después

Esperé en el descansillo a que subiera. No utilizó el ascensor, lo que percibí como una buena señal. Nos saludamos y nos dimos un beso en la mejilla. Su rostro era tan simétrico que parecía creado con un programa informático y sus proporciones no iban a la zaga. Su sentido del humor, su sonrisa, su autenticidad, sin duda más importantes que su atractivo, la completaban sin mellas. Se presentó con un vestido informal de color turquesa que le daba un aire juvenil y unas sandalias de cuña. Acostumbrado a verla en pantalones tejanos y camiseta, me pareció que iba de lo más elegante. Y así se lo hice saber.

—¿Esto? Cuatro trapos que he encontrado por el armario —contestó con un guiño incluido. Le enseñé mi piso mientras ella no cabía en su asombro—. No eres gay, ¿verdad? Me encantan, pero preferiría que tú no lo fueras.

173

Su sutil insinuación me hizo entender que no estaba dispuesta a esperar demasiado para pasar al siguiente nivel. Y yo no iba a dejar pasar la oportunidad. Llevaba meses notando el peso de mi soltería. Vivía con una mujer, pero Elsa no podía darme lo que necesitaba. Precisaba un aliciente extra que consumiera la adicción al trabajo y me hiciera desconectar. Y estaba convencido de que Teresa podía darle alas a mi insípida vida personal.

Empecé sirviendo, como es obvio, los entrantes: un plato de tartaletas con anchoas y olivas negras, otro con tostadas untadas de sobrasada y queso de cabra, y unos canapés de lomo de atún con pimientos. Cuando los platos estaban casi limpios, procedí con el pollo al horno. Luego le llegó el turno al postre, que por falta de tiempo compré en una pastelería cercana: tarta de queso. Hablamos de temas triviales hasta que dejé los cafés sobre la mesa. Y entonces llegaron las preguntas menos banales:

—Supongo que el revuelo que se ha montado con la muerte de la mujer de La Moraleja te está afectando a lo bestia. Todo el tema de la cicatriz... de tu hermana... ¿es cierto? Porque cuesta creerlo. Es...

—¿De película?

—Más bien diría triste. Que haya personas tan malvadas como para matar a una niña...

—Te sorprendería lo desquiciadas que están algunas personas y la de veces que he contemplado cómo la realidad supera la ficción. Prefiero no hablar del tema; hoy es un día alegre, estás aquí conmigo. ¿Sabes qué? Voy a poner música.

—Ah, ¿sí?

—¿No te gusta bailar o qué?

—Me encanta.

—Pues espera un momento y sabrás lo que es mover las caderas.

Fui a por el portátil, busqué un recopilatorio en YouTube de música de los noventa, le di al *play* y de inmediato me puse a bailar.

—¿Te apetece un cubata?

—Por supuesto. Hoy me vas a servir tú a mí. ¡Qué maravilla!

Reí.

—Hoy estoy a tu entera disposición. Y mañana, si quieres, también. Y pasado mañana.

Me sonrió abiertamente: un gesto que interpreté como un asentimiento.

Bailamos un buen rato hasta que Teresa se sentó a beber en el sofá y me instó a que me acomodara a su lado.

—Bueno, ¿y ahora qué? –preguntó.

—Tienes mi número de teléfono, ¿no?

—Sí, claro.

—Pues haremos una cosa. Si me llamas mañana para volver a quedar, significará que te ha gustado tanto la cita que no puedes esperar a repetir, lo que también me hará sobrentender que quieres empezar una relación conmigo. Si me llamas pasado mañana, será que te ha gustado, pero que necesitas tiempo para comprobar si soy lo suficientemente bueno para ti como para una relación seria. Si me llamas dentro de tres días, entenderé que no te he hecho el suficiente tilín. No cogeré la llamada, tranquila. ¿Te parece que lo hagamos así?

—Espera un momento.

Se levantó del sofá.

—¿Adónde vas?

Cogió el bolso de encima de la mesa del salón y sacó su teléfono móvil. Marcó un número en un santiamén y se lo acercó a la oreja. Enseguida escuché que el mío sonaba en la cocina.

—Deberías cogerlo –me recomendó.

Me levanté sonriente y seguí el sonido del aparato, como los niños de Hamelín seguían al famoso flautista.

—Álvaro de la Torre, dígame –contesté formal.

—Y si te llamo el mismo día de la cita, ¿qué significa eso?

—Espera un momento y lo verás.

Entré decidido en el comedor y me acerqué a ella mientras nuestras miradas se cruzaban con la intensidad de un fuego descontrolado. Y la besé con la suavidad de una pluma. Un beso largo y húmedo que me proporcionó una erección que no estaba dispuesto a desaprovechar. Y ella tampoco. Le quité el vestido como si desenvolviera un regalo y la empujé con delicadeza contra el sofá. Se mordió el labio, recostada.

Fue el gesto más sensual que había tenido el placer de presenciar: me daba permiso para atacar su cuerpo impecable, para acabar de desenvolver mi regalo anticipado de Reyes.

«Por fin me pasa algo bueno».

22

Elsa Bermejo

28 de agosto de 2018, 18:45 h
Madrid

Me llenó de pena el hecho de irme al cine sola.

«Estoy harta. Que le den al maldito orgullo».

Saqué mi móvil del bolso y marqué el número de Neveira. No me puse nerviosa, sabía que estaba haciendo lo que más me convenía.

—¡Bermejo! ¡Qué sorpresa!

—Oye, ¿te vienes al cine?

—¿Eh...? Vale. ¿Los dos solos?

—Sí.

—¿Es una cita o...?

—¿Por qué los hombres os empeñáis en ponerle etiquetas a todo?

—Porque nos hace sentir seguros saber a qué atenernos.

—Somos dos compañeros de trabajo que van a ver una peli. Nada más.

—Me parece estupendo. ¿Pero sabes qué? Te haré una contraoferta que no podrás rechazar —dijo al más puro estilo Vito Corleone—. ¿Y si pedimos unas *pizzas* y nos las comemos aquí en mi piso y luego vamos a la sesión golfa?

—Claro. ¿Por qué no?

—¿Paso a buscarte por el piso de Álvaro o...?

—No, tranquilo. Te doy un toque cuando esté delante del bar ese en el que..., ya sabes.

—Llámame y bajo.

—Hasta ahora.

—Chao.

Cenamos.

No fuimos al cine.

Charlamos hasta pasada la medianoche.

Durante aquella prolongada conversación me enteré de que en Valencia, donde había trabajado durante los últimos seis años —aunque él naciera y se criara en Salamanca—, había sufrido una tortuosa relación con una mujer celosa hasta la médula, hasta el punto de que, tras cortar con ella, sufrió acoso. Llamadas de madrugada en las que solo escuchaba su respiración entrecortada, pintadas en el coche, mensajes en las redes sociales poniéndolo a parir... Ningún lazo sentimental lo unía a Valencia, así que decidió cambiar de aires, empezar de cero, y pidió el traslado a Madrid. Un recorrido que podría compararse con el que yo emprendí tras romper con Esteban, a pesar de que en mi caso bastó con que me trasladara al piso de Álvaro.

Follamos como si no hubiera un mañana.

Las semanas que siguieron a nuestra primera cita fueron las más apasionantes de mi vida. Me gustaba jugar con Iván al juego de las apariencias. En comisaría fingíamos ser solo compañeros. Me cautivaba que me guiñara el ojo cuando nadie nos miraba. Que al cruzarnos por los pasillos rozáramos las manos mientras se curvaban las comisuras de nuestros labios.

—Eres preciosa —me susurró un día ante la máquina de café.

—Calla, bobo —le contesté ruborizada.

Álvaro lo adivinó, pero en aquel oscuro momento de mi vida no creí que su predicción fuera a cumplirse: «Y, cuando menos te lo esperes, encontrarás no a tu media naranja, sino a la naranja entera que te complemente».

Nuestro amor se fraguó de un modo nada romántico, en los aseos de un bar de poca monta.

Pero fue un comienzo.

Y todo final feliz necesita uno.

23

Álvaro de la Torre

Aquel 2 de septiembre se convirtió por méritos propios en el tercer peor día de mi vida. El podio lo coronaba el imborrable momento en el que mis padres me comunicaron que Carmen había aparecido muerta. El segundo puesto se lo llevó el intento de suicidio de Azucena. Confiaba en que ningún suceso posterior merecería el honor de ocupar el puesto que restaba libre. Tuve fe en las bondades del destino. Pero ya se sabe lo que recomiendan: «Confía en lo mejor, pero prepárate para lo peor».

Entramos en la comisaría como cualquier otra mañana.

Habíamos estado trazando un perfil criminal con la ayuda de Neveira. Salvando ciertas distancias, no difería demasiado del de otros asesinos que habíamos perseguido: entre sesenta y setenta años, inteligente, pudiente, conducía un coche grande o una furgoneta... He de admitir que no me fiaba demasiado de los perfiles criminales. ¿Cómo no iba a ser inteligente? ¿Coche grande o furgoneta? En bici no creo que secuestrara a nadie. En fin. Me parecían una sarta de obviedades.

Observé las cuatro carpetas donde guardaba los informes del caso Miranda. La de arriba contenía el informe forense, la segunda los de la Científica, la tercera los redactados por Elsa, Neveira y un servidor, y la de más abajo documentación variada. Al lado de aquella montaña de papeles inservibles descansaba una lista de sospechosos, confeccionada a raíz de las imágenes captadas por las cámaras de vigilancia y de seguridad instaladas en las calles externas que daban a la urbanización. Buscamos vínculos relacionados con la naturaleza del crimen, como personas que hubieran conducido furgonetas o todoterrenos por las inmediaciones de La Moraleja o que arrastraran delitos de índole sexual. Que a Irene nunca la penetraran no significaba que un zumbado no pudo haberla secuestrado para masturbarse mientras se paseaba vestida de muñeca. El mundo está lleno de perturbados y, por consiguiente, de todo tipo de perversiones.

Dimos con más de un aspirante a asesino de Irene Miranda. Unos por cargar con condenas previas asociadas con el carácter del delito, otros por vivir cerca de las viviendas y tener un pasado turbio y unos pocos por estar en posesión de un modelo de arma coincidente. Incluso investigamos a un vecino de Badajoz que, poco antes de que secuestraran a la pequeña, mantuvo una acalorada discusión con sus padres a causa de un desacuerdo con las lindes de unas tierras.

Elsa contactó con Áurea Faerna, pero esta se negó en redondo a recibirnos. Debo admitir que aquello me puso la mosca detrás de la oreja: «¿Qué coño vio esa vieja que la acojonó tanto?». Tenía el presentimiento de que se había guardado algo para sí misma.

Los canales de noticias nos acribillaban con programas especiales en los que se reconstruía el crimen. No faltaron los testimonios de personas que creían saber quién mató a la mujer de La Moraleja, como todo el mundo se empecinaba en llamar a Irene.

Interrogamos a una veintena de individuos, casi todos depredadores sexuales. Estar ante ese tipo de facinerosos me nublaba el ánimo hasta el punto de hacerme sentir bajo una hostigadora nube negra.

Nuestras mentes rebosaban hipótesis: ¿llegó en coche a La Moraleja? ¿Retrocedió en algún momento mientras escapaba? ¿Llegó a pie desde un lugar cercano? La investigación de las cámaras privadas apuntaba a un puñado de viviendas, pero a esas alturas no podíamos fiarnos de ninguna señal.

—Igual llegó en helicóptero —bromeó Elsa durante una de nuestras infructuosas sesiones de búsqueda.

El tercer peor día de mi vida empezó a las once y siete minutos de la mañana. Puedo decirlo con exactitud porque eché un vistazo a la hora en mi portátil antes de contestar una llamada del agente de recepción:

—De la Torre, dime.

—Un señor solicita hablar con los inspectores al frente del caso de La Moraleja. —«Cada uno lo llama como le da la real gana», pensé—. Dice que sabe quién mató a Irene Miranda.

—Ya. Ahora vamos.

—Bien.

Colgué y me dirigí a Elsa:

—Oye, en la recepción hay un tipo que dice que sabe quién mató a Irene Miranda.

—Mira tú qué bien. Pues corre a cerrar el caso.

—¿No vienes?

—¿Puedes encargarte tú? Estoy liadísima.

—Claro.

Al llegar a la recepción encontré a un tipo de unos cincuenta años, de baja estatura, rechoncho y de cuello corto. Se notaba a la legua que tenía algún tipo de discapacidad intelectual. «Lo que me faltaba», pensé, temiendo que aquel pobre diablo solo me haría perder el tiempo. Mi compañero lo señaló desde detrás del mostrador con una mueca a caballo entre la guasa y la pena.

El supuesto conocedor del nombre del asesino de Irene Miranda vestía un pantalón corto de tela, unas chanclas desgastadas y una camisa a rayas que debía de haberse puesto un millar de veces, pero que a todas luces había dado pocas vueltas dentro de una lavadora. Un anillo de cabello negro rodeaba el exterior de su cabeza y se juntaba con unas patillas anchas de pelos arremolinados que parecían vello púbico.

Me acerqué y le estreché la mano con mi mejor sonrisa. Levantó la mirada hasta toparse con la mía y observó mis ojos con el atrevimiento de quien no tiene nada que perder. Me presenté:

—Soy Álvaro de la Torre, uno de los agentes que investiga la muerte de Irene Miranda. Mi compañero me ha dicho que tiene usted información sobre el caso.

Empezó a desabrocharse los botones de la camisa sin presentarse siquiera. De arriba abajo. Con movimientos pausados. Una vez que se los hubo desabrochado todos, se abrió la fina prenda rayada para dejar al descubierto una camiseta de tirantes llena de manchas de sangre.

Tardé un poco en reaccionar y él aprovechó mi sorpresa para pronunciar una frase lapidaria:

—Hace años maté a tu hermana. Y hoy he matado a otra niña.

24

Álvaro de la Torre

2 de septiembre de 2018, 11:27 h
Comisaría General de Policía Judicial, Madrid

Lo esposé mientras se mostraba impasible y lo metí en una sala de interrogatorios. ¿Su nombre? Ignacio Olivares. ¿Edad? Cincuenta y tres años. ¿Lugar de residencia? Vallecas, donde vivía con su madre octogenaria. Le pregunté si tomaba algún tipo de medicación, a lo que contestó «mis pastillas para las voces», confirmando lo evidente. Traté de que se explayara, pero solo conseguí que se encogiera de hombros.

—Cuando mi hermana murió, tú eras demasiado joven, Ignacio.

—Me ayudó mi padre —razonó con las manos esposadas a la mesa de interrogatorios.

—¿Y dónde está ahora tu padre?

—En el cielo.

—¿Y por qué matasteis a Carmen de la Torre?

—Porque nos gustaba matar.

—¿Y ya no te gusta?

—No me gusta mucho, pero me he visto obligado.

—¿Y puedo saber qué o quién te ha empujado a matar a una niña?

—No me han empujado. Estaba solo.

«Por Dios». Me froté la frente y parte de la cara. La sensación de estar perdiendo el tiempo —otra vez— empezaba a agobiarme.

—Digo que, si no te entusiasma matar, ¿por qué lo has hecho?

—Porque soy un asesino.

—¿Y a mí por qué me perdonasteis la vida?

—Porque nos diste pena.

—Pues gracias, hombre. ¿Y la cicatriz? ¿Por qué nos marcasteis con una «M»?

—Una «M» de «matar».

Elsa irrumpió en la sala de interrogatorios. Sin mediar palabra, se acercó al «asesino confeso» y le echó una mirada que exteriorizó más pena que enfado.

—Dices que has matado a una niña, ¿no? —le preguntó de pie—. Además, hace poco, ¿cierto?

—¿Qué hora es ahora? —preguntó redundante.

—Las once y media.

—Pues hace como hora y media.

—Nadie ha denunciado la desaparición de ninguna niña, Ignacio. Nos estás mintiendo y eso es delito. Pero si nos dices la verdad ahora mismo haremos la vista gorda, ¿entiendes?

—Nadie ha llamado a la Policía porque sus padres aún no se han dado cuenta de que no está.

Busqué un modo de desenmascararle y creí haberlo encontrado.

—¿Qué llevábamos puesto el día que nos secuestrasteis? ¿Dónde estábamos cuando lo hicisteis? Los asesinos no olvidan esas cosas.

—Yo y mi padre os cogimos mientras jugabais con otros niños en la calle Alfarería del barrio de Triana, en Sevilla.

—¿Y qué ropa llevábamos puesta?

—Un vestido rosa ella y tú un chándal azul.

No pude contener una risa ahogada.

—¿Y nos llevarías hasta el cadáver de la niña que has matado?

—Para eso he venido.

Me levanté de la silla al tiempo que le señalaba la puerta a Elsa.

–Ahora volvemos, Ignacio.

Afuera nos esperaban Valcárcel y Neveira.

–¿Qué opináis? –preguntó el primero.

–Es evidente que no pudo matar a mi hermana –aseguré, ignorando la consulta de mi superior–. Para empezar, cuando la asesinaron era solo un chaval. Demasiado joven para tramar todo aquello. Ni mi hermana ni yo vestíamos como dice ni nos secuestraron mientras jugábamos. Algunos aspectos no han aparecido en los medios y esos detalles lo han delatado. Es un pobre lunático que trata de hacerse famoso. Con tantos documentales y películas de asesinos en serie, algunos descerebrados han acabado creyendo que ser asesino es guay.

»Y es indudable que su cociente intelectual está por los suelos. Seguro que sufre esquizofrenia paranoide o algo peor. A saber qué estará pasando ahora mismo por su cabeza. No sería el primero que confiesa un crimen que no ha cometido. Nunca me había topado con uno de este tipo, pero siempre hay una primera vez. Los llaman "falsos confesos" o "culpables falsos". Eso ahora mismo no importa.

–Los llaman «tocapelotas» –ilustró Elsa, tan técnica como siempre.

–El ejemplo clásico de este tipo de confesión falsa es el secuestro de Charles Augustus Lindbergh Jr. –dijo Neveira, sorprendiéndome gratamente–, el hijo mayor del famoso aviador estadounidense Charles Lindbergh y Anne Morrow. Pasó en 1930 y pico. El cuerpo del niño apareció un par de meses después en avanzado estado de descomposición. El tema es que antes de que apareciera más de doscientas personas confesaron ser quienes lo habían secuestrado. La mayoría de las confesiones falsas voluntarias se deben a que la persona quiere hacerse famosa, como bien has dicho. Esas doscientas personas estaban dispuestas a perder su libertad a cambio de un lugar en la pútrida historia del crimen. –«Pútrida. Me apunto la palabreja», pensé–. Es triste y extraño, pero no tanto como parece.

–Yo he escuchado confesiones falsas –mencionó nuestro inspector jefe–, pero siempre para proteger a otros. Si miente, te juro que no entiendo nada.

–No hay nada que entender –solté con rotundidad–. Está enfermo y miente a causa de su enfermedad. En el fondo no es culpa suya. No obstante, hay que acompañarle hasta donde cree que ha matado a una niña. Es nuestra obligación. Ya sabéis cómo funciona: perder el tiempo forma parte del proceso.

–¿Y si sus indicaciones nos conducen a un cadáver? –preguntó Elsa con la mirada puesta en Ignacio Olivares, que permanecía impertérrito sobre una fría silla de patas metálicas y apoyaba las manos sobre la no menos fría mesa de interrogatorios.

–En ese caso, que Dios nos perdone por haber dudado de su palabra.

25

Álvaro de la Torre

2 de septiembre de 2018, 12:37 h
Vallecas, Madrid

Conduje con Elsa a mi lado y con Olivares en los asientos traseros. Vi por el espejo retrovisor interior cómo el detenido observaba las fachadas, que desfilaban al otro lado de las ventanillas, y a los vallecanos, que pateaban las calles de su barrio consumidos por las altas temperaturas de un inhóspito septiembre. Dondequiera que mirara, veía bloques de pisos y bajos ocupados por negocios. Pero Ignacio aseguraba que vivía en una casa de dos plantas.

Circulábamos por la calle de Peña Ambote dirigidos por un alelado: «La próxima a la derecha. Luego todo recto. Métase por esa calle estrecha». Entonces, Olivares dio su última indicación:

—Es esa casa de ahí.

Señaló una vivienda de fachada anaranjada. La unidad exterior de un aire acondicionado sobresalía de la pintura desconchada mientras una gruesa línea de cables de la luz atravesaba la pared como estelas oscuras en un cielo crepuscular. Unos canalones oxidados separaban las casas gemelas, que se alargaban en ambas direcciones. Una farola, atornillada a un palmo del techo, iluminaría sus imperfecciones al caer la noche.

No tuve problemas para aparcar.

Cruzamos la calle en un periquete y, sin apenas darnos cuenta, estábamos dentro. Unas escaleras de peldaños beis ascendían a nuestra izquierda contra una pared blanca, sobre la que destacaba una barandilla de madera negruzca. El recibidor estaba en penumbra a pesar de que Olivares encendió la luz. A la derecha de las escaleras se extendía un pasillo estrecho con puertas cerradas a ambos lados, por el que se estiraba una luz azulada que no alcanzaba a alumbrarnos. Me asaltó una extraña sensación de frialdad, aun cuando el sol calentaba con fuerza a pocos metros.

La casa olía a senectud, pero no a muerte. «Con el bochorno que hace... –pensé más tranquilo– algún tipo de hedor desprendería el cuerpo».

–Mi madre está arriba. Va en silla de ruedas. No puede bajar si no la ayuda alguien. Aquí hace más frío, o eso dice ella, y no le gusta estar. Arriba entra el sol por las ventanas y...

–¡Ignacio! –Se escuchó desde la cima de las escaleras.

Me asomé para ver a una anciana en silla de ruedas ataviada con un chándal de los que usaban los yonquis en los años ochenta. Sus pintas me sorprendieron, hasta el punto de tentarme a subir para contemplarla de cerca.

Elsa se me arrimó y me susurró al oído:

–Pídele unas papelinas, que se me han acabado.

–¡Estoy con unos amigos! –gritó Ignacio.

–¡Tú no tienes amigos!

–¡Que sí, madre!

–¿Dónde está la niña? –le pregunté, siguiéndole la corriente.

–Y no creas que esto te va a salir gratis –le advirtió Elsa–. Estamos obligados a investigar cualquier indicio de crimen y aquí estamos, pero engañar a la Policía es delito y hacerles perder el tiempo debería estar penado con cárcel. Así que ve asumiendo las consecuencias.

–Acompañadme. –Ignacio ignoró las amenazas de mi compañera–. La niña está en la sala de los maniquíes.

«¿La sala de los maniquíes?».

Aquello estaba empezando a ponerse inquietantemente siniestro.

Anduvo por el pasillo coloreado por una luz azulada que desentonaba con el calor sofocante y la humedad que se filtraban en la vivienda.

Lo seguimos en silencio hasta que se detuvo ante una puerta blanca.

—Está ahí dentro —señaló mientras giraba su pomo dorado.

Entramos tras él.

La habitación estaba a oscuras, pero Ignacio pulsó el interruptor de la luz y todo quedó iluminado.

«¿El muy tarado asesina maniquíes?».

Todo empezaba a cobrar sentido.

Cinco maniquíes desnudos ocupaban la habitación de poco más de veinte metros cuadrados. Dos estaban de pie; el resto tumbados. Uno tenía un cuchillo clavado en el pecho. Otro, una soga alrededor del cuello. El apoyado contra la pared del fondo, un agujero entre las cejas. Los dos últimos, un corte en el cuello uno, simulando un degollamiento, y una bolsa en la cabeza el otro. Ignacio los había maquillado con manchas de pintura roja, provocando que el conjunto diera verdadero repelús. También observé «sangre» por el suelo cerámico. A mi derecha descubrí una mesa rectangular cubierta con una manta y sobre esta un cuchillo de cocina que parecía ensangrentado. En el extremo opuesto de la habitación había un armario para armas entreabierto, en el que solo pude ver oscuridad.

—¿Cuál de estas niñas es la que querías mostrarnos, Ignacio? —le preguntó Elsa con desgana al tiempo que señalaba los maniquíes como si estuviera eligiendo víctima cantando *Pito, pito, gorgorito...*

—Estos maniquíes son para practicar. Un buen asesino se prepara antes de matar. Sé lo que me hago y por qué lo hago. No soy tan tonto como creéis. En la comisaría os he mentido sobre un detalle: no la he matado como a Carmen de la Torre. Quise hacerlo con la escopeta que guardo ahí adentro, pero... –señaló el armario de armas– demasiado ruido. Y necesitaba tiempo para llegar a vuestra oficina. La niña, que maté como a ese –indicó con el dedo el maniquí degollado–, está en el congelador.

Me fijé en la mesa cubierta por una manta, sobre la que descansaba el cuchillo de cocina manchado de rojo.

«No es una mesa».

Di tres largos pasos y tiré de la manta, mandando el cuchillo al suelo, y descubrí un congelador horizontal de los de toda la vida. Tragué saliva y abrí la puerta y descubrí a una joven –no era tan niña– con la piel azulada como la luz que recorría el pasillo. Estaba desnuda, con el cuello cortado y el pecho embadurnado de sangre.

–Con su sangre he adornado los maniquíes –dijo Ignacio con una sonrisa de oreja a oreja. Elsa, a su lado, no acababa de entender lo que estaba pasando–. ¿Os gusta cómo ha quedado? El efectismo es importante.

«Hijo de puta. No es tan lerdo como nos ha querido hacer creer».

Cerré los ojos y apreté los puños y dos lagrimones se colaron por entre mis párpados para caer a plomo sobre el cuerpo gélido.

«No aguanto más».

Me abalancé sobre Ignacio y le propiné un puñetazo en la mandíbula. Elsa dio un respingo.

–¡Joder!

El asesino confeso cayó inconsciente de espaldas; su cabeza golpeó el suelo con la dureza de un diamante. Desenfundé mi reglamentaria y encañoné su entrecejo.

–¿¡Es esto lo que querías, eh, un final de película!? ¡No voy a consentir que te salgas con la tuya!

Elsa apartó de un empujón el punto de mira de la cabeza

de Olivares, que en principio no había escuchado ni uno solo de mis despotriques.

—¡Tranquilízate, hostia! Que se pudra en la cárcel. ¿No ves que está mal de la cabeza? ¡Es un chiflado, un puto enfermo mental! Entra en razón, joder, o esto nos va a arrastrar a los dos.

Respiré hondo y traté de tranquilizarme, pero era tarde para arrancar la frustración de mi cuerpo.

—La ha matado, Elsa —dije entre lágrimas, al tiempo que aparecían en mi mente potentes ráfagas de imágenes con Carmen como protagonista—. ¡Mira!

La agarré del brazo y la arrastré hasta el congelador.

Elsa se dio de bruces con la joven congelada.

—Dios santo.

Apartó la mirada, la fijó en mis ojos y habló con gesto adusto:

—Espérame en la calle. Voy a esposarlo antes de que vuelva en sí. Me quedo vigilándolo, ¿de acuerdo? Buen derechazo, por cierto. Si alguien pregunta, se ha dado con una puerta. —Me guiñó el ojo. Me sorprendió su entereza. Supongo que no le quedó otra que tenerla por los dos—. Ve a tomar un poco el aire, anda. Llama mientras tanto a Valcárcel, que venga con la caballería.

—Vale.

Le eché un último vistazo al cuerpo inconsciente de Ignacio Olivares y abandoné la sala de los maniquíes.

«No es justo», pensé, imaginando a unos padres destrozados por el dolor.

Anduve taciturno por el pasillo.

—¡Ignacio! ¿¡Qué tramas por ahí abajo!?

Miré hacia el final de las escaleras con el alma molida a palos.

—Somos policías judiciales, señora. Su hijo es un asesino. Por eso estamos aquí.

—¿¡Qué!?

–¡Su hijo es un asesino!

–¡Eso es mentira! ¡Bájeme, quiero hablar con él!

–Ni de puta coña.

Le di la espalda y caminé hacia la salida. Agarré el pomo de la puerta, dispuesto a llamar a Valcárcel bajo el sol achicharrante, pero un grito logró que no llegara a abrirla.

–¡Suelta la escopeta!

La voz de Elsa recorrió el pasillo como un pájaro de mal agüero. La siguió el característico estallido que provoca apretar el gatillo.

«Mierda».

–¡Elsa!

Volví a la sala de los maniquíes con la premura de quien se teme lo peor.

La encontré sobre el cuerpo de Olivares, que se había desplazado como por arte de magia.

–¡Llama a una ambulancia! –rogó mientras presionaba la rodilla del asesino.

Se llevaron a Ignacio en ambulancia –sobra decir que bajo custodia policial– para que le remendaran el boquete que Elsa le había abierto de un tiro en una rodilla. El cadáver de la muchacha viajó hacia el Anatómico Forense. A la anciana se la llevaron a una residencia. Un hervidero de agentes, unos uniformados, otros en traje, algunos en monos blancos, peinaron la casa en busca de pistas para armar un caso que no las necesitaba.

–Se ha levantado de pronto, ha corrido hacia el armario de armas y ha cogido la escopeta –le explicó Elsa a nuestro inspector jefe–. Como era evidente lo que pretendía hacer con ella... Te juro que por poco le vuelo los sesos. Pero he..., bueno, he reaccionado lo mejor que he sabido. Lo cierto es que todo ha pasado tan rápido... He hecho lo que me ha dictado el instinto.

—Ese hijo de puta sobrevivirá —dijo Valcárcel con los nervios a flor de piel—. Y eso, aunque sea injusto, es bueno para todos. Tendrás que redactar un informe detallado y declarar ante el juez, pero no creo que pase de ahí. El juez no va a creer a un asesino de niñas antes que a una inspectora de homicidios con un expediente intachable. Eres un grano en el culo, Bermejo, pero también una buena agente.

Elsa ni siquiera sonrió. Ni siquiera una sonrisa apesadumbrada.

—Lo siento.

—Eras tú o él. No sientas nada. —Valcárcel me dirigió su mirada, como siempre arropada por dos círculos de oscuridad—. Y tú, ¿has visto algo?

—No. Pero puedo decir que he visto lo que haga falta.

Valcárcel, aunque era nuestro superior, era de los nuestros. Amigo y compañero. Confiaba ciegamente en él.

—Bien. Pero no creo que haga falta que veas lo que no viste. Ya me entiendes. Olivares está bien custodiado. Hagamos una cosa: volvamos a comisaría y, mientras vosotros redactáis los informes de rigor, pongo en situación a Ibáñez. En momentos tan delicados hemos de hacer piña.

Poco después, unos padres aterrados interpusieron una denuncia en una comisaría cercana. Su hija de doce años no había vuelto a casa después de salir con sus amigas a dar una vuelta.

Antes de marcharse dando gritos, la madre de Ignacio, Pepa Gimeno, nos indicó cuál era la habitación de su hijo. La encontramos cerrada con llave y un candado. Teniendo una madre como aquella, no me extrañó que procediera de tal modo, más teniendo en cuenta lo que encontramos dentro.

Uno de los oficiales que se había acercado al lugar de los hechos se encargó de abrir la puerta. Fue a paso ligero hasta su coche patrulla, protegido por las cintas policiales que cortaban la calle por ambos extremos, y sacó un manejable ariete del maletero.

El golpe seco del ariete contra la cerradura se grabó a fuego en mi memoria. La puerta de la habitación de Ignacio Olivares opuso la misma resistencia que una hoja de papel a un viento huracanado. Accedimos a una habitación con las paredes forradas de recortes de periódicos. Eran titulares que hacían referencia a crímenes de afamados asesinos en serie. La mayoría estadounidenses: Jeffrey Dahmer, John Wayne Gacy, Ted Bundy... Un hombre como yo podía reconocerlos con solo echarles un vistazo. También algunos españoles: Alfredo Galán Sotillo (el Asesino de la Baraja), Joan Vila Dilmé (el Ángel de la Muerte)...

Una habitación que más bien era un santuario.

«Quería ser como sus ídolos –pensé consternado–. Y lo más triste es que lo va a conseguir. La estupidez humana se encargará de que pase a la historia de lo macabro. A la historia, al fin y al cabo. Elsa debió volarle los sesos cuando tuvo la ocasión».

–Aquí está todo visto para sentencia.

Fueron las últimas palabras que murmuré en la que más tarde sería conocida como «la casa de los horrores de Vallecas».

Tres horas después

Conversamos sobre lo sucedido en la sala de descanso, de pie, como si esperáramos a que alguien acudiera a nuestro encuentro. La dupla Bermejo-De la Torre no dialogaba sobre un caso en aquella sala desde hacía años. Acostumbrábamos a entrar en busca de un café caliente que llevarnos a las manos. Pero Ignacio Olivares logró romper nuestras costumbres.

–Conseguirá lo que pretende, ¿y a cambio de qué, de una hostia bien dada? –lamenté.

–No olvides que también se ha llevado una voladura de rodilla –me recordó Elsa–. Y espero que le duela durante mucho tiempo. Lo chungo es que por mi culpa igual no podrá arrodillarse para hacer mamadas en la cárcel. Joder, a lo mejor debería haberle volado los huevos.

Reí como un auténtico lunático y me sentí de vuelta de todo.

–En serio, me río por no llorar. Por poco la diñas en esa puta sala llena de maniquíes. No solo nos vemos incapaces de resolver el caso Miranda, sino que mientras tanto se nos cuelan asesinos que no tienen nada que ver. Es como si el demonio la hubiera tomado con nosotros y nos estuviera enviando a toda la chusma de Madrid. Seguro que pretende desviar nuestra atención del verdadero mal. ¿Qué será lo siguiente? ¿Otro cadáver con una cicatriz con forma de «M»?

–No llames al mal fario.

Neveira asomó la cabeza por la puerta.

–El comisario anda buscándoos.

Pusimos cara de circunstancias.

–Ahora vamos –dijo Elsa–. Gracias por avisarnos, majo.

«¿Majo? Aquí se cuece algo».

Obvié el cariñoso término que mi compañera acababa de usar y caminé junto a una irreconocible Elsa hasta el despacho del comisario Ibáñez.

–A ver si consigo calmar los ánimos de los de arriba –afirmó Ibáñez con su habitual talante–. Lo que ha pasado hoy no nos deja en buen lugar y a los de arriba les aterra la mala prensa. Debisteis esposarlo. Os confiasteis, joder. Y ahora me toca arreglar vuestra metedura de pata. De cara a la galería os mando castigados quince días a casa, para que recapacitéis sobre lo sucedido. Ya sabéis cómo funciona esto. Además, os vendrá bien un descanso. Lo que os ha pasado hoy no es moco de pavo.

–Le dije a Valcárcel que si me apartaba del caso le entregaría mi placa y mi reglamentaria, y me iría a servir copas a un bar de mala muerte.

–Solo os aparto de cara a la galería. ¿Estás sordo o te gusta provocarme? La sordera te la puedo perdonar, pero la chulería, no. No sé con quién crees que estás hablando. Soy el puto mandamás y tengo los huevos más grandes que esta mesa. ¿Quieres que te los enseñe?

–No hace falta –contestó Elsa por mí.

–Mejor. A mí no me vengas con amenazas, porque te mando a tomar por culo y en tu lugar pongo a un chaquetero que esté todo el día lamiéndome las pelotas.

–Que os follen a usted y a los de arriba –masculló entre dientes.

–¿Qué has dicho?

Ibáñez parecía a punto de estallar.

–Lo ha oído perfectamente, mandamás.

–Voy a pasar esto por alto, porque sé que ahora mismo no estás en tus cabales. Tenéis una hora para largaros y no quiero volver a veros el pelo hasta dentro de dos semanas. Es una orden. ¿Entendido?

–Entendido –acató Elsa.

–Si cree que voy a dejar de investigar, va listo –lo desafié mientras nos incorporábamos.

–Lo que hagas en tu casa, De la Torre, no es mi problema.

Ibáñez me guiñó el ojo cuando nos aproximábamos a la puerta. Sonreí de medio lado antes de abandonar el despacho.

Elsa Bermejo

Nos fuimos obligados a casa.

Nada más entrar en mi habitación, me golpeó un intenso bombardeo de frescos recuerdos. Volvió a mí el momento

197

en que Olivares recobró la conciencia tras abandonar Álvaro la sala de los maniquíes. Pero, sobre todo, cuando le ayudé a levantarse y le rogué en un susurro que me mostrara la escopeta que guardaba en el armario de armas. La sujetó con una repugnante sonrisa en los labios y yo le encañoné la cabeza. Sus dos ojos me miraban sorprendidos.

–¿Qué hace, inspectora?

–¡Suelta la escopeta!

En el último momento opté por hacer oídos sordos al demonio que gritaba sobre mi hombro derecho: «¡Pégale un tiro entre las cejas! ¡Es un puto asesino de niñas! ¡Merece morir!». Preferí escuchar al angelito que hablaba desde el izquierdo: «¡No lo mates! ¡Tú no eres así! ¡Tiene problemas mentales!». No pude, sin embargo, dejar que se fuera de rositas.

Lo cierto es que me arrepentí al instante de haber apretado el gatillo, de haber estado a punto de matar a una persona. Perdí los papeles. Aquella pobre chica degollada y escarchada logró volverme loca por un momento. Que una mujer afectada por una locura transitoria hubiera matado al loco que se la causó, admitámoslo, habría tenido su punto. Algo parecido a la justicia poética. Pero, por fortuna, supe rectificar a tiempo y pasé de encañonarle la cabeza a dirigir el arma hacia su rodilla.

Un segundo puede cambiarlo todo.

Cargué con mis remordimientos –uno más para la mochila– y seguí con mi vida, fingiendo haber disparado en defensa propia.

26

Álvaro de la Torre

12 de septiembre de 2018, 10:17 h
Madrid

Declaramos ante un juez cumpliendo con el protocolo. La sangre no llegó al río. El juez no creyó los desvaríos de un asesino confeso con problemas mentales. Todo quedó en un tachón en nuestros expedientes. Ibáñez, no obstante, no consintió rebajarnos ni un solo día de sanción. Supongo que mis desaires en su despacho no ayudaron en ese sentido.

Los muertos se acumulaban en mi mente. Demasiados años filtrando desgracias. Demasiados kilómetros cero. Por momentos tuve miedo de no aguantar tanto trauma. Pasaba horas enclaustrado en mi habitación, mirando las fotografías del álbum que me regaló mi madre por mi vigésimo cumpleaños. Acariciaba el rostro plastificado de Carmen en instantáneas familiares repletas de sonrisas y me sentía un fracasado. «¿Cómo es posible que no pueda ajustar cuentas con quien te apartó de mi lado?», me fustigaba en susurros. El tiempo pone las cosas en su lugar, dicen, pero treinta y seis años después esa afirmación se me antojaba una falacia. Mi mundo parecía el lugar más injusto del mundo, valga la redundancia. «Pero no desistiré», le prometía, no obstante, en la soledad de mi cuarto.

Gracias a Dios, tenía a Teresa. Me calmaba con su amor cuando venía a casa o iba yo a verla al bar. No me importaba dónde ni cuándo ni cómo, solo quería estar con ella. Dudo que lo hubiera logrado sin su ayuda.

Neveira llamó a Elsa por teléfono a eso de las diez de la mañana.

–Quiere ponernos al tanto sobre algo que ha descubierto –me explicó.

–Pues que venga y nos lo cuente, ¿no? –sugerí.

Neveira entró en mi piso y le plantó un beso en los labios a Elsa.

–¡Hala...! –exclamé, bromista. Forzaba aquellos momentos de distensión en favor de una buena convivencia–. ¡*Iros* a un motel!

Llevaba semanas oliéndome la tostada. Solo tuve que seguir las pistas que iban dejando: lo contenta que estaba Elsa, las miraditas que se lanzaban, lo mucho que mi compañera quedaba con sus amigas... Puede que a otro se la hubieran colado, pero no al inspector De la Torre, conocido por su habilidad para seguir rastros.

–Estoy harto de andar siempre a escondidas –dijo Iván tras desprender sus fornidos brazos de la cintura de mi compañera.

–Pero solo se lo decimos a Álvaro, ¿eh?

–De acuerdo.

–No hace falta que me contéis vuestras vidas –dije sonriente–. Me halaga ser el primero en enterarme y me alegro por vosotros, pero, tortolitos, es hora de hincar los codos. El caso no va a resolverse solo.

Nos sentamos a la mesa del salón.

–He encontrado una relación –dijo Neveira–. O eso creo.

–¿Relación? –pregunté confuso.

–Sí. El secuestro de una niña en los años ochenta. Las semejanzas son abrumadoras. Los tiempos, las edades, los lugares... El caso no fue resuelto ni trascendió a los medios, más allá de un puñado de periódicos comarcales. Pero hubo un testigo. Lo que pasa es que no creo que se tomaran demasiado en serio sus declaraciones.

—Yo busqué eso mismo hace unas semanas y no encontré nada —dijo Elsa con cara de incomprensión.

Iván se encogió de hombros.

—¿Y por qué crees que no se tomaron en serio las declaraciones del único testigo? —pregunté.

—Porque era un muchacho con problemas mentales.

Sacó un folio de la carpeta que había traído debajo del brazo, en el que había anotado una sucesión de fechas y hechos.

«Tiempos», pensé intrigado.

—Esto es lo que he averiguado hasta el momento. Ayer conseguí hablar con uno de los inspectores, ya jubilado, que investigó la desaparición de Julia Medín. La víctima vivía en el municipio de Gévora, pedanía de Badajoz. Se esfumó un mes después de que lo hiciera Irene Miranda. Y los padres de Julia, como los de Irene, vieron a su hija por última vez jugando en el jardín. Tenía seis años cuando ocurrió, uno menos que Irene.

—No jodas —espeté, más confuso si cabe que al principio de sus explicaciones—. ¿Insinúas que el asesino de Irene podría tener a otra mujer secuestrada en su domicilio?

—No tiene por qué seguir con vida. Puede que acabara como tu...

—¿Como mi hermana? Tranquilo. Puedes hablar sin tapujos. Forma parte de la investigación. Además, está en boca de todo el mundo, así que...

—De acuerdo. La cuestión es que no insinúo nada: aporto datos contrastados. Puede que los crímenes estén conectados o no, pero semejanzas no les faltan.

—Ya. ¿Y qué vio el muchacho con problemas mentales? —preguntó esta vez Elsa.

—A un hombre saltando la valla del jardín. Luego...

Neveira torció el semblante.

—¿Luego qué? —lo achuchó su novia.

—El muchacho dijo que la niña se durmió en cuanto el hombre la cogió en brazos, lo que me hace suponer que la sedó

201

de algún modo. Después se la pasó por encima de la valla a un segundo hombre y este la introdujo en el maletero de un coche. El chico no fue capaz de identificar a los secuestradores ni de dar la matrícula ni el modelo del vehículo. Es más: dijo que pensaba que estaban grabando una película de terror. Sufre esquizofrenia paranoide y no sé qué trastornos más. De todos modos, Ángel Pastor, el agente en cuestión, me aseguró que, a pesar de los problemas mentales del testigo, investigaron la hipótesis de los dos hombres. Sobra decir que sin éxito.

—Espera un momento —rogué, inmerso en un *crescendo* de turbación—. ¿Dijo que fueron dos hombres?

—Bueno, el muchacho creía que estaban grabando una peli de miedo... —expresó Elsa con escepticismo.

—Que tuviera problemas mentales no significa que su declaración fuera falsa —dije yo, acordándome de mi hermana Azucena.

—Yo tampoco sé qué pensar —admitió Neveira—. El *modus operandi*, la cercanía de Gévora con Badajoz, la edad de las víctimas, la proximidad en el tiempo de los secuestros... Demasiadas analogías, ¿no creéis? —Neveira se frotó el mentón y propuso con el ceño fruncido—: Puede que las utilizaran como esclavas. ¿Lo habéis pensado? Obviamente, no esclavas sexuales, al menos Irene. Las cicatrices detrás de las orejas, esas letras mayúsculas, pueden deberse a una marca de propiedad, como el marcaje de las reses. Estaríamos hablando de dos tarados de primera, no lo olvidemos. Esta es mi niña y esta la tuya. ¿Entendéis? Dos locos conchabados, cada uno con su trofeo. Puede que a Julia la marcaran con una «P», o con una «L»... Vete tú a saber.

—Si os digo lo que acaba de pasárseme por la cabeza...

Elsa manoteó mientras hablaba. Conocía bien aquellos aspavientos: estaba dispuesta a echar más complejidad sobre el asunto.

—No te guardes nada –pedí, deseoso de escuchar su revelación.

—Dos niñas para dos hombres, ¿no? Dentro del evidente sinsentido, tiene su lógica. Si Irene se les escapó... Solo digo que si alguien convive con, por ejemplo, un perro durante diez años, si todos los días le da de comer, lo pasea..., en fin, surge un vínculo, unos hábitos. Si el perro se muere, el dueño no tira los bártulos del animal a la basura y se olvida de tener mascota. No. Cuando se le pase el disgusto, llenará el vacío con otro chucho. Dos niñas para dos hombres –insistió, mirando fijamente a Neveira–. Ahora mismo son solo suposiciones, pero si lo que dices es cierto, si los mismos indeseables que secuestraron a Irene Miranda raptaron poco después a Julia Medín..., no sé, tal vez sigan siendo dos a pesar del paso del tiempo. Y ahora solo les queda una esclava. Y cuando uno crea un fuerte vínculo afectivo con una persona o un animal, no es raro que sienta rechazo a la hora de compartir su, por decirlo de algún modo, propiedad. Más cuando uno está mal de la cabeza.

«¿Y si son dos? –conjeturé–. ¿Dejarán pasar un tiempo prudencial y entonces...? Espero estar equivocado, pero... ¿tratarán de llenar el vacío que ha dejado Irene con otra niña?».

Mi compañera logró que empalideciera.

27

El sol confeccionaba sombras por doquier. Pero no eran del tipo que busca un criminal. No eran de las que ocultan. No somos conscientes de que se necesita luz para que los cuerpos proyecten sombras. Y el hombre que conducía por Leganés andaba al acecho de niñas que no van por ahí solas cuando las sombras son fruto de la luz de la luna o de una farola. Los estúpidos creen que las cosas malas solo ocurren de noche. Por eso él buscaba a las niñas a plena luz del día.

No era un buen candidato para pasar una larga temporada entre rejas. Al echar la vista atrás, se sentía plenamente satisfecho. Y eso jugaba en contra de quienes pretendían detenerlo: los malos se vuelven imprevisibles cuando actúan sin miedo a las consecuencias.

Había secuestrado antes, pero estaba algo oxidado. Su fuerza no era la de antaño. Tampoco sus reflejos. Menos su agilidad. Pero dominaba como pocos el arte del secuestro. Sabía cómo hacerlo sin usar apenas sus mermados reflejos ni gastar su consumida agilidad. En el fondo no era tan complicado. Solo necesitaba un destornillador para cambiar una matrícula y vinilo líquido en aerosol para alterar el aspecto de un coche. Para modificar el de uno mismo, le servían una gorra, unas gafas de sol y una barba postiza. La clave residía en no dudar y ser paciente; calcular los tiempos, medir las distancias, prever percances.

Aparcó en una zona poco transitada. Cogió la jeringa con sedante para perros que guardaba en la guantera y se la metió en un bolsillo.

Bajó del coche.

La luz del sol lo deslumbró. Se echó una mano a los ojos a modo de visera y se estiró como si estuviese recién levantado. Suspiró mientras pasaba por delante del morro de su coche maqueado, deslizando las yemas de los dedos sobre el capó. Era temprano, pero la carrocería ya se notaba caliente. «Han bajado las temperaturas, pero sigue haciendo un bochorno de cojones». El aire se percibía seco y el cielo despejado. Los pájaros cantaban relajantes sinfonías. La jornada prometía intensos calores, que traerían consigo sudores y síntomas de agotamiento. Ya temprano apetecía buscar una sombra –pues no solo sirven para hacer maldades– o una fuente donde poder refrescarse.

Se acomodó en el asiento del copiloto. Dejó la puerta entreabierta y las llaves en el contacto. Echó el asiento hacia atrás todo lo que dio de sí –necesitaba espacio– y esperó a que apareciera la víctima perfecta. Podría haber procedido en los asientos traseros, más espaciosos, pero temió que un hombre sentado allí, a la espera, con la puerta entreabierta, levantara sospechas.

La víctima perfecta no apareció aquel día.

Tampoco al siguiente.

Pero al tercero, una niña –calculó que de unos ocho años– se acercó canturreando por la acera. Sola. Sin nadie alrededor.

Abrió la puerta un poco más y dejó caer su cartera sobre el bordillo.

–Perdona. –Llamó la atención de la niña, que paró en seco sus alegres pasos e infantiles canturreos–. ¿Eres tan amable de cogerme la cartera? Se me ha caído y..., bueno, soy viejo y no puedo agacharme. ¿Me haces el favor?

La niña asintió. Su mirada pueril solo vio a un abuelo en apuros. Y los abuelos no hacen daño a los niños.

Se acercó a recoger la cartera y fue entonces cuando entró en escena la diosa Fortuna. El abuelo necesitaba cinco segundos de intimidad y la diosa no hizo oídos sordos a su petición. Él lo llamaba la «suerte del cazador». Oculto bajo unas gafas de sol y una barba postiza, atrajo a la niña hacia el interior del coche de un fuerte tirón de brazo, para enseguida pincharle la jeringa en el cuello. Mientras el sedante le hacía efecto, le tapó la boca con una mano y con la otra intentaba suavizar sus sacudidas. Tras patalear durante unos cortos segundos, la víctima perfecta perdió el conocimiento. La empujó entonces a los pies del asiento y la cubrió con una manta dispuesta para la ocasión. Se apeó y cerró de un portazo. Un subidón de adrenalina le recorrió el cuerpo.

«Ha salido a pedir de boca», pensó complacido.

Liberó la tensión de un sonoro resoplido y anduvo hacia la puerta del conductor con miras a transportar a la pequeña a su nuevo hogar.

28

Álvaro de la Torre

16 de septiembre de 2018, 17:02 h
Comisaría General de Policía Judicial, Madrid

Tras cumplir la sanción, volvimos a nuestros puestos de trabajo como si no hubiera pasado nada, y los compañeros y superiores actuaron del mismo modo.

—Ha desaparecido una niña en Leganés —explicó el comisario—. Los padres han interpuesto la denuncia hace apenas un par de horas. Sofía Silvestre. Ocho años. Fue a ver a la abuela sobre las doce del mediodía. Por lo visto vive a poco más de doscientos metros de su casa. Como tardaba en regresar y se acercaba la hora de comer, la madre llamó a ver qué diantres pasaba con la niña y la abuela le dijo que había salido de su casa hacía un buen rato. Ahí empezaron a sonar las primeras alarmas. La buscaron por el barrio, llamaron a familiares y amigos, pero ni rastro de la pequeña. Así que se personaron en una comisaría de la Policía local de Leganés. Lo cierto es que me he enterado de pura chiripa, puesto que se trata de una desaparición y no de un homicidio. Estaba hablando yo con mi cole...

—Ya, ya —lo interrumpí. Aún me escocía el tema de la sanción y quería que lo supiese—. Las anécdotas para otro día. —Ibáñez me lanzó una mirada desafiante—. Al grano. ¿Cree que la desaparición de Sofía Silvestre puede estar relacionada con el caso Miranda?

—Es pronto para hablar de nexos. No obstante, a Irene Miranda la secuestraron a una edad semejante a la que tiene Sofía Silvestre. Y ya sabes la que teníais tú y tu hermana.

207

–Ya. Los de Seguridad Informática me prometieron que blindarían el sistema que almacena las grabaciones de La Moraleja.

–¿Y eso qué tiene que ver?

–Pues que lo primero que deberíamos hacer es comprobar que Tejero no salió de casa a horas sospechosas.

–¿Ya estamos otra vez con el maldito Tejero? Hay que saber descartar, De la Torre. Obstinarse en un único sospechoso es de principiantes. La mayoría de los casos se resuelven buscando en otra parte, ¿me explico? Esto no es llegar y besar el santo. Se suelen dar bastantes rodeos, mentecato.

Ibáñez parecía haberse levantado con ganas de gresca.

–Puede que hoy no sea el sospechoso número uno, pero quién sabe mañana. Usted, mejor que nadie, debería conocer los giros que dan algunas investigaciones. Tampoco es que vaya a llevarnos todo el día comprobar las jodidas grabaciones.

Yo tampoco me había levantado con buen pie. Empezaba a estar cansado de tomar decisiones equivocadas por culpa del maldito manual. Nadie estaba libre de sospecha hasta que mi compañera y yo dijéramos lo contrario. Y no estaba dispuesto a aceptar nada más. Ni siquiera por parte de nuestro comisario.

–De acuerdo, comprobadlo. Puede que así dejes de obsesionarte con el puto Tejero. Te lo he dicho unas cuantas veces, joder: Miranda no estuvo en su puta casa y, por lo tanto, no pudo escapar de allí. ¿Lo pillas? ¿O te voy haciendo un croquis? –Su tono empezaba a incomodarme–. Y, por puto consiguiente, no pudo matarla el puto Tejero de los cojones.

«Los puto y puta que no falten», pensé, aguantándome las ganas de mandarlo a la mierda.

Abandoné el despacho sin mediar palabra, dándole a entender mi descontento con un portazo. Me mordí la lengua, hasta el punto de que arreé un puñetazo a una pared del pasillo. Le dejé la marca de mis nudillos para la posteridad.

—Tranquilo —me serenó Elsa—. Cabrearte con la pared no va a solucionar nada.

—Es que me ha mirado mal.

Dos horas después, tras revisar las grabaciones de la calle donde murió Irene Miranda, confirmamos que Pablo Tejero no pudo haber secuestrado a Sofía Silvestre. A las diez y media, salió a dar su acostumbrado paseo matutino. Calle a calle, cámara a cámara, seguimos sus pasos como el omnipresente Gran Hermano hasta que regresó a casa y no volvió a salir hasta las seis de la tarde, al volante de su Mercedes. Que no estuviera relacionado con la desaparición de Sofía Silvestre no le eximía de mi secuestro ni de las muertes de mi hermana y de Irene Miranda. Pero, tras el fallido registro, fue la gota que colmó la paciencia de nuestro comisario, que nos obligó a prometerle que nos olvidaríamos del puto Pablo Tejero.

Antes de acostarme aquella noche, recé por que Sofía Silvestre no apareciera con un tiro en la cabeza.

29

Álvaro de la Torre

Los árboles no nos dejaban ver el bosque. La clave estuvo siempre ahí, pero supo ocultarse como una rata en una alcantarilla. Y no asomaría la cabeza hasta que un detalle, una frase, una imagen... indicara su escondrijo. Teníamos las piezas, pero no conseguíamos encajarlas. Agrupamos las señales suficientes como para apuntar hacia un nombre. Las movíamos de un lado a otro tratando de completar el rompecabezas, pero el muy condenado desviaba nuestra atención con sus huecos vacíos.

Estábamos en la cocina cuando Elsa, tras recorrer los muebles con la mirada, habló relajada y, sin darse cuenta, señaló el lugar donde la clave se había estado ocultando de nosotros:

—¿Cómo conseguiste un piso tan genial? En esta zona de la ciudad debió de costarte una pasta. ¿Cuándo lo compraste? Yo quiero uno igual.

—Lo compré en el momento justo. Un par de años después no hubiera podido pagarlo.

Fruncí el ceño y me quedé pensativo. Y entonces, con la rotundidad de un golpe contra la mesa, una conexión apareció en mi mente. «Y si...». Enmudecí, como un reloj al que se le han agotado las pilas.

Elsa chasqueó los dedos ante mis ojos.

—Tierra llamando a Álvaro...

210

–Busca las fechas de construcción de las casas próximas a la de Tejero. ¡Rápido!

Nadie era más veloz que Elsa buscando en las bases de datos de la Policía. Conocía el sistema como la palma de su mano. No obstante, no me hizo ni puñetero caso. Se me quedó mirando con cara de circunstancias. Y yo sabía por qué.

–¿Por favor? –le rogué.

–Ahora sí.

Me senté a la mesa de la cocina. Poco después, Elsa dejaba su portátil sobre el tablero blanco.

–Hazte un café o lo que te salga del pito –me pidió, centrada en la pantalla de su ordenador–, pero no me agobies, que nos conocemos. ¿Y se puede saber qué coño estamos buscando?

–Las fechas de construcción de las casas próximas a la de Pablo Tejero –insistí–. Cuando las tengas, te lo explico mejor.

–Vale.

Mientras ella rastreaba, yo andaba de un lado para otro como un hombre que aguarda a que su mujer dé a luz a su primer hijo.

–Estabas en lo cierto –afirmó.

–No te he dicho lo que buscamos.

–Pero una no es tonta.

–Eso ya lo sé. Entonces, ¿hay conexión o no?

–Y tanto que la hay. La vivienda de Tejero y la número 62, o sea, la de al lado, se construyeron prácticamente al mismo tiempo.

Hice memoria.

–¿La de un tal Ortiz?

–Exacto: Luis Ortiz. No le investigamos porque el día de la muerte de Irene Miranda estaba en Alicante. Valcárcel se encargó de corroborar su coartada, no sé si lo recuerdas.

–Lo recuerdo.

–Tejero tenía una empresa de construcción, ya lo sabes, y se levantó él mismo la casa. La de Ortiz la construyó una empresa de aquí, de Madrid. Pero eso no es todo: Ortiz, antes de trasladarse a La Moraleja, vivió en Gévora, donde era propietario de una tienda de juguetes. Y Gévora está a solo cinco minutos en coche de Badajoz.

—Y en Gévora secuestraron a Julia Medín. Neveira no andaba nada desencaminado. Y una muñeca es un juguete, y ya sabes cómo iba vestida Irene Miranda...

—Correcto.

—¿Y antes de montar la tienda trabajó de...?

—Pues aquí dice que se encargaba del mantenimiento de los equipos informáticos de una empresa, pero no aparece el nombre.

—Altos conocimientos en informática.

—Por eso volaron las grabaciones.

—Las piezas encajan.

Me froté el mentón mientras echaba la vista atrás y obvié que habíamos resuelto algunos misterios. Me pregunté por qué las huellas de la víctima no aparecieron en el SAID y por qué volaron las grabaciones.

«Disparo en la cabeza. Vestido de muñeca. Las cámaras privadas señalaron la zona donde viven Tejero y Ortiz. A Julia Medín la secuestraron en Gévora, donde vivió Ortiz antes de mudarse a La Moraleja. Y se mudó a la vez que Tejero. No sé hasta qué punto está Ortiz relacionado con la muerte de Irene, pero me temo que no es trigo limpio».

Las posibilidades se amontonaban en mi cabeza como arena en un desierto. No obstante, en mi mente solo cabía un modo de actuar.

—Pero Ortiz no estaba en La Moraleja cuando murió Irene, ni siquiera en Alcobendas —dije, fingiendo dudar sobre cuál debía de ser nuestro, o, mejor dicho, mi próximo paso.

—Porque él no la mató. Ortiz y Tejero debieron de conocerse en Badajoz, tal vez en Gévora, y empezaron a maquinar juntos. Tras secuestrar a las dos niñas cambiaron de domicilio para alejarse de los lugares de los hechos. Les entraría el canguelo o qué sé yo. Ambos eran hombres pudientes, así que no tuvieron problema para agenciarse dos chalés en La Moraleja. Tenemos que informar a Ibáñez y a Valcárcel de lo que hemos averiguado. No podemos permitirnos otro tropezón como el de Olivares.

—¿Crees que un juez va a firmar una orden de registro por el simple hecho de que coinciden unas fechas de construcción? En el fondo no tenemos nada. Las pistas son circunstanciales. Un puñado de coincidencias, en realidad —mentí, tratando de bajar las expectativas de Elsa. La necesitaba tranquila, con la mente alejada del caso—. Y después del registro fallido en el chalé de Tejero... Eso sin contar el desastre con Olivares. En los medios todavía dan la brasa con la casa de los horrores de Vallecas y la sala de los maniquíes. Ese cabronazo se ha salido con la suya. En fin. Lo más probable es que Ibáñez nos mande a freír espárragos. O peor aún, que nos vuelva a sancionar por cansinos.

—¿Y qué propones?

—Investigarlo sin hacer demasiado ruido y hablar con Ibáñez cuando lo tengamos todo bien atado.

—Supongo que a estas alturas no viene de una semana...

—Ni de dos. Mañana empezaremos a trazar un plan de seguimiento.

—¿Se lo digo a Iván?

—Claro. Es de fiar. Además, él encontró la conexión con el secuestro de Julia Medín. Pero que mantenga el pico cerrado.

—Por la cuenta que le trae, lo tendrá.

—Lo llevas bien firme, ¿eh?

—Le gusta la disciplina. Qué le vamos a hacer.

—Ya veo, ya... ¿Sabes qué? Voy a ver a mi madre y a mi hermana. Necesito una buena dosis de amor familiar. No me esperes para cenar.

—¿Te he esperado alguna vez?

—Eso digo yo.

—Hoy duermo en casa de Iván, además.

—Me parece estupendo que hayáis convertido su piso en un picadero.

—Ya, ya, cansino: aquí nada de *folleteo*. Oye, por cierto, te habrás dado cuenta, ¿no?

—¿De qué?

—De que las fechas de construcción son los «tiempos» a los que se refería Áurea Faerna.

—Son fechas.

—Tiempos, al fin y al cabo.

—Ya, sí, claro. En la vida todo son «tiempos». Piénsalo. Algunas predicciones valen para todo. Si la clave hubiera sido la edad de alguien, entonces hablamos de «tiempos»; si se hubiera referido a la cronología de los hechos, «tiempos» otra vez; si hubiéramos interceptado una llamada de teléfono incriminatoria, el «tiempo» o momento en el que se efectuó la llamada. Si lo hubiéramos pillado con las manos en la masa, entonces diríamos que estaba en el lugar preciso en el momento, «tiempo», adecuado. Todo puede achacarse a los «tiempos». En realidad, compañera, no tenemos ni una sola pista verdaderamente incriminatoria. Siento que estamos cerca, pero...

Elsa recorrió mi cuerpo de arriba abajo con una mirada de asco a todas luces forzada.

—Más escéptico y no naces.

Media hora después

Entré con la mente aturdida. Lo primero que hice fue darle un beso a mi madre. La encontré en la cocina preparando uno de sus platos exquisitos.

—Cenáis pronto, ¿no? —Me fijé.

–Esto no es la cena. Bueno, qué más dará lo que sea. Cena, merienda tardía... A mí no me dice nadie cuándo tengo que comer ni cómo debo llamarlo.

Me guiñó un ojo.

–Y no seré yo quien lo haga.

–Se me ha antojado una tortilla de patatas. ¿Quieres llevarte un trozo? Tu hermana come menos que un pajarillo, así que...

–No, gracias. Tengo que volver a la comisaría.

–¿A estas horas?

–Sí.

–¿Va todo bien?

–Dentro de lo que cabe...

–No pretendo tirarte de la lengua. Ya eres mayorcito. Si no quieres contarme lo que te pasa...

–No es eso, *mare*. Solo que no quiero alarmarte sin motivo.

Mi madre clavó en mí una de sus famosas miradas inquisitivas.

–Tú verás.

–Voy a ver qué me cuenta Azucena.

–Pues poco, todo el día ahí metida...

Salí de la cocina y entré en la habitación de Azucena.

–Hola, hermanita.

La encontré recostada en la cama, leyendo un nuevo libro, esta vez de cubierta blanca.

–Hola.

–Es personal –dije sin venir a cuento, como si estuviera verbalizando mis pensamientos.

–¿El qué?

–El caso.

–Ya.

–No sé por qué Irene tenía una cicatriz con forma de «M», pero tengo que averiguarlo. Los De la Torre necesitamos saber la verdad. Y no veo otro modo de llegar al meollo de este asunto que a mi manera.

—¿Y eso qué significa?

—Que hoy me molesta la burocracia.

—¿Cómo?

—Nada. Olvídalo. Pero antes de irme necesito que me hagas una promesa: que pase lo que pase seguirás adelante con tu vida.

—¡Pero qué dices, tonto! ¡Hablas como si no fuera a volver a verte!

—Yo no he dicho eso. Solo que, tal vez, nunca sepamos quién mató a Carmen. Resolver el caso Miranda no implica resolver el caso De la Torre, ¿entiendes? Solo te pido que mejores, ¡*mecagüen* la puta!

—Esa boquita, gilipollas de mierda.

Azucena conseguía algo excepcional. Su mirada triste y sus movimientos flácidos me procuraban la pena más absoluta. No obstante, era capaz de esbozar una sonrisa cómplice y acompañarla con una frase llena de chispa que me hiciera reír al tiempo que sus ojos me hundían en la miseria.

Sonreí mientras me desprendía del borde de la cama.

—No mueras, hermanito —rogó Azucena cuando me dirigía a la puerta de salida de aquella atmósfera tristona.

Me di la vuelta para observar sus suplicantes y hermosos iris y sonreí como cuando Carmen aún estaba entre nosotros.

—Descuida.

Me despedí de mi hermana y segundos después de mi madre y me dispuse a dar el paso definitivo en el caso Miranda.

Lo consideraba mi cometido.

Un todo o nada.

Un «hasta aquí hemos llegado».

Un «me la trae al pairo acabar en la cárcel».

30

Álvaro de la Torre

17 de septiembre de 2018, 21:16 h
La Moraleja, Alcobendas

«¿Salto la valla y busco un acceso, tal vez una ventana entreabierta? ¿Hago ruido en el porche y espero a que salga? ¿Llamo a la puerta y me hago pasar por un vecino? ¿O me presento como policía y que sea lo que Dios quiera?».

Un viento templado callejeaba por la urbanización al acecho de algo contra lo que estrellarse. Me encontró a mí en cuanto puse un pie en el asfalto. La Moraleja estaba en silencio, salvo por unas hojas que se deslizaban a toda prisa.

«¿Y si Ortiz es el único culpable? ¿Y si Tejero no tuvo nada que ver?».

Caminaba con rumbo, pero estaba perdido. Conocía el lugar y los motivos, pero no dónde me llevarían mis pasos. ¿Aquella noche cerraría el caso y, en consecuencia, deambulaba hacia un final feliz? ¿O simplemente marchaba hacia el final?

Las farolas punteaban de luces ambarinas la calle donde murió Irene Miranda y me recordaban las Navidades tristes que siguieron al asesinato de Carmen.

Opté por la segunda opción: saltar el muro, hacer ruido en el porche y esperar a que saliera a comprobar qué o quién lo había provocado. Si Ortiz era nuestro hombre, no llamaría a la Policía.

Cogí carrerilla y di un brinco más corto de lo esperado. Me encaramé al muro de un modo ridículo y bajé de un salto que por poco me cuesta un esguince. «Tengo que hacer más deporte, joder». Caminé agazapado por el césped de un jardín iluminado por lucecillas de las que se clavan en la tierra. El porche estaba alumbrado por pequeños faroles que le otorgaban un aspecto arcaico. Emergía luz de una de las ventanas. «Parece que Ortiz está en casa». Sobre los muros se alzaban las desvaídas luces de las farolas, que me hacían el favor de marcarme los límites. Pisé el porche y me acerqué a uno de los soportes de tela que colgaban del techo dispuesto a desprender una maceta de la que brotaba una exuberante planta. Pero un susurro me petrificó antes de que llegara a tocarla:

—¿Qué crees que estás haciendo?

El sobresalto me llevó a desenfundar mi reglamentaria, pero enseguida entendí que no estaba en peligro. Conocía bien aquella voz susurrante.

—Conque no tenemos nada aparte de pistas circunstanciales y un puñado de coincidencias, ¿eh, anormal? —dijo Elsa en voz baja mientras yo enfundaba la pistola con gesto de resignación y las pulsaciones a todo tren—. Igual crees que soy gilipollas.

—¿Me has estado siguiendo?

—¿Tú qué crees, lumbreras? Para espía no ibas, eso seguro. No voy a permitir que eches por tierra tu vida. ¿Y si se niega a confesar? ¿Y si se cierra en banda? ¿Qué harás entonces? ¿Le sacarás una confesión a hostias? Ni siquiera valdría ante un juez, *atontao*.

Agaché la cabeza.

—No sé lo que hago —confesé—. Pero necesito que todo esto acabe. No puedo más. Y no es solo por mí.

—Y acabará —aseguró, rotunda—. Pero no a cambio de tu integridad. Valcárcel y el comisario no te echaron del caso y ahora veo que tal vez debieron hacerlo. ¿Y tú les pagas la confianza yendo a degüello? No me jodas. Salgamos de aquí y llamemos a la puerta de Ortiz como dos inspectores de homicidios decentes. Tenemos indicios de sobra para llevárnoslo esposado. Los métodos de Harry el Sucio solo funcionan en las pelis. Este caso te afecta de un modo terrible, lo sé, pero no voy a consentir que me dejes sola ante el peligro. Por encima de mi cadáver, capullo.

–De acuerdo.

Elsa logró hacerme entrar en razón.

Caminamos agazapados como dos ladrones de tres al cuarto. Elsa tendió sus manos a modo de estribo para que trepara a lo alto del muro con más estilo que la primera vez. Ella no necesitó mi ayuda. Nos sacudimos el polvo mientras observábamos a nuestro alrededor. Durante unos segundos, fijé mi atención en la residencia de Pablo Tejero.

«Se acerca el final, lo presiento».

Caminamos como si nunca hubiéramos tenido la desfachatez de allanar el jardín de un sospechoso. Mi reloj de pulsera marcaba las nueve y treinta y seis cuando nos plantamos en la puerta del chalé de Luis Ortiz.

Una pareja de ancianos pasó por la acera de enfrente.

–Buenas noches –saludamos a coro.

Nos devolvieron el saludo con los ceños fruncidos.

Esperé a que se perdieran calle abajo y hablé con un nudo en el estómago:

–Haz tú los honores.

Elsa pulsó el interruptor del timbre.

–Espero que sea la última vez que llamamos a la puerta de un sospechoso.

Deseé lo mismo.

Ortiz abrió en camiseta interior de tirantes, pantalón corto y chanclas. No mostró sorpresa alguna, a pesar de las horas. Su constitución delgada y frágil, su postura encorvada y sus arrugas profundas en cara y manos lo alejaban del acostumbrado perfil de un asesino. Pero aquellos rasgos un día fueron jóvenes.

–Somos los inspectores de homicidios Álvaro de la Torre y Elsa Bermejo. Está usted detenido por el secuestro y...

Ortiz interrumpió a Elsa cuando trataba de informarlo:

—Sé quiénes son y por qué están aquí. —Metió la mano en un bolsillo de su pantalón corto y sacó lo que en principio nos pareció el mando a distancia de una puerta de garaje. Y lo alzó sonriente ante nuestros ojos—. Le prometí que si la presa llamaba a mi puerta...

Como si detonara una bomba a distancia, pulsó el único botón del que disponía el dispositivo.

—Él ya está avisado.

—¿Quién? ¿Pablo? —pregunté perplejo.

Su calmada forma de proceder me desconcertó hasta el punto de desorganizar todas mis hipótesis. Si nos hubiera dado la espalda y se hubiese metido en casa, habríamos tenido que ir en busca de una orden de detención. Pero Ortiz no parecía dispuesto a ponernos las cosas difíciles. Tuve la sensación de que había aceptado su destino. Un hombre de buen perder, por lo visto.

—¿Mataste a Irene Miranda?

Elsa probó suerte con la pregunta del millón.

—Espósenme, métanme en una sala de interrogatorios, invítenme a un café y, entonces, solo entonces, empezaré a finalizar para ustedes.

«Empezar a finalizar», cavilé, más intrigado que nunca.

31

11 de agosto de 2018, 21:45 h
La Moraleja, Alcobendas

Descendió los escalones creyéndose a solas, pero una mosca lo seguía de cerca. Cuando abrió la puerta el insecto se coló en la casa de muñecas. La espantó de un manotazo al percibir su peculiar zumbido. Tras esquivar el gesto reflejo con un tirabuzón digno de un avión de acrobacias, el bicho voló en torno a muebles que conjuntaban el rojo y el rosa con el gusto de una cría. Las paredes estaban cubiertas de papel pintado con motivos florales. Se posó en el tocador asalmonado a tomar un respiro, pero al momento tuvo que retomar el vuelo, porque percibió que una sombra se le acercaba peligrosamente. Vio su reflejo en el cristal mientras tomaba altura y se sostuvo con sus alas transparentes por encima del sofá de asientos encarnados, revoloteó sobre la bicicleta estática y superó a toda prisa decenas de lomos de novelas históricas almacenados en una espigada estantería. Sin darse cuenta, se metió en el angosto cuarto de baño de la casa de muñecas. Nunca había estado en un lavabo con bañera de color rosa e inodoro adornado con pegatinas de fresas.

Cuando el hombre se marchó, la mosca cayó en una emboscada. Un vaso descendió sobre su cuerpo como una hoja de guillotina y una voz femenina resonó al otro lado:

—Serás nuestra mascota.

Diez horas después

El despertador sonó a la misma hora de siempre. No recordaba cuántas veces lo había silenciado de un manotazo, pero superaban los diez mil amaneceres. Irene Miranda bostezó como una leona a la sombra de un árbol del pan del mono y se dispuso a empezar su marcada rutina matinal, a la que seguirían sus inflexibles costumbres vespertinas. Los primeros meses se sintió atrapada en un bucle sin fin, pero de aquello hacía una pequeña eternidad.

Recordó que tenían mascota. Tras atraparla con un vaso de peltre, decidieron darle espacio; sabían mejor que nadie lo que significaba estar encerrado. Pero antes de visitar a su nueva mascota –no era el primer insecto que capturaban– despabiló a Julia, con quien compartía litera desde hacía casi tres décadas.

Estiró los brazos y le dio unos golpecitos en las piernas.

–Vamos, dormilona.

–Un ratito más...

Todos los días la misma cantinela.

–Tú misma. Si llega y no estás lista...

Julia se sentó en el borde de la litera de arriba. Tras estirarse, bajó de un salto, como si segundos antes hubiera metido la cabeza en el caldero del druida Panoramix.

–Mi Irenita preciosa... –susurró mientras le acariciaba el rostro a su única amiga.

Se dieron un beso en las mejillas, como hacían todas las mañanas.

El primer paso era hacer pipí y aquel día lo hicieron en compañía de su nueva mascota, a quien bautizaron con el pueril nombre de Zumbi. El segundo, elegir vestido de muñeca. El de los lunes, el de los martes... Semana a semana, mes a mes, año tras año, vestían del mismo modo el mismo día de la semana.

No se asearían ni se peinarían ni se maquillarían ni se darían una ducha estimulante: esos menesteres estaban reservados para sus dueños.

No conocían otra vida que aquella. Durante un tiempo, una voz les susurró al oído que eran hijas de alguien, que tenían unos padres que las querían. Pero el paso del tiempo se ocupó de acallar las voces de sus cabezas.

De diez a una del mediodía leían novelas históricas. De una a dos les daban de comer. De dos a tres hacían la siesta. De tres a seis las cambiaban, las maquillaban, les pintaban las uñas, los ojos, los labios... Hasta la hora de la cena hacían gimnasia. Después de cenar se limpiaban el maquillaje con vistas a la siguiente jornada. Tres días a la semana las bañaban con esponjas rebosantes de espuma. Se acostaban a las diez de la noche; hasta entonces, si les quedaba tiempo, jugaban a juegos de mesa en la cama de Irene.

–Ya viene –alertó Julia cuando uno de sus dueños metió la llave en la cerradura.

Se colocaron en sus puestos y se dispusieron a interpretar sus papeles. Cuando uno de sus dueños accedió en camiseta interior de tirantes, pantalón corto y chanclas con una bandeja, encontró a sus muñecas sentadas a la mesa sobre la que descansaba un adorable juego de té, con sus traseros encajados en sus correspondientes sillitas, engalanadas con sus exigidos vestidos, con volantes, tul y caritas de gatos, con sus cabellos –rubios los de Irene, morenos los de Julia– adornados con lazos y calzando brillantes bailarinas.

–Buenos días, mis preciosas muñequitas.

Las mujeres debían permanecer quietas y en silencio, con la mirada fija al frente. El hombre dejó la bandeja sobre la adorable mesa de madera y procedió a darles el desayuno: huevos revueltos y zumo de naranja. Pinchó los huevos con un tenedor de plástico y lo llevó a la boca de Irene, que masticó con movimientos robóticos y la mirada de un pájaro disecado. Una vez que el plato estuvo limpio, le acercó el vaso a los labios y ella se bebió el zumo a sorbitos.

—Muy bien, mi muñequita preciosa.

Se le iluminaron los ojos mientras le limpiaba las comisuras con un pañuelo.

Mientras le daba los huevos revueltos a Julia, Irene se percató de un insólito detalle: la llave de la puerta de la casa de muñecas estaba metida en la cerradura. Un pormenor que en principio no debía tener importancia. Hasta entonces nunca había tenido la tentación de escapar.

«¿Por qué? —pensó—. ¿Un despiste?». Y esa voz que escuchó durante los primeros meses de cautiverio volvió incitadora: «Escapa. Corre y no mires atrás».

Se levantó de la sillita bajo la mirada sorprendida de su única amiga, que dejó atrás el papel de muñeca para abrir los ojos y la boca como platos. Llevaban casi tres décadas interpretando sus papeles con aptitud, sin moverse de aquellas ridículas sillas mientras sus dueños les daban de comer y les hablaban de un modo empalagosamente delicado. Pero una voz nada suave resonó en la cabeza de Irene: «¡Basta! ¡No eres propiedad de nadie!». Se incorporó, agarró la silla y la estampó contra la cabeza de su secuestrador, que cayó aturdido de lado, arrastrando consigo el mantel decorado con princesas de Disney.

—¡Corre, Julia! —gritó Irene mientras se precipitaba hacia la puerta.

La abrió con desesperación, sacó las llaves de la cerradura y se las guardó en una mano; su vestido carecía de bolsillos. Miró hacia el interior de la casa de muñecas al no ver a Julia a su lado: su amiga no se había movido del sitio.

«Ten valor».

Su captor se incorporó quejumbroso.

–¡Vamos, Julia!

Julia negó con la cabeza y susurró mientras señalaba a su dueño con la mirada:

–Nunca nos haría daño.

Cruzaron las miradas por última vez.

–Adiós, Julia.

–Adiós, Irene.

Irene cerró de un portazo, dejando a Julia a solas con Zumbi y su captor. Lo que Irene no sabía era que el secuestrador guardaba un segundo juego de llaves en el bolsillo de su pantalón corto.

Subió apresurada unas oscuras escaleras que no recordaba haber bajado nunca, empujó una puerta enmarcada por un potente hilo de luz y apareció en una inmensa sala.

Conocía el mundo a través de novelas históricas –sus captores trataron de apartarlas de la realidad– y aquella decoración, aquellos muebles, la desconcertaron. Pero entendía lo que significaba una puerta y usó la del salón para salir a la intemperie tras décadas de reclusión.

El sol la deslumbró nada más pisar el césped. Corrió por lo que le pareció un bosque floreado mientras sus ojos trataban de acostumbrase a la luminaria. Tras tres décadas de pausa, el astro rey volvía a calentar su piel pálida.

Se tropezó con la tarima que rodeaba la piscina. Por poco no se da un chapuzón. Las llaves se le cayeron y las perdió de vista.

Se puso de pie empujada por la desesperación y corrió sin mirar atrás y sin rumbo fijo.

Hasta toparse con un muro.

«Tengo que salir de aquí», pensó mientras buscaba la puerta del jardín.

Su dueño había previsto el escollo. Cogió su amado rifle, salió apresurado en camiseta interior de tirantes, pantalón corto y chanclas, y rastreó a su presa marcada a punta de cuchillo.

«Mi preciosa muñequita –pensó con un nudo en la garganta–. No he tenido más remedio –lamentó mientras batía el jardín con la mirada y una lágrima resbalaba por una de sus mejillas–. Te aguarda su mismo destino».

Y por un momento evocó el bosque donde mató a una niña.

32

Álvaro de la Torre

17 de septiembre de 2018, 23:02 h
Comisaría General de Policía Judicial, Madrid

—*Iros* a la mierda, en serio —dijo Valcárcel nada más entrar en la sala contigua a la de interrogatorios—. ¿Cómo se os ocurre detener a nadie a estas horas?

—Es la pieza que faltaba —afirmé y señalé al acusado con la barbilla, que, sentado a la mesa, sorbía café en aparente calma, en camiseta interior de tirantes y chanclas; ironía no le faltaba al asunto.

—Ya. Aun así, debisteis avisarme antes de llevaros a nadie esposado. No *a posteriori*.

—¿Para qué? —dijo Elsa en tono guasón—. ¿Para que nos pusieras pegas? Tú ocúpate de los temas *burrocráticos*, que nosotros nos encargaremos de detener a los culpables.

—Cuidado, Bermejo, que no está el horno para bollos.

—¿Y lo está en algún momento?

Elsa le guiñó el ojo a nuestro superior antes de abrir la puerta tras la que aguardaba Luis Ortiz.

Entré tras ella. Nos sentamos en el extremo contrario. Tener a un detenido en camiseta interior de tirantes, pantalón corto y chanclas resultaba insólito.

—Estás en una sala de interrogatorios —observó mi compañera con autoridad—. Tienes el café que querías... Habla.

—Supongo que habéis mandado a alguien a buscar a Pablo.

—Estamos esperando a que nos traigan una orden de detención. No podemos ir por ahí derribando puertas. Hay unas normas. No somos animales, ¿sabes? No somos como vosotros.

Supongo que Elsa debió de pensar algo así como: «Pues tú, majete, hace un rato pretendías saltarte todas las reglas».

—La maldita burocracia —dijo Ortiz con aire despreocupado—. Pero tranquilos, no vais a necesitar ninguna orden.

—¿Piensas entregarte? —le preguntó Elsa.

—Pero no a cambio de nada.

—Explícate mejor.

—Me remito a los hechos. Registrasteis su chalé y os fuisteis con las manos vacías y lo tachasteis de una lista de sospechosos. —Ortiz hizo balance yéndose deliberadamente por las ramas—. Yo estaba de viaje cuando él se vio obligado a matar a su muñeca, un factor que apartó a la presa del buen camino. —«¿Se está refiriendo a mí como "presa"?». Al parecer, había llegado la hora de atar cabos o, como él lo llamó, «empezar a finalizar»—. Pero conseguisteis enderezar el rumbo: la identificasteis y averiguasteis, no sé cómo, de dónde escapó. Y el hecho de que uno de los señalados viviera en Badajoz cuando la secuestraron... Pero las cosas seguían sin cuadrar del todo, ¿verdad? Y hoy habéis encajado la pieza clave: un servidor. ¿Puedo saber cómo descubristeis que formaba parte del juego?

«Qué juego ni que ocho cuartos».

—Por las fechas de construcción de vuestras viviendas —contesté sin entrar en detalles—. Como tú bien has dicho, que no pudieras ser el autor material de los hechos nos ha llevado a dar un pequeño rodeo. Pero bien está lo que bien acaba. A falta de detener a tu amiguito Pablo, lo considero un buen final. Obviando a la pobre Irene, no hemos tenido que lamentar más muertes.

—Aún hay tiempo de sumar cadáveres a la lista.

Ese cabronazo consiguió helarme la sangre.

—Secuestrasteis a Julia Medín después que a Irene Miranda, ¿cierto?

—¿Sabéis? Hasta había olvidado sus nombres. «Ah, sí, Irene», me dije tras leer su nombre en los periódicos. Para nosotros son «nuestras muñequitas».

Suspiró largo y tendido.

—¿Julia sigue con vida? —preguntó Elsa con evidente preocupación.

—Todo se sabrá a su debido tiempo. Tú tienes un papel importante en el final de la función, inspector De la Torre. Resta un acto. Los dos primeros se representaron hace tiempo. Pero el telón debe subir una vez más. —Su trascendental modo de hablar empezaba a ponerme nervioso—. Durante el primer acto murió tu hermana y tiene unos claros protagonistas: Manuel y Pablo Tejero. Yo llevo las riendas del segundo. El tercero está en marcha y su personaje principal es el niño de Triana.

33

Sesenta y dos años antes
22 de septiembre de 1956, 16:18 h
Plaza de Cervantes, Badajoz

Dejó atrás la habitación de su hijo. Andaba absorto en el suelo oscuro que recorría la segunda planta y en los últimos contratiempos surgidos en su empresa de construcción, recién fundada. Pero, a pesar de las distracciones, arrugó la frente, dio un paso atrás y, a través de la puerta entornada, observó a Pablo jugando sobre su cama de sábanas blancas.

«Eso sí que no», se dijo disgustado.

Abrió la puerta, que chirrió como si sus bisagras nunca se hubieran dado un baño de aceite. El niño escondió su juguete preferido debajo de la almohada con el apuro de quien teme ser pillado in fraganti.

—Hola, hijo. ¿Cómo estás?

Le dio un beso en la frente.

—Bien, señor.

Manuel vestía un pantalón de pana y una camisa blanca con inapreciables rayas azules sobre la que se tensaban unos tirantes. Pablo llevaba unos pantalones cortos grisáceos, pese a que dentro de la casa hacía algo de fresco, una camisa blanca con botones aturquesados y una fina chaqueta plomiza. Siempre llevaba el pelo corto y repeinado.

—Me alegra oír eso —aseguró Manuel con su peculiar voz melosa; jamás la alzaba ante un miembro de su familia—. Ya

230

sabes que lo único que me importa es que tú y tu madre estéis bien. Lo sabes, ¿verdad?

El niño asintió y Manuel deslizó una mano por debajo de la almohada.

—Entonces, ¿qué significa esto? —Agitó la muñeca que acababa de destapar—. Te he visto jugando con ella tan felizmente, haciendo esos gestos que tan poco me gustan.

—La muñeca es de Lorenza. Se la dejó ayer en casa y se la estoy guardando. Y por la calle ando erguido y no muevo las manos de esa forma que a usted no le gusta. Como me pidió, señor.

—Creo que tú y yo tenemos que pasar más tiempo juntos. ¿Te gustaría?

—Sí, señor.

—Basta ya de «señor». A partir de ahora me llamarás «papá». Y vas a tratarme de tú. ¡Qué diantres! ¡Entre padre e hijo sobran las formalidades! ¿No crees?

—Sí, señor.

Manuel sonrió y le revolvió el pelo a su hijo.

—¿Sabes lo que significa ser un hombre? —Pablo se encogió de hombros—. Tranquilo, te lo explicaré. El hombre es el líder de la manada. Es empático y respetuoso, pero también controlador y agresivo. Una extraña mezcla, lo admito, pero no por ello imposible de conseguir. Todo hombre ha de tener dos caras: una dispuesta a ser gentil y otra preparada para tirar a degüello. ¿Por qué crees que las mujeres no van a la guerra?

—¿Porque nosotros tenemos más fuerza?

—Para apretar un gatillo no se necesita fuerza. No. El motivo es otro: las agallas. Dios nos creó para que les hiciéramos el trabajo sucio a las mujeres, ¿entiendes? —A sus ocho años, Pablo no entendió de la misa la mitad, pero asintió—. Y debes comprender otra cosa: los hombres no mienten. ¿Por qué jugabas con esta muñeca, hijo?

Pablo tragó saliva, pese a que su padre le tratara con cariño.

—La encontré en la calle. Me gusta pasar tiempo con ella.

—¿Y cómo lo pasas?

El padre guardó la esperanza de que la utilizara como la dama en apuros que sus muñecos rescataban heroicamente.

—La peino. La baño. Le doy de comer... La cambio de ropa...

—Entiendo.

—Pero si quieres la tiro.

—No, hijo. No voy a obligarte a hacer nada. —Manuel dio una enérgica palmada en el aire—. ¿Y si vamos al huerto a ver qué tal están los conejos y de paso cogemos unas patatas para que tu madre nos guise algo rico?

—¡Sí!

Manuel se puso al volante de su Land Rover y condujo hasta el terreno que poseía a las afueras de Badajoz. Una parcela sin vallar a la que se accedía por un camino de tierra tan estrecho que un paso en falso hacía pisar un huerto vecino.

A Pablo le gustaba ir a aquel lugar, donde el marrón de la tierra se mezclaba con el verde de las lechugas y el rojo de los tomates. Le encantaba llenar una cesta de mimbre con alimentos que más tarde degustaría y arrancar limones y naranjas de los árboles frutales que su abuelo había plantado cuando solo eran esquejes.

—Entremos a ver si los conejos siguen vivos —bromeó Manuel ya sobre el terreno, de poco más de seiscientos metros cuadrados.

Pablo accedió detrás de su padre a la pequeña construcción de fachada de cemento y techo de tejas azafranadas. Allí almacenaban las herramientas y productos necesarios para el cultivo y una docena de jaulas con seis liebres y seis conejos.

—Ven.

El pequeño se acercó a la zona de las jaulas, colocadas las unas sobre las otras en hileras de tres.

–Coge a ese de ahí.

Pablo estaba acostumbrado a sacar a los conejos de sus celdas. Había visto a su padre desnucarlos con sus propias manos y después despellejarlos con la ayuda de dos cordeles asegurados a una pared. Pablo aún no tenía la fuerza necesaria para echarle una mano. Ataba las patas traseras del animal y cortaba donde correspondía y luego tiraba hasta desollarlo. El desnuque no siempre surtía el efecto deseado y algunas veces el conejo perdía la piel estando aún con vida. Pablo tardó en olvidar la vez que el conejo empezó a patalear con su grasa y tejidos a la vista. También el mal trago que le supuso comerse el estofado que su madre preparó a costa del pobre animal. Por último, les sacaba las tripas, llenando el aire de una pestilencia que volvía a Pablo cuando su madre le servía los guisos.

Abrió la jaula, sacó al animal blanco de ojos rojos y lo arropó entre sus brazos. Manso como un perro faldero, no intuyó el cruel final que le esperaba. Pablo acariciaba sus orejas largas cuando el padre extrajo una navaja de afeitar del primer cajón de un mueble destartalado. Desplegó su brillante y afilada hoja y se la ofreció a su hijo por la empuñadura.

–Degüéllalo. Y ten cuidado: nada corta más que una navaja de afeitar.

–¡No!

A Pablo se le vino el mundo encima.

–Córtale el cuello –reiteró Manuel, con la suavidad de quien consuela–. Tranquilo: te lo aguanto para que no se mueva.

Manuel agarró al conejo por las orejas y este pataleó como si de pronto hubiera entendido cuál era su lugar en la cadena alimentaria.

–Quieto... –lo amansó Manuel antes de agarrar sus patas traseras con la mano libre.

Puso al animal a la altura de los ojos de Pablo. El conejo se revolvió al tiempo que Manuel lo mantenía no del todo tenso, sino como una cuerda de guitarra aflojada por falta de uso.

–Degüéllalo.

Pablo negó con la cabeza mientras sujetaba la navaja a la altura del pescuezo del animal. Ante su indecisión, Manuel recurrió a sus innatas dotes de persuasión:

–¿Quieres ser un hombre o un julandrón? ¿Quieres que tu padre esté orgulloso de ti o no?

–Sí quiero, pero me da pena.

–Ese es el quid de la cuestión. No importa lo que seas en realidad, solo lo que demuestras, lo que saben de ti. Las dos caras, ¿recuerdas? Por un lado, tu naturaleza; por el otro, lo que permites que conozcan. Sé lo que quieras, pero que sea para ti mismo. A escondidas, ¿entiendes? Tu coraza es la apariencia. Aparenta o el mundo se te comerá vivo. Los hombres dejan atrás sus principios y hacen de tripas corazón por el bien de los suyos y de sí mismos. Y tu padre necesita que seas un hombre de puertas para afuera. Por otra parte, hijo mío, Dios no quiere a los afeminados. La Biblia dice: «Den muerte a todos sus malos deseos; no tengan relaciones sexuales prohibidas». Colosenses 3, 5. «Para dar muerte a los malos deseos, que pueden provocar faltas graves, hay que aprender a dominar los pensamientos». Filipenses 4, 8 y Santiago 1, 14.

Pablo no entendió a qué se refería su padre con «de puertas para afuera» ni lo que pretendía transmitirle con aquellos versículos.

–No quiero –se quejó con lágrimas en los ojos.

–Es una prueba. Cuando te golpee la vida, y te aseguro que nadie ataca con más fuerza, darás gracias por haberte convertido en un hombre.

Pabló acercó el filo al cuello del conejo con las manos temblorosas y lo apretó contra su piel. Cortó con la vista puesta en sus brillantes zapatos, que, a pesar de pisar suelo, reflejaron el vaivén de la mano.

–No apartes la mirada.

Pabló levantó la vista para toparse con un agitado baile de dolor, con sangre brotando de la garganta de un animal de cola corta y ojos mefistofélicos.

—Ya es suficiente. Lo has hecho bien.

Manuel remató al animal de un golpe seco. Pablo no era capaz de despegar la mirada de las gotas rojas que saltaban entre los pelos del conejo y que caían a plomo sobre el mugriento suelo de la caseta. Su padre lo desolló y destripó en un santiamén para que su esposa solo tuviera que trocearlo a golpe de cuchillo y meterlo en una cazuela.

Manuel tomó una de las jaulas. Dentro había una liebre.

—Vamos, hijo. Se está haciendo tarde.

Cargó con la jaula hasta guardarla en el maletero de su Land Rover.

Durante el trayecto de regreso a casa, Manuel trató de quitarle hierro al asunto:

—Solo era una lección. Una lección que no debes contarle a nadie. Cosas entre padre e hijo, ¿entiendes?

Pablo asintió sin dejar de mirar la carretera. Sin embargo, allí donde posaba la vista, veía ojos rojos.

«La lección del conejo», así recodaría Pablo su primer paso hacia la locura.

34

Sesenta y dos años antes
22 de septiembre de 1956, 22:23 h
Plaza de Cervantes, Badajoz

Escondió la muñeca detrás del armario poco antes de que su padre lo arropara y le prometiera que al amanecer irían de caza.

—He tirado la muñeca a un contenedor de basura cuando he salido a jugar con mis amigos —aseguró Pablo, pero Manuel no era fácil de engañar.

«Sé que la has escondido por alguna parte —pensó—. Pero también sé que conseguiré hacerte comprender qué es lo mejor para ti».

Una potente inclinación empujaba a Pablo a cuidar de la muñeca. Luchaba contra sus ademanes afeminados como su padre le había enseñado: «No muevas así las manos», «No te contonees al andar», le decía, pero sus inclinaciones eran más fuertes que su voluntad.

—Te cuidaré mientras él esté trabajando —le prometió a la muñeca, incapaz de deshacerse de ella—. Lo importante es que nadie sepa que me gustan las cosas de niñas.

Las enseñanzas de su padre merodeaban por su cabeza como buitres sobre un animal moribundo: «Sé lo que quieras, pero que sea para ti mismo».

No tardó en quedarse dormido.

El alba llegó sin que se la viera venir. Su padre entró orientado por los hilos de luz que se abrían paso a través de las aberturas de las persianas. Susurró al oído de su hijo mientras lo zarandeaba con la suavidad que lo caracterizaba:

—Vamos. Es la hora.

Pablo se incorporó legañoso. Tuvo que hacer un esfuerzo titánico para recordar el motivo de aquel madrugón. Sin embargo, ver a su padre con los ropajes de caza le ayudó a refrescar la memoria.

—Ponte un chándal y no hagas ruido. Te espero en la cocina.

—Enseguida bajo, señor.

—Papá... —le corrigió él.

—Enseguida bajo, papá.

—Mejor.

Tomaron un rápido desayuno a base de tostadas de cachuela y zumo de naranja. Media hora después, Manuel aparcaba su Land Rover en el apartadero de un camino de tierra. Sacó la jaula del maletero. Pablo se había olvidado de que el animal estaba allí dentro. Su padre abrió una puertecita, agarró una de las orejas del animal y tiró de esta de mala manera. La liebre se revolvió como cubitos de hielo en una coctelera al tiempo que Manuel le dibujaba a punta de machete una «M».

«"M" de Manuel», susurró ante la impactada mirada de su hijo. Y liberó a la liebre sin más, que desapareció entre la maleza.

—Pero... —espetó Pablo, desconcertado.

—Ahora nos iremos —avanzó Manuel—. Hoy cazaremos en otra parte. Pero volveremos y, si Dios quiere, la presa volverá al cazador. Es un juego que me enseñó mi padre. La liebre no se marchará de esta parte del monte. No es tan lista como nosotros.

Al conejo blanco de ojos rojos le siguieron otros, a los que Pablo tuvo que despachar de los modos más crueles. A uno, destripándolo mientras aún respiraba. En una ocasión, Manuel le obligó a disparar a uno de sus perros porque no seguía el ritmo de los demás.

—Matar te hará varonil —le aseguró mientras le incitaba a apretar el gatillo.

Salieron a cazar otras veces por la zona donde soltaron la liebre, hasta que un día su padre la abatió.

—Así lo ha querido el Señor —aseguró tras comprobar que se trataba de la presa marcada.

«Es trampa —pensó Pablo cuando Manuel se colgaba la pieza del cinturón—. Tú tienes perros y una escopeta y un hurón que la saca a bocados de su agujero cuando consigue escapar. La liebre no puede ganar nunca. Eso es hacer trampa».

35

Álvaro de la Torre

17 de septiembre de 2018, 23:36 h
Comisaría General de Policía Judicial, Madrid

—La indefensa mente de un niño filtró las retrógradas ideas de un loco —resumió Ortiz tras descubrirnos el triste pasado de su pareja—. Y la insistencia provocó que su cerebro las procesara como verdades indiscutibles. Pablo, mientras renegaba de su orientación sexual hasta el punto de considerarla un pecado, empezó a jugar a escondidas con sus muñecas. Y así, el padre le confeccionó una cara extra a su hijo. Ustedes habrán visto su faceta de hombre duro que habla mirándote a los ojos. Pura fachada. Soy de los pocos que ha contemplado su verdadero yo, su lado dulce y benévolo, y puedo asegurarles que el contraste es asombroso. Su madre era consciente de que fingía en cuanto pisaba la calle y cuando recibían visitas. Pero no hizo nada para cambiar la mala dirección que estaba tomando su hijo.

«Fue a ver a una vidente —pensé perplejo—. La madre que me parió».

—Un buen día se presentó en mi tienda y compró cinco muñecas. Su miedo al qué dirán lo empujó a hacerlo lejos de Badajoz y mi establecimiento era el único dedicado a los juguetes. Monté el negocio por dos motivos: porque mi trabajo como técnico de soporte en una empresa informática no me satisfacía y porque quería conocer a personas con mi misma afición. Y, si había suerte, tal vez encontrar a mi alma gemela. Mi tienda, como les decía, estaba especializada en muñecas de todo tipo, desde las que unos padres regalan a su hija, o hijo, por su cumpleaños hasta de colección. Podría decirse que la miel atrajo al oso. Me quedé prendado de Pablo nada más verlo. Antes de pagar me matizó que las muñecas eran para sus sobrinas, pero yo vi cómo las miraba y la delicadeza con que las trataba y entendí que le apasionaban tanto como a mí. Empezamos a charlar allí mismo del tema y quedamos para seguir al día siguiente.

»Con el tiempo me confesó su oscuro secreto. Tardé en asimilarlo, pero los motivos, la, digamos, enfermedad que le transmitió su padre, me empujó a obviarlo y a centrarme en nuestro futuro en común. Fue poco después de que admitiera haber matado a una niña cuando le propuse olvidarse de su juego y jugar al mío. Mi sueño siempre fue tener una muñeca de carne y hueso. Nuestra pasión nos unió y decidí fomentarla para que nunca se apartara de mi lado.

–¡Maldito cabrón! –Me puse de pie, colérico; las patas de mi silla chirriaron en el suelo de la sala de interrogatorios. Acerqué mi rostro al suyo por encima de la mesa metálica. Luis no se inmutó. Me entraron ganas de arrancarle la yugular a dentelladas–. Ignoraste la muerte de mi hermana. Tuviste la oportunidad de actuar como una persona decente y haberle hecho un bien a una familia tocada por la desgracia. ¿Sabes cuántos años de incertidumbre nos hubieras ahorrado? Pero no. Porque eres escoria; no vales ni para hacer bulto en una fosa común. Si tu destino dependiera de mí...

Respiré hondo y traté de calmarme.

–Tranquilo –susurró Elsa con dulzura–. De aquí se va a la cárcel.

Volví a pegar el culo en mi asiento.

–Es curioso cómo actúa la ley de la atracción –continuó Luis, haciendo oídos sordos a mis improperios–. Ustedes dirán que somos dos locos que se encontraron por casualidad; yo, que fuimos el fruto de una serie de maravillosas e inevitables acciones. Monté la tienda en busca de otros de mí misma condición y encontré el amor. ¿Qué más se le puede pedir a la vida? He disfrutado cada segundo que he pasado con él peinando a nuestras muñecas, bañándolas, vistiéndolas... –Agachó la cabeza y se quedó pensativo; supuse que rememoraba una de sus sesiones de juegos con muñecas vivientes–. ¿Saben? Deberían agradecerme que lo apartara del mal camino. Le gustó más de lo que pensaba alquilar una casa en Marchena, planear el crimen, acecharos, secuestraros... matar a tu hermana. Observarte mientras te alejabas aún mareado por los efectos del sedante, ver el suceso en el telediario, leerlo en los periódicos... Y, huelga decir, salir victorioso.

»La cuestión es que durante un tiempo mantuvo a raya sus ansias de volver a cazar, pero empezaban a resultarle irrefrenables. Entonces, estimulado por su adoración por las muñecas, llegó a mí y yo reconduje sus preferencias. Traté de enseñarle a ser él mismo y lo conseguí en parte, pero en ciertos aspectos mis esfuerzos resultaron en vano. Sufre recaídas, como todo adicto. No logra unificar sus caras, ¿entienden? Un día lo pillé marcando a las niñas, como hizo contigo y tu hermana. Cuando le pregunté por qué lo hacía, me contestó que su padre se lo había pedido en sueños. Siempre me impresionó su facilidad para esconderle su estado al mundo. Supongo que en ese sentido Manuel hizo un buen trabajo.

»Mantuvimos nuestra relación en secreto, en parte por haber secuestrado a dos niñas y en parte por el horroroso miedo que tenía al qué dirán. Reforcé su autoestima, pero nunca saldrá del armario. Le ayudé a comprender que no tenía que demostrarle nada a nadie, menos todavía a su misógino e intransigente padre; que matar no era cosa de hombres, sino de malnacidos. Pero su mente siempre estará fracturada.

–¿Intentas decirme que mató a mi hermana para demostrarle a su difunto padre que seguía siendo un machote y que a mí me liberó para jugar al estúpido juego ese de la liebre?

–Pensó que... A estas alturas no importa lo que pensara. La cuestión es que mató a Carmen y a Irene, y ahora quiere charlar en privado con el niño de Triana.

–Retiene desde hace años a Julia, ¿verdad?

–Le prometí que os contaría quiénes somos y lo que hicimos, nada más.

–Es increíble –dije en un hilo de voz.

–Pero está sucediendo.

–Corrígeme si me equivoco –intervino Elsa con claras intenciones de sintetizar y de pasar a otra cosa, como detener a Tejero y, por consiguiente, cerrar el caso–. El padre y sus ideas de zumbado trastocaron la mente del hijo hasta el punto de volverlo incluso más chalado que él. Cuando el padre murió, entiendo que Pablo tuvo una especie de epifanía que lo llevó a trasladarse a un pueblo cercano a Sevilla y más tarde secuestrar a dos niños en la capital, para, por una parte, demostrarle a su padre que tenía las agallas suficientes como para matar a una pobre niña indefensa y, por otra, para jugar al juego chorra ese de la caza. Luego, debido a su obsesión por las muñecas, os encontrasteis y os enamorasteis. –Elsa fingió estar a punto de echar hasta la primera papilla–. Me dais ganas de vomitar, en serio. Luego tú intentaste que dejara de estar tan tarado. Y le sugeriste, como terapia, manda cojones, que cambiara las muertes por los secuestros. –Elsa cruzó miradas desafiantes con Ortiz–. ¿Me equivoco o es que te explicas como el puto culo?

–No la he corregido, inspectora, así que...

–Ya. Pues te diré algo, míster terapeuta. Desde mi punto de vista, Tejero, tu amorcito, es un maldito asesino que merece lo peor que pueda pasarle, pero también es un *hijoputa* a causa de un pasado que no le desearía a nadie. Ni siquiera creo que pise la cárcel: irá derechito a un centro psiquiátrico. Él, en cierto modo, podría merecer mi perdón. Aunque jamás lo obtendrá. Digamos que lo considero víctima y verdugo al mismo tiempo. Pero tú eres mierda pura. Sin medias tintas. ¿Qué excusa tienes, desgraciado? Te aprovechaste de un pobre diablo con la mente destrozada para hacer realidad tus sueños.

—Yo nunca he matado a nadie. Ni siquiera abusé de ellas.

—Y yo te creo. Pero secuestraste a dos niñas, privándolas de su libertad, destruyendo a sus familias. Es un crimen equiparable al asesinato. La muerte de Irene Miranda recae también sobre tus hombros.

—Yo nunca he matado a nadie —repitió y esbozó una media sonrisa burlona.

En ese momento fue cuando me entraron ganas de destrozarle la cara a puñetazos.

—Cuando Irene escapó —consulté mientras apretaba los puños por debajo de la mesa—, entendisteis que acabaríamos atando cabos tarde o temprano, ¿cierto?

—Intenté que no nos pillarais, no creas. Tras el registro, pensé que teníamos posibilidades. Pero cuando los sabuesos os ponéis a husmear... Cuando Pablo me contó lo sucedido, corrí a borrar las grabaciones de las cámaras de la urbanización y debo admitir que me sorprendió lo fácil que me resultó. Pero, como temía, no fue suficiente. Entonces Pablo me pidió que, en caso de que resolvierais el acertijo y, por consiguiente, nos separarais, le hiciera un último favor. Volvió a Triana, ¿sabes?, pero la presa, tú, había abandonado el lugar. Tradujo aquello como un mensaje divino y desistió de reencontrarse contigo, con su querido niño marcado. No volvió a saber nada de ti hasta que Irene se le escapó. Tras matarla, muy a su pesar, sea dicho, vio tu rostro en televisión. Nunca olvidaré lo que dijo: "Ya era hora de que la presa tuviera opciones".

Ortiz empezó a llorar como un niño que se ha pelado las rodillas. Me sorprendió que se rompiera de un modo tan exagerado y pueril. Por un momento dudé de si nos estaba tomando el pelo.

–¡Ah...! ¡Nunca quise que muriera ninguna de nuestras muñecas! ¡Solo queríamos cuidarlas!

Alzaba y bajaba las manos como un esclavo que implora clemencia a los pies de su amo.

«No se puede estar más zumbado».

–Apretaste el botón del mando a distancia y Pablo corrió a esconderse, ¿verdad? –dije, subiendo progresivamente la voz.

–¡A esconderse no, a prepararse!

–¡Para qué!

–¡Para vuestra reunión! –gritó hipeando–. ¡No sé más, lo juro! ¡Me pidió que os transmitiera sus deseos y es lo que he hecho! –Respiró hondo y, a base de resoplidos, calmó un poco su llorera–. En mi salón hay una estantería llena de libros de pega. Conduce a nuestra casa de muñecas. Dentro es donde espera Pablo. Pero puso unas condiciones: si alguien intenta entrar, alguien que no seas tú, las matará. Si accedes a la parcela acompañado, las matará. Si entras armado, adiós muñecas. Únicamente quiere que habléis. Supongo que querrá hacer las paces contigo. Y te aseguro que sabrá si incumples alguna de sus normas.

«Mata a mi hermana, ¿y ahora que lo hemos pillado quiere hacer las paces conmigo? Qué oportuno».

–Has dicho «las matará» y «muñecas», en plural. –Se fijó Elsa.

–A Julia y a Sofía –desveló al fin, a pesar de las promesas que le había hecho a su compañero.

36

Álvaro de la Torre

17 de septiembre de 2018, 23:52 h
Comisaría General de Policía Judicial, Madrid

«Julia Medín sigue con vida –confirmé alentado–. Y fueron ellos quienes secuestraron a Sofía Silvestre. Elsa lo vio venir: llenaron el vacío que dejó Irene con otra muñeca».

Salimos de la sala de interrogatorios.

A Valcárcel se le habían sumado Neveira e Ibáñez.

Nuestro comisario dio un paso al frente nada más vernos.

–La orden está lista.

–Hemos llamado a su puerta y ha confesado –explicó Elsa, allanando el camino de cara a una posible reprimenda–. El cabronazo parecía estar esperándonos.

–Lo importante es que ahora sabemos quién mató a Irene Miranda y quién secuestró a Sofía Silvestre –dijo Ibáñez–. Incluso vamos a resolver un caso de desaparición de hace treinta años. Los padres de Julia Medín se van a llevar la alegría de sus vidas. Lo habéis hecho de maravilla. A vuestro puto modo tocapelotas, pero bien, al fin y al cabo.

«Menos mal que Elsa me siguió hasta la casa de Ortiz».

La susodicha, como si me hubiera leído la mente, me dedicó un guiño y un asentimiento.

«Gracias, compañera».

–No me queda otra que pasar por el aro –dije convencido–. Hablaré con Tejero.

–Es una locura –consideró Neveira–. La historia que ha contado ese desgraciado es tan rocambolesca que cuesta creerla. Aunque, si lo pensamos bien, ese viejo ha condensado treinta años de sucesos extraños en media hora. Visto así...

—Más bien es una trampa —espetó Valcárcel—. Te volará los sesos en cuanto entres en ese sótano.

—Es un demente —meditó Ibáñez—. Demasiado arriesgado. Después del registro fallido se creyeron tan fuera de peligro que tuvieron los santos cojones de secuestrar a una niña. Alucino con esos dos carcamales, en serio. Eran conscientes de que Tejero estaba en nuestro punto de mira, así que debió de hacerlo Ortiz. En fin... La cuestión es que no puedo enviarte así como así a la boca del lobo.

—Se ha atrincherado en un sótano. No podemos sorprenderle. Los geos serán capaces de neutralizarlo, pero dudo que lleguen a tiempo de salvar a las rehenes. Ha tenido tiempo de sobra para prepararse. No sé a vosotros, pero a mí no me apetece cargar con las muertes de Julia y Sofía. Entraré desarmado, con un par. Además, tengo la especialidad de negociador, así que puedo bajar a ese sótano con todas las de la ley. ¿Para qué coño hice el juramento si no? ¿Para cagarme en los pantalones a la primera de cambio? Mi trabajo es apartar a los malos de la sociedad y hoy me toca negociar con un asesino. Un día más en la oficina. Hablaremos y se entregará. Caso cerrado.

—O te invitará a una sesión de tortura —dijo Elsa—. ¿Y si todo es una artimaña con el fin de vengarse por haberles aguado la fiesta? ¡Joder, que os secuestró y mató a tu hermana!

—Pues moriré cumpliendo con mi deber. Si hubiera querido seguridad, me habría hecho podólogo.

—¿Estás seguro? —me preguntó Ibáñez.

Contesté con otra pregunta:

—¿Qué haría usted en mi lugar?

El comisario sonrió al tiempo que dejaba escapar un sonoro chorro de aire por la nariz.

—Ten por seguro que no pisarías ese sótano de no ser negociador.

—Ya. Pero es una de mis especialidades, así que...

Más tarde, Elsa me ayudó a colocarme el chaleco antibalas en el *parking* de la comisaría. Por momentos me creí un guerrero antes de la batalla.

Nunca había sentido un miedo tan espantoso.

Veinte minutos después

«Toda una vida aparentando —pensé mientras conducía hacia La Moraleja—, pero no sufre un trastorno de identidad disociativo: él fuerza su otra personalidad. Una locura más en este mundo lleno de locos. La muerte de Carmen escondía más de lo imaginado. Y ahora no encuentro consuelo en la verdad. Me he pasado toda la vida odiando a un hombre sin rostro y ahora que le he puesto cara tengo sentimientos encontrados. No puedo más que odiar a Tejero. Pero al mismo tiempo siento algo de pena por él».

La calle estaba cortada, como el día que murió Irene Miranda. En torno a las cintas policiales se agolpaban curiosos y periodistas, igual que la calurosa mañana que descubrí un hilo del que tirar. Dentro del perímetro vimos tres ambulancias, el furgón de los geos y la furgoneta de la Unidad Informática.

«¿Los informáticos aquí?».

Elsa no cogió los guantes ni los cubrezapatos, como era nuestra costumbre. Yo estaba dispuesto a hacer cualquier cosa para sacarlas con vida. Y Elsa era consciente: sus ojos y su profuso silencio reflejaban el miedo que tenía de perderme.

—Más te vale salir vivo de esa casa —me amenazó cuando tiraba del freno de mano— o te juro que, si no, te remato yo.

—Todo irá bien.

247

La puerta del chalé resplandecía gracias a un par de focos portátiles. La noche ayudaba a destacar las luces rojas y azules que arrojaban algunos vehículos del Cuerpo Nacional de Policía. Una veintena de agentes aguardaba mi llegada. Valcárcel, Neveira e Ibáñez se nos habían adelantado.

Pasamos por debajo de la cinta amarilla tras apartar a los curiosos e ignorar las preguntas de los periodistas. Avancé entre mis compañeros; sentía que sus miradas me taladraban.

—Necesitamos saber qué pasa ahí adentro —me explicó Ibáñez—. No ha dicho nada de micros, ¿no? Ha recalcado que entraras solo y desarmado. Pero nada más.

Entendí por qué los informáticos se habían trasladado al kilómetro cero.

—Sí, pero...

—Es un micro diminuto. No va a permitir que te acerques tanto.

—De acuerdo.

Un susurro me llegó por la espalda cuando Ibáñez se disponía a adherir el micro a mi cinturón:

—Pelotas no le faltan.

Me di la vuelta para comprobar que se trataba de los cuchicheos de dos de los cuatro geos listos para entrar en acción si la cosa se ponía fea.

—No te muevas, joder —me regañó el comisario.

—Nos vemos dentro de un rato —me despedí una vez que el dispositivo estaba bien enganchado a mi cinturón.

—Hasta luego —dijo Elsa.

Entré en el jardín de Luis Ortiz, un lugar que él no volvería a pisar. Caminé por entre las pequeñas luces que delimitaban el camino de piedra que daba al porche. Subí los dos escalones que precedían a la puerta, que, como me figuré, encontré abierta. Superé un recibidor diminuto de muebles clásicos y poco después accedí a un salón admirablemente limpio, si bien decorado con un gusto anticuado.

«Esa de ahí debe de ser la estantería».

Me acerqué lo suficiente como para advertir si los lomos eran falsos. Los acaricié, absorto en el momento en que mis padres me comunicaron la muerte de Carmen. No recordaba mucho de aquellos tiempos, pero las sensaciones perduraban cual roca en un terreno árido.

Me sentí pesado, como si allí dentro la gravedad hubiera cambiado, como si aquella estantería llena de libros falsos me atrajera sin remedio hacia lo que aguardaba al otro lado.

Era consciente de que Elsa, Valcárcel, Neveira, Ibáñez y el comisario en jefe del Grupo Especial de Operaciones escucharían lo que Pablo tuviera que decirme. Estaba allí por un asunto personal, pero también por trabajo; no debía dejarme llevar por mis emociones.

Tiré de la estantería y esta se separó de la pared con la sutileza de un aleteo de mariposa. Tras ella aparecieron las prometidas escaleras. Pulsé el interruptor de la luz para iluminar unos peldaños tan negros como la tinta que correría cuando se enterara la totalidad de los medios. A su término había dos puertas. Cada escalón que bajaba descubría un poco más lo que iba a encontrarme. Tuve la sensación de estar llegando a la meta tras haber corrido durante siglos.

El rumbo que debía tomar se mostró evidente: la entrada de la casa de muñecas. Encaré la puerta de color rosa mientras le daba la espalda a una metálica que supuse que almacenaba utensilios de limpieza. Medité, por tanto, entre dos puertas: «Si necesita mi perdón, lo obtendrá. No es el momento de sincerarse. Conozco los conceptos de la negociación: ser mejor escuchador que orador; nadie se persuade mejor que uno mismo. Debo conseguir que entienda que su mejor opción es entregarse. Debe creer que él lleva la iniciativa, que es él quien decide acabar con la locura que empezó en 1982».

Respiré hondo y mil imágenes del pasado marcharon por mi cabeza.

Golpeé la puerta con los nudillos. Tres golpes secos que desataron mis pulsaciones.

—¡Un momento, Álvaro! —Escuché al otro lado.

Era una voz campechana, como la de un hombre que ha estado esperando a un amigo.

«Va a mostrarme su verdadero rostro».

37

Treinta y cinco años antes
27 de octubre de 1983, 18:03 h
Gévora, Badajoz

La lluvia caía sobre el municipio con la intensidad de una coz. Las nubes, densas y oscuramente amenazantes, se arremolinaban en el horizonte como si trataran de escalarse las unas a las otras. El cielo mostraba un espectáculo aterrador sobre su cabeza, pero él imaginó oscuras palomitas de maíz saltando entre truenos y relámpagos. Caminaba con la cabeza gacha mientras sujetaba el paraguas y sus zapatos chapoteaban sobre una acera llena de reflejos. Le traía sin cuidado que sus calcetines estuvieran calados. Como el cielo, Pablo amaneció gris. Por esa razón caminaba por Gévora cuando todos se refugiaban en sus casas: buscaba darse un capricho que amainara la tormenta que amenazaba con desatarse en su mente.

«Aquí nadie me conoce –se calmó cuando la fachada de la tienda asomó al final de la calle sin brillo–. Puedo estar tranquilo».

Pasó por entre las mesas y las sillas de la terraza de un bar. Las gotas golpeaban el metal desgastado y salpicaban a quien osara acercarse. Pero Pablo no apretó el paso. Su mente estaba en otro lugar: en el bosque donde abatió a una niña, en el camino donde dejó escapar a un niño.

«Necesito calmar mis ansias de cazar».

Contempló la hermosa fachada ubicada entre dos monótonos edificios. Sobre la puerta, escrito en letras doradas, pudo leer: EL RINCÓN DE ORTIZ. No era la típica fachada colorida que trata de atraer la atención de los niños y los padres. Aquella cubierta de madera que hacía de extraordinario escaparate se alejaba del efectismo en beneficio de la elegancia.

Observó las muñecas colocadas con mimo tras el cristal: sus vestiditos, sus zapatitos, sus sombreritos... Y un cosquilleo le recorrió el cuerpo, una emoción que por poco le causa un ademán «afeminado».

«Soy un hombre –se estimuló mientras apretaba el puño del paraguas–. Y me muevo como tal. Y hablo como tal. Y actúo como tal».

Empujó la puerta con decisión.

A su paso sonó una campanilla.

Halló un paragüero nada más entrar y metió su chorreante paraguas. Caminó hacia el mostrador, que encontró desatendido. No abundaban los espacios dentro del establecimiento. Las estanterías se alargaban hasta donde no alcanzaban las manos, abriéndose a ambos lados del estrecho pasillo que empezaba a un metro del mostrador. Recordaba la clásica distribución de una librería. Una extraña mezcolanza de orden y abarrotamiento que lo embriagó de hospitalidad.

No cabía una sola muñeca en los anaqueles. Al final del pasillo, un cartel llamó su atención: MUÑECAS DE TRAPO. «Puede que encuentre una parecida a la primera que tuve», pensó. Amplió su campo de visión para descubrir cuatro indicadores más: MUÑECAS GRANDES, MUÑECAS DE COLECCIÓN, MUÑECAS DE PORCELANA, MUÑECAS HECHAS A MANO.

Se dio la vuelta al advertir que alguien carraspeaba a su espalda.

–Buenos días, caballero. –Un hombre en pantalón y americana de pana lo saludó desde el otro lado del mostrador. Pablo no se había percatado de su llegada–. Si necesita ayuda, no dude en pedírmela.

Pablo se sintió atraído de inmediato por su porte atlético y sus ojos marrones como una hoja otoñal, su nariz recta y chata y su mirada limpia como el aire de un mundo recién creado. No obstante, apartó la mirada de aquellos bonitos ojos castaños y, tras exhalar un desganado «gracias», le dio la espalda y caminó erguido hasta doblar por el primer pasillo de un laberinto del que no deseaba escapar.

Luis Ortiz observó las pantallas que ocultaba debajo del mostrador. Por medio de las cámaras instaladas en los pasillos de la tienda, imperceptibles al ojo humano, siguió los movimientos de su potencial cliente.

Comprobó extasiado el amor que este sentía por las muñecas. «Lleva cinco minutos mirando la misma».

En efecto, Pablo se deleitaba con una muñeca que le recordaba a Carmen de la Torre, en su piel de plástico, los pliegues de su vestido, las pestañas de mohair y los ojos de cristal.

«Se ha abstraído totalmente. ¿Y si es él? ¿Y si al fin lo he encontrado?», pensaba Luis.

El tendero abandonó su puesto y caminó por poco de puntillas para colgar el cartel de cerrado.

Pablo tardó en plantarse al otro lado del mostrador cargado con cinco cajas de plástico que contenían lo que para él eran cinco tesoros.

—Son para mis sobrinas —explicó sin venir a cuento.

—Ya.

Luis sumó los precios y Pablo se dispuso a pagar en efectivo.

—¿Puedo hablarle con franqueza? Me llamo Luis, por cierto.

—Yo Pablo. Y claro, sea usted franco —aceptó con su forzada y mil veces ensayada voz varonil.

—Creo que las muñecas son para usted. —Fruto de la sorpresa, Pablo echó la cabeza hacia atrás—. Sé que para un hombre de su edad es complicado confesar que juega con muñecas. La gente no ve más allá de sus propias narices. «Las muñecas son cosa de niñas», ¿cuántas veces ha escuchado esa tontería? Pero nada es cosa de nadie. Yo mismo juego con muñecas. –Pablo no cabía en su asombro–. Duermo con ellas. Las peino, las visto, les doy de comer... Y lo digo bien alto. A quien no le guste, que no mire.

Pablo se sintió la antítesis de aquel comerciante. Había entrado en la tienda en busca de nuevas muñecas que lo acompañaran durante la soledad que se alargaba más allá de su trabajo de constructor. Pero aquel hombre que se sinceraba ante su fingido porte recio le ofrecía mucho más.

–Ahora tengo prisa, Luis, pero puedo pasarme mañana cuando estés a punto de cerrar y tomamos un café mientras charlamos de nuestras aficiones.

38

Álvaro de la Torre

—¡Ya puedes entrar, Álvaro!

No me lo pensé dos veces. Giré el pomo y empujé la puerta. Deseaba pasar página con todas mis fuerzas.

Me recibió de pie, sujetando una pistola entre dos sillitas, en las que había sentado, maniatado y amordazado a Julia y a Sofía. Vestía un pantalón tejano negro y una camisa blanca. Lo observé junto a un mobiliario que a mis ojos de inspector de homicidios se manifestó de juguete.

—No te acerques, por favor —rogó con dulzura, prácticamente una súplica. Me detuve en el umbral de la casa de muñecas—. Siento presentarme así, pero... —señaló a las retenidas con gesto apenado— no he tenido más remedio que atarlas.

El semblante arisco, los ademanes bruscos y la voz grave con los que nos recibió los días que llamamos a su puerta habían dado paso a movimientos suaves, una voz melosa y un rostro sereno.

—Querías hablarme, ¿no? —pregunté sin preámbulos—. Pues habla.

No podía apartar la mirada de su pistola, que sujetaba a un palmo de la cabeza de Julia. Sus víctimas me miraban con el gesto tenso y los ojos bien abiertos. Las había emperifollado con unos vestidos rosas con volantes y tul, zapatos blancos de charol y lazos en sus relucientes cabellos.

«Las ha preparado para la ocasión».

—Tranquilo, Álvaro. —Señaló la pistola con la mirada—. Aquí no va a pasar nada malo, a no ser que tú lo quieras.

—¿Yo? En esta habitación solo hay un asesino.

—Cierto.

—Puedes ir al grano. Sé por qué lo hiciste. Sé que tu padre te maltrató psicológicamente. Le pediste a Luis que nos lo explicara y...

—Mi padre me quería con toda su alma —aseguró—. Entendía cómo funciona el mundo. Soy un julandrón. Un afeminado. Lo soy. Pero a él no le importaba tener un hijo desviado. Me quiso como era y nunca trató de cambiarme; solo me enseñó a no mostrarle al mundo una faceta que me traería problemas. Eran otros tiempos. ¿Sabes cómo trataban a los niños homosexuales en 1956? Si ahora hay acoso escolar, imagina entonces. Mi padre intentó protegerme. Puedes creerlo o no, verme como a un demente o como a una víctima, pero te aseguro que nunca me recriminó que fuera homosexual, siempre y cuando no lo mostrara. Me enseñó a ser un hombre. Quiso que me convirtiera en lo que debía ser para no sufrir. La culpa fue mía. Ahora lo sé. Malinterpreté sus enseñanzas. Y lo siento. Siento de veras haber matado a tu hermana.

—Tu padre se avergonzaba de ti.

Tiré por tierra todo lo aprendido en mi curso de negociador. Nunca debí provocarle de aquel modo. No obstante, tuve la intuición de que solo mis hechos podían conducirle a apretar el gatillo, nunca mis palabras.

—¿Sabes, niño de Triana? Ahora entiendo que el juego no conlleva matar, que se sustenta en disfrutar de los vaivenes de la vida, en dejarse sorprender con sus giros, en ser partícipe del hecho de que, cuando algo tiene que suceder, sucede, a pesar de lo que hagamos por evitarlo, del paso del tiempo, del espacio recorrido. Quise demostrarle a mi padre que no olvidaba sus enseñanzas y... Supongo que en aquel momento no estaba en mis cabales.

–¿En aquel momento? –Señalé a Julia y a Sofía con el mentón. A la pequeña se le había corrido tanto el rímel que le había ensuciado los labios. Julia se mostraba simplemente expectante–. ¡Mírate! ¡Nunca has estado peor!

–Me olvidé de ti durante un tiempo, lo admito, pero un día cualquiera vi tu rostro en el periódico. Supe al instante que eras tú, mi niño de Triana, mi presa marcada. Ni siquiera era consciente de que residías en Madrid, tan cerca de Alcobendas; presa y cazador volvían a compartir territorio. Entonces supe que había llegado el momento de saldar cuentas. Me arrepiento de haber matado a tu hermana, pero abatir a mi muñeca preferida fue necesario.

–Matar nunca es necesario.

–Aún no lo entiendes –dijo en un suspiro–. Luis cree que Irene se me escapó, que cometí un error garrafal que, a la postre, nos condenará a vivir separados. Pero no, eso no fue lo que sucedió. Le di a mi muñeca la oportunidad de escapar y no rechazó la invitación.

»Antes, busqué información acerca del inspector De la Torre y entendí que, de un modo u otro, un hombre de tus galones investigaría el crimen de La Moraleja. Por la vía legal o la ilegal. Apretar el gatillo, por tanto, significaba reiniciar el juego. Te viste incapaz de mirar para otro lado. Y es lógico: después de buscarme sin éxito durante años, encontraste un hilo del que tirar. ¿Cómo ibas a obviar esa «M»?

»Necesito que termine la partida. Necesito un final. Es imperativo que se haga justicia para que yo descanse en paz: la presa debe vencer esta vez. Es mi modo de renegar de las enseñanzas de mi padre. Es mi modo de escapar. El juego siempre estuvo amañado, pero hoy será a favor de la presa.

Apuntó con el arma a la cabeza de Julia. Sofía, cuyos ojos y nariz goteaban como un grifo mal cerrado, advirtió el gesto de soslayo.

Ante mi sorpresa, la encañonada se mantuvo en calma.

—A tu espalda hay un cuarto oscuro —explicó el asesino confeso—. Dentro, un armario para armas. Ahí está el rifle de mi padre, con el que maté a Irene y a tu hermana. En cuanto salgas de la casa de muñecas, empezaré a contar hasta diez y luego apretaré el gatillo.

—¡Espera!

Levanté las manos, implorante, como si estuviera parando el tráfico.

—Es tarde para mí, Álvaro.

—¡Te perdono, Pablo! —Los ojos de Tejero se enrojecieron, como si de pronto reflejaran dos atardeceres—. ¿No te das cuenta? Necesitas ayuda. ¡Te perdono! ¿Entiendes? ¡El niño de Triana te perdona! No voy a culparte de ser hijo de un majadero. Redímete cumpliendo condena. Quien paga, descansa. Entrégate y afronta como un hombre la pena que se te imponga. ¿Ya no eres un hombre o qué? Arráncate a tu padre de la cabeza, la locura esa del juego, tu afán por esconderle al mundo tu naturaleza. ¿No te das cuenta de que todo esto es una locura? Tu padre te empujó a hacer cosas terribles y entiendo que estés cansado, pero la muerte es el camino fácil. Un hombre hecho y derecho saldaría su deuda con la sociedad, cumpliría condena, no obligaría a otro a quitarle la vida.

Traté de entrar en su mente, pero su psique llevaba demasiado tiempo cerrada a cal y canto.

A Pablo le corrieron dos lágrimas por las mejillas.

—¿Sabes lo que pensé tras abatir a Irene? «No te lo pondré fácil, niño de Triana. Debes ganar por méritos propios, pero sé que serás capaz. Reinicio la partida que empezamos en 1982. Descúbreme y te llevarás mi vida como trofeo».

—No es tarde para arrepentirse, Pablo. Aún puedes...

—Uno, dos...

«Mierda».

39

Elsa Bermejo

18 de septiembre de 2018, 01:30 h
La Moraleja, Alcobendas

Decliné la invitación de entrar en el furgón de los informáticos. Iván, sin embargo, sí quiso escuchar lo que se decía en el sótano. No me vi con fuerzas de seguir las andanzas de mi compañero. Llegados a ese punto, lo único que podíamos hacer nosotros era esperar mientras rezábamos por que los geos no tuvieran que entrar en acción, o, dicho de otro modo, por que mi compañero saliera sano y salvo de la mano de Julia y Sofía.

Indagué por internet apoyada en el muro. Escribí «obsesión por las muñecas» en Google. Leí fragmentos de artículos que hacían referencia a crímenes relacionados con los juguetes que amaban Tejero y Ortiz, y llegué a la conclusión de que nuestro caso no era ni mucho menos uno aislado, ni siquiera el más siniestro.

El nexo tarado-muñeca no sorprendía ya a los psiquiatras. Leí un artículo referido a un asesino en serie estadounidense que les arrancaba los ojos a sus víctimas para colocarles los de sus muñecas. Otro, Joachim Kroll, guardaba una extensa colección de muñecas en su piso, siendo estas, según los psiquiatras, una extensión de lo que más deseaba: las niñas. Tenía relaciones sexuales con los juguetes mientras apretaba sus cuellos de tela.

Aquellas terroríficas historias reales consiguieron ponerme más tensa de lo que ya estaba. «¿Pero tú eres masoquista o qué te pasa?», me regañé. Álvaro estaba reunido en aquel mismo momento con un asesino que convertía a mujeres en muñecas y yo buscando sucesos perturbadores sobre el asunto... «Busca vídeos de gatitos, por Dios». Pese a mis esfuerzos por mejorar mis ánimos, no pude evitar que la vista se me fuera a uno de los resultados de Google, como si a los desgraciados de mis ojos les importara un bledo mi bienestar mental: «Anatoly Moskvin: el Señor de las Muñecas». Siguiendo el rastro de un ladrón de cadáveres, la policía rusa entró en un piso y se llevó una desagradable sorpresa. Encontraron el lugar patas arriba, invadido por montañas de libros. Pero no fueron los libros lo que llamó la atención de los investigadores. Varias muñecas, de tamaño real, se encontraban estratégicamente posicionadas en las habitaciones. Todas vestidas con ropa y accesorios diferentes, pero con el rostro envuelto en tela. Una de ellas era un oso, otra una novia, otra parecía salida de fiesta... En total se contabilizaron veintiocho muñecas. Tras inspeccionarlas detenidamente, los investigadores hicieron un terrorífico descubrimiento: no eran los típicos juguetes a los que estamos acostumbrados, el dueño de aquel siniestro apartamento fabricaba las muñecas a partir de los cadáveres que había profanado.

«Este tío logra que Tejero y Ortiz parezcan angelitos», pensé sarcástica justo antes de que un geo se me acercara y pronunciara dos palabras que por poco me matan del susto:

—Ha muerto.

40

Álvaro de la Torre

18 de septiembre de 2018, 01:30 h
La Moraleja, Alcobendas

Corrí con todas mis fuerzas. No pude permitirme el lujo de perder tiempo buscando el interruptor de la luz.

—Tres, cuatro, cinco...

La potente iluminación de la casa de muñecas alcanzaba a esclarecer lo suficiente el cuarto como para que no me viera obligado a andar a tientas. Vi el armario de armas. Cogí el rifle y comprobé que el seguro estuviera quitado.

—Seis, siete...

Apoyé la culata sobre mi hombro arropado por la penumbra y apunté al pecho de Tejero.

—Ocho, nueve...

Apreté el gatillo bajo las sombras que ocupaban el pequeño cuarto. Pablo oyó un atronador estallido y un destello despuntó sobre el negro. Cayó de espaldas tan a plomo como el calor caía sobre La Moraleja el día que mató a Irene Miranda.

—He abatido a Tejero. Enviad a los ATS —dije en alto.

Resollé y solté el rifle como si ardiera en mis manos. Los quejidos de Julia y Sofía hicieron de banda sonora en el momento más trágico de mi trayectoria. El pecho de Pablo parecía una fuente de sangría. Había soñado con aquel momento miles de veces, pero los motivos que habían conducido a matar a Pablo me aguaron la fiesta.

Liberé a Julia, que se lanzó llorosa sobre Tejero.

261

—¡No! ¡Mi dueño! ¿Por qué? ¡Él nunca me hubiera hecho daño!

«Maldito síndrome de Estocolmo». Estuve tentado de decirle: «Ya, como a tu amiga Irene, ¿no?».

—Algún día entenderás que no había otro remedio. Confía en mí. Pronto verás las cosas de otra manera.

Sofía se aferró a mi cintura en cuanto la libré de las ataduras.

—Quiero irme a casa —afirmó, llorando a moco tendido—. ¡Quiero ir con mis papás!

—Pronto estarás con ellos.

Aparté su mirada del cadáver y la saqué del sótano.

—Vamos, Julia —dije desde el umbral—. Es hora de volver a casa.

Se separó titubeante del cuerpo de Pablo. Los bajos de su vestido estaban manchados de sangre. Se detuvo antes de salir y miró hacia el fondo de la que había sido su casa durante tres décadas.

—Él está muerto y el otro se pudrirá en la cárcel —le dije, buscando darle el empujoncito que necesitaba para abandonar lo que a fin de cuentas consideraba su hogar—. Esta casa de muñecas ya no es de nadie.

Asintió con los ojos empañados.

Subí las escaleras, no sin esfuerzo. Me sentía agotado. Durante el trayecto nos cruzamos con dos ATS, que bajaron como alma que lleva el diablo.

«No podréis hacer nada por él», pensé con la mirada perdida.

—¿Dónde está Irene? —me preguntó Julia, ya en el salón.

No quise esconderle quién era el hombre que la había vestido como una muñeca, le había dado de comer, la había peinado, maquillado, limpiado... durante buena parte de su vida, por mucho que padeciera un claro síndrome de Estocolmo.

—La mató esa persona a quien hace un momento has llamado «dueño».

Se echó a llorar silenciosamente, casi para sí misma.

Salí al jardín con Julia y Sofía, que no dejaba de sollozar. Elsa corrió hacia mí.

—Dame. —Cogió a Sofía de la mano—. Ven, bonita, acompáñame. Pronto llegarán tus padres.

—La pobre ha pasado un mal trago de los que agotan —susurré al borde del llanto; empezaba a notar una terrible flojera en las piernas.

Valcárcel se llevó a Julia para que la examinaran en una de las ambulancias.

—Luego hablamos —me dijo antes de alejarse con la recién liberada, que miraba a un lado y a otro con gesto triste y desconcertado.

«Le va a costar acostumbrarse a la libertad», pensé. Yo también estaba abrumado por lo ocurrido en aquel sótano o casa de muñecas. Como Julia, necesitaría tiempo para asimilarlo todo.

—Así que ha muerto —afirmó Elsa, con Sofía sollozando a su lado.

—Sí.

—No puedo decir que me entristezca.

—Un momento.

Me acerqué a una de las palmeras del jardín y me dejé caer de culo sobre el césped, apoyando mi espalda en su rugoso tronco. Y no pude evitar que se me escaparan un par de lágrimas. Toda la tensión y el estrés acumulado salieron por donde pudieron y mi cuerpo se sintió como si una bola de demolición lo hubiera golpeado de lleno.

Elsa se acuclilló a mi lado tras pedirle a Sofía que esperara en el camino empedrado.

—Eh, compañero —susurró con voz melosa—, ya está. Todo ha acabado.

—Lo sé. Pero en ese sótano ha pasado algo muy raro. Un suicidio asistido, diría yo. Tejero vivía en su mundo. Estaba

263

obsesionado con lo que su padre le metió en la cabeza. Luego llegó Ortiz y, si le quedaba algo de cordura, se la borró de un plumazo. Algunas mentes son más quebradizas que otras. Pablo no dejaba de observarse, de intentar controlar sus sentimientos, de moverse a gusto de otros. Lo que más me impresiona de todo este embrollo es que fuera capaz de ocultar sus trastornos. El hombre con el que he estado ahí abajo no se parecía en nada al Pablo Tejero que nos abrió la puerta el primer día que lo entrevistamos.

—Disimulaba de maravilla, eso seguro —bromeó Elsa, que trataba de distender el ambiente.

—No he podido convencerle de que se entregara.

—Ni se te ocurra culparte de nada.

Una ATS se acercó a Elsa y, con un ademán y una enorme sonrisa, le preguntó si podía llevarse a la pequeña para reconocerla en una de las ambulancias.

—Por supuesto —contestó mi compañera. Y enseguida se dio la vuelta para seguir intentando consolarme—. El caso ha sido extraño desde el principio. Has actuado bien desde el minuto uno. —Resopló—. Será difícil encontrar otro más...

—¿Surrealista?

—Iba a decir «personal». Mi pasado no es tan turbio como el tuyo, chato. Bueno, entonces, ¿estás bien o qué? De la cabeza, digo.

—Estoy vivo. Que no es poco.

—Pues hace un rato pensaba que la habías palmado.

—¿Y eso?

—Pues no va un geo y se me acerca y, ni corto ni perezoso, me suelta: «Ha muerto». Más seco, el tío. Y yo: «¿De la Torre?». Y él: «No, no, Tejero». Te juro que por poco lo mando a tomar por culo.

—La especialidad de los geos no es dar noticias.

—Ni que lo digas. Pero aquí estás. ¿Y sabes qué?

—¿Qué?

—Me apetece darte un abrazo.

—Solo has necesitado creerme muerto.

—Calla, bobo.

Elsa me estrechó entre sus brazos con suavidad pero con firmeza. Enseguida se separó de mi cuerpo y carraspeó.

—Ejem... que corra el aire, que te me acostumbras.

Sonreí, notándome más calmado.

Neveira se nos acercó cuando intuyó que habíamos acabado de conversar.

—Menudo final, ¿eh? Lo he seguido todo desde la furgoneta de los informáticos, aunque a Tejero no se le escuchaba demasiado bien. Has hecho lo que has podido, aunque no mereciera tu esfuerzo. Que sepas que lo que ha pasado ahí dentro pasará a los anales de la historia de la Policía. Se hablará durante años del caso Miranda. En fin. Chicas salvadas. Es lo que importa, ¿no?

—Es lo único que importa.

Elsa acercó su mano a la de Neveira y la rozó con cariño; él se apartó, como si el contacto con su novia le hubiera producido una descarga eléctrica.

—Que les den a las apariencias —dijo ella mientras lo miraba fijamente. Nunca la había visto mirar así a nadie: sus ojos parecían dos cristales empañados—. No voy a fingir que somos únicamente compañeros. Somos lo que somos y no me avergüenzo.

—Y yo menos. Pero lo haremos bien —dijo Iván sonriente—. Mañana a primera hora hablaremos con los de Recursos Humanos. Y en el trabajo nada de carantoñas, ¿eh?

—Solo polvos rápidos en el baño.

Mi compañera, aun estando yo curado de espanto, consiguió que me sonrojara, al tiempo que Neveira hacía una graciosa mueca de aprobación.

—Sois adorables —admití con gesto tristón.

—Vete al pedo, anda —espetó Elsa con cara de niña traviesa.

—Me marcho —dije agotado—. Por cierto, ¿dónde está Ibáñez?

—Ha vuelto a la comisaría en cuanto se ha cerciorado de que tú y las rehenes estabais bien. Y tú deberías irte a casa a descansar, sí —me recomendó Elsa—. Son más de la una de la madrugada. Mañana ya hablaremos con él.

—De acuerdo. Nos vemos pronto, entonces.

Ambos asintieron antes de que les diera la espalda.

Deshice mis pasos hasta llegar al coche, pasando de nuevo por debajo de la cinta policial, apartando otra vez a los curiosos, ignorando una vez más las preguntas de los periodistas.

«Tantas veces la misma historia, hacia delante y hacia atrás, como una cinta VHS», me dije.

Llamé a Ibáñez por teléfono, ya dentro del coche.

—¿Cómo estás? —preguntó nada más descolgar.

—Bien. Oiga, no le diga nada a Luis Ortiz de lo ocurrido.

—No tenía ninguna intención.

—Perfecto. Nos vemos en un rato.

—Deberías marcharte a casa.

—El telón aún no ha bajado del todo.

Sentí alivio mientras conducía por las nocturnas y vacías calles de Madrid, sin prisa, disfrutando de unos insólitos instantes de calma.

«No hay que darle más vueltas —medité amodorrado—. Los motivos ya no importan. Nadie me devolverá a Carmen. He de aprender a mirar hacia delante. Hemos cerrado el caso y el culpable nunca volverá a matar. Eso es lo que importa: que se haya hecho justicia. El disparo que ha matado a Tejero debe suponer un antes y un después».

Aparqué donde siempre y tomé el mismo ascensor que me subía y bajaba todos los días. Encontré la comisaría en silencio. Contrastaba con el hervidero de pensamientos en que se había convertido mi cabeza.

Ibáñez vigilaba a Ortiz desde la sala contigua a la de interrogatorios.

—Buen trabajo —me felicitó a modo de saludo.

—El caso se ha resuelto gracias a vosotros: Elsa, Neveira, Luengo, Rodríguez, usted mismo... Soy yo quien debería daros las gracias. Llevo toda la vida dándole vueltas al quién y al por qué y ahora sé la respuesta.

—Siempre modesto, De la Torre. No hay de qué.

Observé a Ortiz desde el otro lado del cristal unidireccional: mirada al frente, inmóvil, como un robot al que le están cargando la batería.

—Está como una regadera —valoró mi superior.

—No podía ser de otro modo. Si me lo permite, quisiera despedirme de él.

—Adelante.

Abrí la puerta, reflexivo: «Es hora de atormentar».

41

Álvaro de la Torre

18 de septiembre de 2018, 02:46 h
Comisaría General de Policía Judicial, Madrid

—¿Dónde está Pablo? —preguntó en cuanto puse un pie en la sala.

—Tú sabías que mató a una niña, a mi hermana... —dije de pie, con las manos apoyadas sobre la fría mesa de metal—. Y aun así decidiste compartir tu vida con él.

—Uno no elige de quién se enamora.

Exhalé una risa ahogada.

—Te diré algo, cínico de mierda: si yo averiguara que mi hermana ha matado a una niña, y te aseguro que quiero a mi hermana, la delataría a la Policía. Yo soy inspector de homicidios, así que podría encargarme del asunto, pero... Ya me entiendes. No es raro que un policía detenga a un asesino, ¿verdad?

—No.

—Pues deberías haberte preparado para lo que pudiera suceder. —Ortiz frunció el ceño—. ¿Estás listo para perder al amor de tu vida?

Luis tragó saliva y habló en tono comedido:

—Pablo está en la sala de interrogatorios contigua, ¿verdad?

—¿Está? No está en ninguna parte. Cuando he dicho «un policía detenga», no me refería a esposarle, interrogarle y meterlo en una celda, sino a acabar con él. Antes de caer redondo me ha pedido que te transmitiera una cosa: «Dile a Luis que no puedo soportar en qué me ha convertido».

Ortiz rompió a llorar del modo más desgarrador que había visto, y eso que había presenciado cómo muchos sospechosos se venían abajo en aquella sala.

—¡Mentira! —se desgañitó mientras golpeaba la mesa con ambas manos.

Lo dejé sufriendo en soledad.

—¡Mentira!

Abandoné la sala con una media sonrisa mientras los llantos amenizaban mi despedida.

—Me voy a planchar la oreja. —Ibáñez, también sonriendo, no podía apartar la mirada del sufrimiento de Ortiz—. Mañana empezaré con el papeleo.

—Esto es mejor que ir al cine. En fin. Qué papeleo ni que ocho cuartos. Te llamaré por la mañana. Puedes rellenar los informes desde tu casa. Tómate un par de días libres, joder.

—Ya veremos.

Nos reímos.

—Hasta pronto, entonces.

—Sí.

Abandoné la comisaría con sentimientos encontrados.

No saboreé la muerte de Pablo Tejero, pero disfruté atormentando a su cómplice, Luis Ortiz.

Al final supe canalizar mi odio.

42

Álvaro de la Torre

18 de septiembre de 2018, 03:32 h
Leganés

Le rogué a Elsa que pasara la noche en casa de Iván: necesitaba embadurnarme de soledad.

«Debo quitarme a Tejero y a Ortiz de la cabeza».

Encendí la televisión, me tumbé en la cama y busqué algo alegre que me subiera el ánimo. Tras dar vueltas durante un buen rato, acabé poniendo *Shrek*. Me sorprendí poco después riendo con una de las paridas del burro. Y entonces me di cuenta: cerrar el caso Miranda significaba volver a empezar.

«Puede que el mundo no esté preparado para el nuevo Álvaro de la Torre», me dije irónico.

Me quede dormido sin darme cuenta. Sin embargo, a las siete de la mañana ya estaba despierto. Me di una ducha rápida y me puse unos pantalones de chándal, una camiseta cómoda y mis zapatillas de *running*. Decidí tomarme la mañana libre. Por la tarde, a pesar de las recomendaciones de Ibáñez, acudiría a la comisaría para empezar a redactar los informes de rigor. Que mi conversación con Tejero hubiera quedado registrada iba a ahorrarme muchos quebraderos de cabeza, pero seguía teniendo que dar interminables explicaciones a los de Asuntos Internos.

Me empapé del ambiente de Madrid, más que corriendo, caminando a paso ligero; no me apetecía llevarme por delante a nadie. Necesitaba mejorar el ánimo y hacer ejercicio al aire libre siempre me proporcionaba un impulso adicional de felicidad.

La ola de calor que gobernó Madrid durante el mes de agosto era cosa del pasado. El final de septiembre trajo temperaturas soportables, si bien el sol seguía calentando con dignidad.

Mi organismo no solo transpiró sudor; noté cómo la culpa también abandonaba mi cuerpo. La Gran Vía nunca se presentó tan luminosa ante mis ojos. El mundo nunca se descubrió tan lleno de posibilidades.

La muerte del asesino de mi hermana y de mi captor me trajo paz.

«Matar nunca es necesario», le aseguré poco antes de apretar el gatillo.

Tal vez lo sea en algunos casos.

Di un inmenso rodeo con dirección al bloque de pisos donde residían mi madre y mi hermana. El móvil sonó cuando caminaba por el paseo del Prado. Miré la pantalla y comprobé que era Teresa.

—Precisamente estaba pensando en ti.

—Ah, ¿sí? —contestó juguetona—. ¿Y qué estabas pensando?

—En llamarte para quedar esta noche.

—Pues me he adelantado. Me he enterado de lo ocurrido ayer en La Moraleja y he pensado que quizás necesitabas de mis servicios de relajación. Aunque a lo mejor es demasiado...

—No.

—¿No qué?

—No es demasiado pronto. ¿Libras esta noche?

—Sí. Por eso te llamaba.

—Pues, si me lo permites, te invito a cenar en un buen restaurante.

—No me importa que sea bueno o uno de comida rápida. A mí solo me interesa pasar tiempo contigo.

—Pues entonces a un McDonald's.

—Tampoco te pases.

Solté una carcajada, ya cerca de la glorieta de Atocha.

—¿Paso a buscarte a las siete y damos un paseo antes de cenar?

—Cuando dices «paseo», ¿te refieres a andar o a sudar sobre mi cama?

—Pues me refería a lo primero —dije con la libido alterada por su culpa—, pero me quedo con lo segundo. Por aquello de ir abriendo boca.

—Lo imaginaba. Bueno, inspector, nos vemos.

—Hasta luego.

Tardé hora y media en plantarme ante el portero automático. Me dispuse a llamar al piso de mi madre, pero mi dedo se quedó a un centímetro del botón.

«Las cosas tienen que volver a su sitio», me propuse.

Eché mano de mi teléfono móvil y marqué el número de mi padre, que lo cogió de inmediato.

—Hola —contestó con sequedad—. ¿Qué quieres? ¿Volver a recriminarme que fui un mal padre?

—¿Qué te parece si le damos una sorpresa a la madre de tus hijos y hacemos un viajecito en familia a Sevilla? —dije, ignorando sus desaires—. Seguro que le gustará visitar la tumba de Carmen. —Esperé unos segundos, pero parecía haberse quedado mudo—. ¿Estás ahí?

—Sí, sí... —afirmó con la voz quebrada—. Es que...

—Tranquilo. Pero si vuelves a beber...

—Eso no pasará.

—Bien. Intentaré que Azucena venga también. Viajaremos en mi coche. Los cuatro juntos, como en los viejos tiempos. Yo me ocupo de reservar habitación y... Bueno, vamos hablando.

—Gracias, hijo.

—No hay de qué.

Colgué y pulsé el timbre del piso de mi madre.

«Ya no hay lugar para el odio».

–¿Quién es?

–Yo.

Como de costumbre, me abrió sin mediar palabra.

«Esperaré a mañana para proponerles lo del viaje a Sevilla –decidí al llegar al descansillo–. Será mejor dosificar las sorpresas».

Encontré la puerta del piso entreabierta, también como de costumbre.

–Buenos días, hijo –saludó en cuanto puse un pie en la cocina.

–Hola, *mare* –dije y le di dos besos en las mejillas–. ¿Dónde está Azucena? No, espera, déjame adivinar: ¿en su habitación?

–Esta mujer cada vez se levanta más tarde. Parece un ermitaño. Todo el día ahí metida...

–Se va a enterar de lo que vale un peine.

–Sí, ve y ponla firme.

–Por cierto, ¿te has enterado de lo que pasó anoche?

–Pues no. ¿Qué?

–Ahora vuelvo con tu hija. No me apetece contarlo dos veces.

Le di la espalda y caminé hacia la habitación de Azucena.

–¡Pero no me dejes en ascuas!

–¡Deja de limpiar y siéntate en el sofá!

–¡Vale, hombre! –Escuché tras de mí.

Abrí la puerta sonriente.

–¿Qué son esos gritos? –murmuró Azucena antes de que yo encendiera la luz. No pareció alegrarse de verme–. ¡Apaga eso, imbécil!

Descorrí las cortinas.

–Ya está bien de zanganear. Las cosas van a cambiar desde ya mismo. Me he cansado de verte lloriqueando por las esquinas.

273

—Vete a cagar —se quejó y se tapó la cabeza con la almohada.

—Venga, que tengo que hablar con vosotras. —Tiré de uno de sus brazos—. Vamos. Lo digo en serio.

—Vale, pesado.

Se sentó al borde de la cama en pijama de pantalón corto y camiseta de tirantes. Parecía haber metido los dedos en un enchufe.

—Estás hecha un asco, hermanita.

—Gracias, *lamecharcos*.

«¿*Lamecharcos*?». Tuve que contenerme para no reírle la gracia.

Se puso las zapatillas de ir por casa, se levantó a regañadientes y caminó hacia el comedor como una zombi.

—Siéntate al lado de tu *mare*.

—Buenos días, *mare* —saludó con desgana.

—Buenos días, hija —correspondió Lucía con más entusiasmo.

Empecé a hablar de pie, sintiéndome un profesor que imparte una clase:

—Un tal Pablo Tejero mató a Carmen y yo anoche lo maté a él.

—¿¡Qué!?

Mi madre por poco se desmaya. Azucena, en cambio, se mantuvo en silencio, expectante.

—Escuchad sin interrumpir, por favor. Cuando acabe, podréis preguntar lo que os apetezca.

—Pero... —susurró mi madre.

—Pero nada. Si no, os enteraréis por las noticias.

—De acuerdo. Qué mala baba gastas a veces...

Azucena seguía sin abrir la boca.

—Voy a tratar de haceros un resumen. No será agradable recordar ciertos aspectos, pero es importante que sepáis lo que sucedió. El caso podría definirse como un «dos en uno». Un hombre maltratado psicológicamente por su padre, el tal Pablo Tejero, acabó trastornado y mató a nuestra Carmen.

Más tarde, secuestró junto con Luis Ortiz a dos niñas para usarlas como muñecas. Treinta y seis años después, el primer trastornado, el del padre maltratador, mató a una de dichas niñas, a Irene Miranda, hecha ya toda una mujer, para atraer, mediante una cicatriz y un *modus operandi*, al niño que dejó libre antes de matar a su hermana. O sea, a mí.

—Dios santo —profirió mi madre, con razón impactada.

—¿Y por qué quiso llamar tu atención? —preguntó al fin Azucena.

—Su padre le obligaba a jugar a un extraño juego de caza. Pablo Tejero tenía la mente destrozada. Su padre marcaba a una liebre y la dejaba libre para ver si durante otra jornada de caza daban con la misma pieza. Sin buscarla. En plan: que decida el destino.

—Pues sí que estaban mal de la cabeza —entendió Azucena.

—Era un hombre enfermo —maticé mientras oía en mi mente el estallido del rifle con el que mató a Carmen y a Irene Miranda y con el que yo lo maté a él—. Dejando a un lado los detalles escabrosos, que la prensa ya se encargará de airear, lo único que debería importarnos es que su asesino ha pagado por lo que hizo. Por mi parte, apretar el gatillo ha supuesto un alivio. Arrebatarle la vida a otro ser humano siempre es traumático, pero que quede entre nosotros: no tanto cuando se trata de la vida del asesino de tu hermana. —Las dos me miraron con cariño. Eran conscientes del coste físico y mental que había supuesto vengar a Carmen—. Puede que la justicia haya llegado tarde, pero...

Me encogí de hombros.

—Más vale tarde que nunca —sentenció mi madre, jadeante y con los ojos humedecidos—. Siempre pensé que se os llevó un simple desequilibrado, como ocurre tantas otras veces en este mundo de sinrazones. Nunca imaginé que el crimen escondía motivos tan... ¿profundos? No obstante, nada puede justificar lo que hizo Pablo Tejero. Que Dios me perdone, pero me alegro de que esté muerto. Y me alegro de tenerte como hijo.

—Durante más de treinta años no fui capaz de encontrar una sola pista sobre la identidad de su asesino —me lamenté.

—Pero ahora está muerto —insistió mi madre—. Y los dos tenéis la vida por delante. Y a mí me queda mucha guerra que dar, no os penséis. —Esbozamos tres tímidas sonrisas—. Puede que encontraras la pista definitiva en el momento justo.

—Sin la muerte de Irene nunca hubiéramos descubierto lo que pasó —meditó Azucena—. Es triste que tuviera que morir para que nosotros podamos descansar en paz.

—Si algo aprendí ayer es que nada está en nuestras manos y todo sucede por algo. Tú misma acabas de decirlo, *mare*: puede que encontrara la pista definitiva en el momento justo. No hemos de darle vueltas a lo que está por venir. Lo que tenga que ser, será. Lo único que podemos hacer nosotros es lidiar con los problemas cuando aparezcan. Pero hasta entonces...

—No te me pongas filosofillo, hermanito —bromeó Azucena—. Oye...

—¿Qué?

—Acabo de tener una brillante idea.

—¿Tú? ¿Una idea brillante?

—Más que eso: sublime. ¿Y si te estiras un poco y nos invitas a comer en un buen restaurante? Luego, si te apetece, podemos ir los tres al cine.

Las comisuras de mis labios por poco me tocan las orejas. No recordaba haber sentido una felicidad tan pura en toda mi vida, ni siquiera cuando Carmen estaba entre nosotros.

43

Elsa Bermejo

18 de septiembre de 2018, 03:50 h
Piso de Iván Neveira, Madrid

—¿Crees que lo superará? —me preguntó Iván tumbado en la cama.

—¿Quién, Álvaro?

—¿Quién si no?

—Es el hombre más fuerte que conozco. Si Irene no hubiera muerto, seguiría lidiando en silencio con su pasado. Es de los que tragan para no amargar. ¿Entiendes lo que te digo?

—Por supuesto.

—En una ocasión nos llamaron para que acudiéramos a la escena de un crimen, del que finalmente se ocupó la Guardia Civil: una niña de ocho años abandonada en una caseta de campo. Álvaro se quedó mirando el cuerpo sucio y maltratado de aquella pobre niña durante largos minutos. Noté algo extraño en su mirada, algo que iba más allá de la impotencia que yo sentía. Ahora sé que aquella niña le recordó a su hermana Carmen. Sin embargo, actuó como si fuera una dolorosa escena del crimen más. Así es Álvaro de la Torre. Te apuesto lo que quieras a que mañana entrará por la puerta como si no hubiera pasado nada.

—Lo conoces bien, ¿eh?

—Creo que nadie lo conoce del todo. Pero supongo que sí. Y...

Me invadieron mil recuerdos: escenas que habíamos investigado juntos, fatigosos interrogatorios, desapacibles visitas al Anatómico Forense...

—Dime —instó Iván ante mi prolongada pausa.

—Un día echaremos la vista atrás y el caso Miranda aparecerá en nuestra memoria como uno cualquiera. Uno extraño, pero uno entre tantos. Y, con el tiempo, espero que Álvaro, a pesar de sus implicaciones personales, lo perciba del mismo modo. Para desgracia de todos, la gente continuará asesinando. No nos faltarán escenas como la de aquella niña destrozada. Y tú, yo, él, Valcárcel, Ibáñez, forenses y criminalistas seguiremos arrimando el hombro para esclarecer los hechos.

Epílogo

Álvaro de la Torre

**23 de septiembre de 2018, 09:27 h
Rumbo a Sevilla**

Elsa y yo empezamos nuestras vacaciones cinco días después de cerrar el caso Miranda. Las del año anterior las pasé haciendo lo de siempre: salir a caminar, a correr, ir al cine, estar con mi madre y mi hermana, ver mis series favoritas, quedar con Joaquín... Pero las vacaciones de 2018 habían empezado con un viaje en familia. Tras los tumbos que habían dado nuestras vidas, parecía increíble que estuviéramos llevándolo a cabo.

Y Teresa me esperaba en Madrid.

«Es bonito que alguien esté ahí», pensé cuando tomé la A-5.

Elsa y Neveira estaban pasando unos días en Mallorca. No podía estar más contento por ellos. Mi compañera estaba prendada del nuevo. Las vueltas que da la vida.

Miré a mi padre de soslayo: se deleitaba con el paisaje. A través del espejo retrovisor interior vi cómo mi madre y mi hermana hacían lo propio, con aire reflexivo.

«¿Estarán pensando en ella?».

Nada ni nadie podría llenar jamás el vacío que Carmen dejó en mi corazón, pero necesitaba relegarla a un bonito rincón de mi mente y pasar a recordarla solo cuando me hiciera falta. Necesitaba cambiar las pesadillas por sueños en los que jugásemos por las calles de Triana.

Soltamos las maletas en el hotel y partimos a pie hacia el barrio de nuestra infancia. Hacía calor, pero no del que te obliga a beber y a sudar como un desquiciado. Nada más cruzar el puente de Triana, un azulejo en el monumento de los Alfareros nos avisó de que habíamos cruzado la frontera: «Mira si soy trianero que estando en la calle Sierpes me considero extranjero». Superamos la plaza del Altozano, que se levantaba sobre los restos del antiguo castillo de San Jorge, hoy día Museo de la Inquisición, y caminamos mirando a un lado y a otro, silenciosos, impregnándonos de recuerdos.

Nuestra antigua casa ya no existía; en su lugar se estiraba una lustrosa vivienda de tres plantas. Pero Triana no había cambiado tanto: seguía tan hermosa como la recordaba. Nos acercamos también al lugar donde Tejero se nos llevó a Carmen y a mí. Como era de esperar, no encontramos los contenedores de basura.

—Menudo baño de emociones nos estamos dando —comenté cuando regresábamos al *parking* del hotel en busca de mi Peugeot.

Conduje hacia el lugar donde reposaban los restos de mi hermana. Desde que nos trasladamos a Madrid no habíamos vuelto a pisar aquel cementerio. Yo no era de entrar en camposantos, tampoco Azucena. A mi madre la alejaron más de quinientos kilómetros de la tumba de su hija. Mi padre llevaba poco más de dos años sobrio... No obstante, siempre me sorprendió que mi madre nunca nos pidiera ir a verla. Entiendo que la función de un camposanto trasciende los restos: allí se va a sentir, a pensar, a dialogar con los muertos. Supongo que mi madre se acostumbró a recordarla desde su piso de noventa metros y con el tiempo dejó de sentir la necesidad de hacerlo ante su tumba.

Cruzamos las puertas del cementerio de San Fernando, al noreste de la ciudad. Una verja de hierro forjado con pilares cuadrangulares de ladrillo visto, rematados por un dintel con motivos vegetales sobre el que resplandecía una fina cruz latina, fue perdiéndose tras nosotros.

«Al final de nuestros días, seamos de la clase social que seamos, todos acabamos en el mismo lugar», pensé con las emociones a flor de piel. No obstante, incluso allí se apreciaban las diferencias: los panteones de Paquirri o Juanita Reina, por nombrar dos de los más imponentes, mostraban el poderío que tuvieron en vida los fallecidos. En cambio, había nichos que ni siquiera gozaban de lápida.

No tardamos en plantarnos ante la tumba de Carmen y dejar que cayeran las primeras lágrimas. Entonces, mientras charlábamos con ella todos a la vez, vi algo que cortó mi aliento: en un lateral de la tapa de granito había una «M», imaginé que perfilada a punta de cuchillo.

«Pablo», pensé consternado.

«Deberían agradecerme que lo apartara del mal camino —recordé de boca de su pareja—. Le gustó más de lo que pensaba alquilar una casa en Marchena, planear el crimen, acecharos, secuestraros... matar a tu hermana. Observarte mientras te alejabas aún mareado por los efectos del sedante, ver el suceso en el telediario, leerlo en los periódicos... Y, huelga decir, salir victorioso».

«Puede que la haya hecho un gamberro —reflexioné inquieto—. El tema de la cicatriz se hizo público. Pero jamás se filtró la peculiar forma de la letra. Volvió a Sevilla a buscar a la presa que dejó libre y al no encontrarla marcó la tumba de su, por aquel entonces, única víctima».

Coloqué mi cuerpo a modo de parapeto para que mi familia no pudiera ver el sello del asesino.

—Bueno —dijo mi madre—, pues habrá que irse ya. El horario de visitas es de ocho a cuatro. Faltan quince minutos para que cierren.

–Me gustaría quedarme un momento a solas con Carmen –les rogué–. Necesito contarle en privado cómo ha acabado todo. Ya me entendéis.

Mentí. Siempre he creído que el cuerpo es un mero recipiente; si algo trasciende es nuestra energía, a la que muchos llaman «alma». Podía hablarle a Carmen desde cualquier parte. Si estaba en aquel cementerio era por el bien de mis seres queridos.

–Por supuesto –dijo mi padre.

–Faltaría más –apoyó mi madre.

–Te esperamos en el coche –se despidió mi hermana.

–Enseguida estoy con vosotros.

Los tres, como en una procesión fúnebre, desfilaron entre las tumbas. En cuanto desaparecieron de mi vista, miré a un lado y a otro –el cementerio estaba despejado– y busqué algo con lo que borrar la letra. Me acerqué a uno de los arriates ajardinados del recinto y di con una piedra puntiaguda.

«Esto me servirá».

Me acuclillé y froté el granito con todas mis fuerzas, pero se resistía a desaparecer. «Joder, van a cerrar. ¿En serio tendré que volver mañana?». Tiré la piedra iracundo y miré alrededor. Detrás de la tumba de al lado descubrí un pedazo de hierro oxidado. Cogí lo que parecía parte de una cruz y arañé la «M» como un lunático las paredes de su celda.

«Maldito Tejero. –Los dientes me chirriaban–. No le bastó con marcarla a ella, no, tuvo que pasarse a marcar también su tumba».

Cambié de mano: la derecha empezaba a dolerme.

Le eché un vistazo a mi reloj de pulsera: eran y cincuenta y dos.

«Los encargados del cementerio no tardarán en pedirme amablemente que me marche», temí jadeante.

Arañé y arañé con vehemencia. Y empecé a sudar, a notarme desmesuradamente agobiado. No quería tener que volver al día siguiente a acabar el trabajo; no podía permitir que aquella «M» marcara la tumba de Carmen un segundo más, por mucho tiempo que llevara allí cincelada. Tampoco me apetecía usar mi grado de inspector para alargar mi estancia en el cementerio.

«Vamos, vamos, vamos...».

El extremo del hierro rojizo oscilaba como la aguja de un sismógrafo.

Mi cuerpo empezó a acalorarse.

«¡Desaparece de una condenada vez!».

Por fortuna, la letra fue perdiendo forma hasta quedar sepultada bajo una tachadura.

«Que la única "M" que quede sea la mía», me dije.

Lancé el pedazo de metal herrumbroso y me puse de pie.

Abrí y cerré los puños: las manos se me habían quedado entumecidas. Respiraba con fuerza, como si acabara de cruzar la meta de un maratón.

Uno de los trabajadores del camposanto dobló una esquina.

«Un poco más y me pilla con las manos en la masa».

—Perdone. El cementerio está a punto de cerrar.

—Sí, sí, disculpe. Ya me iba.

—¿Está bien, señor? —se preocupó al percibirme sofocado.

—Mejor que nunca.

Agradecimientos

Doy las gracias al amor de mi vida, Marta Martín Girón, por no dejar nunca que mis fuerzas flaqueen. A Antonio Orozco Guerrero, por estar siempre dispuesto a arrimar el hombro. Al policía Francisco Javier Sánchez, por resolver mis dudas sobre ciertos aspectos del procedimiento policial. A mi familia, por subirme el ánimo al interesarse por mi trabajo. A mis hijos, Paula y Julen, y a mis padres, José y Elvira; a mi hermana Ana y a mi sobrino Daniel; a mis suegros, Isabel y Julián; a mi cuñado Fernando, a mis cuñadas Isa y Ruth y a mis sobrinos Marcos y Sandra.

No puedo despedirme sin daros también las gracias a vosotros, mis lectores, pues sois el pilar de mi éxito. Y mucho menos sin agradecerle de todo corazón a Marina Sánchez, mi editora en Newton Compton Editores, el haberme elegido.

Índice